666

Du même auteur

Les Loups-garous d'Argentine, Pygmalion, 2021

Jérémy Wulc

666

Pygmalion

Pour plus d'informations sur nos parutions,
suivez-nous sur Facebook, Instagram et Twitter.
https ://www.editions-pygmalion.fr/

Pour suivre l'auteur :
Twitter / Instagram / Facebook : @jeremywulc

ISBN : 978-2-0802-7015-3

« Mes chers compatriotes, je crois aux forces
de l'esprit et je ne vous quitterai pas. »

François MITTERRAND

1

Paris, mai 2021

Depuis une dizaine de minutes, le lieutenant de police Stanislas Diamick tournoyait mécaniquement sa petite cuillère qui voguait dans son café froid, ruminant les idées noires qui lui pourrissaient de jour en jour l'existence. Après une nuit mouvementée, Stanislas avait, comme très souvent, trouvé refuge chez Chérif Kamal, patron du meilleur kebab de Paris situé à quelques mètres du boulevard de Belleville.

— Tu dors debout, mon ami !

— Je suis assis, Chérif, rétorqua Stanislas sans lever son regard de la tasse.

Le cuisinier se marra. Il avait toujours aimé ce flic qui squattait depuis des années son restaurant pour prendre son petit déjeuner pendant que lui, en attendant l'heure de l'ouverture, préparait sa journée en coupant méticuleusement des tomates, de la salade et des oignons.

— Qu'est-ce qui t'arrive pour avoir une tête de zombie ? En quatre ans, je ne t'ai jamais vu aussi déprimé.

Stanislas se gratta le haut du crâne. Il se fit la remarque qu'il allait devoir passer chez le coiffeur pour qu'on lui tonde une nouvelle fois la tête. C'était cocasse, plus on perdait ses cheveux, plus ceux qui restaient poussaient à une allure excessive. C'était carrément sournois comme procédé.

— Si tu ne veux pas répondre... cela te regarde, amigo, lâcha Chérif en posant son énorme morceau de viande sur la broche.

Avait-il envie de tout déballer ? Devait-il, d'une traite, lui avouer que sa femme s'était fait la malle avec ses deux enfants ? Et qu'elle avait osé lancer une procédure de divorce en demandant la garde exclusive de Charlie et Lucette ? Devait-il emmerder Chérif en lui racontant qu'il passait des nuits blanches devant le nouveau domicile de sa femme pour essayer d'apercevoir ses gosses quand ils partaient à l'école le matin ? Devait-il lui dire qu'il aimerait défoncer le crâne du mec qui couchait dorénavant avec elle et qui l'avait accueillie les bras ouverts ? Qu'il n'arrivait toujours pas à comprendre pourquoi elle s'était barrée sur un coup de tête après plus de dix ans de mariage ? Il ne pouvait pas et ne voulait pas l'ennuyer avec ses problèmes qui ne regardaient que lui.

— J'ai bossé toute la nuit. Je suis carrément toasté, mentit Stanislas. Mais t'inquiète, après ton café et trois heures de sommeil, je serai comme un adolescent attardé à qui on promet une énorme nuit de baise !

Chérif embrasa son gril. Ce geste était, généralement, pour Stanislas, le top départ. Il se leva difficilement et frappa le dos du restaurateur de son imposante paluche.

— À demain, Stan, répondit le gérant sans se retourner.

— Si Dieu le veut...

Stanislas ouvrait la porte au moment où son ami lançait une phrase qu'il encaissa comme une attaque nucléaire :

— Et surtout, embrasse les enfants et Marie-Jeanne pour moi.

Le flic sortit sans un mot, en serrant les mâchoires le plus fort possible pour refouler les larmes qui tentaient par tous les moyens de se faire la malle. Exactement comme sa famille.

Stanislas retrouva son appartement le cœur serré. En introduisant la clé dans la serrure, il espérait que ces quinze derniers jours n'étaient qu'un putain de cauchemar. Qu'en rentrant chez lui, ses enfants allaient lui sauter dans les bras et que sa femme l'embrasserait en lui demandant si sa journée avait été bonne.

Mais non.

Toujours ce vide intersidéral.

Le silence du quatre-pièces lui brûla les tripes comme de l'acide versé sur une plaie béante. Pourquoi sa femme s'était barrée sans un mot ? Bien sûr, le couple était passé par la case crise et engueulade qui pouvait parfois se prolonger des heures et des heures, voire même des jours entiers. Mais bon, Stanislas croyait, sincèrement, que ce n'était pas très important, que tous les époux s'engueulaient et qu'eux, comme les autres, pouvaient se rabibocher, que ce soit sur l'oreiller ou autour d'une soirée au restaurant. D'un geste las, le flic enleva son blouson en cuir et le parachuta au milieu du salon qui ressemblait plus à un champ de bataille de la Première Guerre mondiale qu'un endroit cosy et accueillant… Il avait lâché prise.

Il n'avait plus rien à foutre de tout. Même son boulot, qu'il affectionnait tellement, ne parvenait pas à lui sortir la tête de l'eau. Il naviguait depuis le départ de sa femme dans une épaisse brume impossible à désobstruer. Il s'affala dans son canapé entre une dizaine de cartons à pizza et plusieurs canettes de soda light. Ce qui le sauvait, se rassura-t-il, c'était son dégoût pour l'alcool. Il détestait ça. Heureusement. Sinon, à cette heure-ci, il ressemblerait inévitablement à tous les clichés d'un lieutenant de la police nationale… Solitaire, une barbe de six jours, alcoolique et désœuvré.

Lui, son addiction, c'était le soda et la malbouffe… Et il s'en portait très bien.

Couché sur son sofa, il partit, doucement, dans les limbes de son épuisement. Il avait du sommeil en retard et devait prendre son service à 22 heures. Il fallait qu'il se repose pour être en forme. S'il perdait son boulot, il était fini, il le savait. Il n'aurait plus qu'une seule solution, sauter d'un pont ou se faire sauter la cervelle avec son arme de service. *Pour du cliché, ça, c'est du cliché*, gloussa-t-il en tombant, sans s'en apercevoir, dans un sommeil abyssal.

*

— Tu dormais ?

— Ouais… J'ai passé une sale nuit… Je pensais pouvoir récupérer un peu.

Stanislas venait de se faire réveiller par la sonnerie de son téléphone portable échoué sur le tapis. Il avait décroché la bouche pâteuse et le cerveau embrumé. À l'autre bout du fil, Khalid Harouche, son collègue et ami. C'était ça, la grande famille de la police judiciaire française. On passait tellement plus de temps avec ses partenaires que, tout naturellement, ça évoluait en bande de copains à qui on confiait presque tout. Des gens plus importants que ceux du sang.

Stanislas jeta un coup d'œil à sa montre, il était 23 h 45… Eh merde !

— Ça fait combien de temps que tu n'as pas dormi une nuit complète ? lui demanda son collègue.

— Trop longtemps. Qu'est-c'qui s'passe ?

— On a un macchabée sur les bras. Les flics de quartier nous ont prévenus. Il paraît que c'est pas beau à voir. Je vais te couvrir pour ton retard, mais faut quand même que tu viennes rapidement.

— C'est où ?

— Sur le parvis de la pyramide du Louvre.

— Je suis en route.

Coup de bol, le musée n'était qu'à cinq minutes de chez lui. Stanislas raccrocha, prit son blouson qui traînait par terre et se leva d'un bond. Il claqua la porte et s'engouffra dans son box pour récupérer sa voiture qui patientait comme la Batmobile dans la Batcave.

Dès qu'il quitta le parking, il brancha le gyrophare et accéléra ostensiblement, exactement comme faisaient les flics dans les films des années 1970. *Encore un cliché*, pouffa-t-il en s'ouvrant une canette tiédasse de soda light qu'il venait de récupérer sur le siège passager.

2

Stanislas se gara à l'arrache sur le parvis de la pyramide du Louvre. Les premiers flics sur les lieux avaient déjà délimité un périmètre de sécurité en déroulant les rubans conformes aux exigences et consignes des hauts fonctionnaires du ministère de l'Intérieur. Le lieutenant Diamick sortit rapidement sa carte tricolore pour que personne ne l'emmerde. C'était sa technique : jouer au con prétentieux dès la première minute pour qu'on lui fiche la paix et qu'on le laisse travailler. Au loin, il repéra son collègue qui se trouvait en grande discussion avec un agent de la scientifique. La « capote géante » – comme il aimait l'appeler – se retourna vers lui en entendant ses pas crisser sur les graviers. Khalid ouvrit le bal :

— J'espère que tu n'as pas la nausée.

Stanislas désigna l'homme préservatif du menton.

— T'en penses quoi ?

Le scientifique enleva son masque de protection.

— Tu veux voir le corps avant qu'on en discute ?

Stanislas fit oui de la tête. Les trois hommes se dirigèrent vers la scène de crime comme un banc de poissons au fond de la Méditerranée. Le lieutenant entra le premier.

Les lumières opalines et crues qui éclairaient la tente de fortune installée pour protéger le lieu du regard des badauds lui déclenchèrent un mal de crâne éphémère. Il n'avait vraisemblablement pas assez dormi. Il se massa les tempes pendant que le scientifique ouvrait le sac en plastique noir réglementaire jusqu'au torse de la victime.

Stanislas s'approcha délicatement du corps.

— Raconte-moi tout.

Khalid inspira légèrement et déballa ce qu'il avait appris depuis son arrivée, il y a moins d'une demi-heure :

— Une Allemande a trouvé le corps en faisant des selfies près des bassins. La victime flottait au gré du vent. Elle a hurlé, ce qui a alerté les passants et la sécurité du Louvre. Après le ramdam que tu imagines, ils ont joint les flics... Et nous voici.

— On sait qui c'est ? demanda Stanislas sans s'arrêter de fixer le cadavre devant lui.

— Akira Takimi. Une Japonaise. Une touriste. On a retrouvé ses papiers sur le parvis, pas loin d'ici. Elle a 22 ans.

— Elle s'est noyée ?

Khalid jeta un regard furtif au scientifique.

— Heu, non...

Stanislas passa la main sur son crâne.

— Je suis fatigué, Khalid. Crache tout ce que tu as, qu'on arrête de perdre du temps à se trier les poils du cul.

— À ce qu'on sait, elle a été étranglée. (Il toussa légèrement.) Elle a aussi énormément de coupures sur tout le corps.

— Montre-moi.

Le scientifique s'avança et dézippa complètement le sac mortuaire. Il indiqua les entailles faites dans la chair de la jeune femme.

— Elle en a plein sur le corps et dans le dos. Des trucs zarbis. (Il pointa de son index le ventre de la victime.) Ici un 666, là un pentagramme, et sur le côté, on peut apercevoir le compas et l'équerre.

— C'est-à-dire ?

— Le compas et l'équerre. Tu sais ? Les symboles maçonniques...

Stanislas lâcha un minuscule rire, un tic nerveux plus qu'une envie de plaisanter.

— Il nous manquait plus que ça. Et dans le dos ?

— On a découvert un triangle coupé en deux qui pourrait s'apparenter, à mon avis, à une pyramide.

Khalid s'approcha de son collègue.

— Les entailles ont été faites il y a moins de deux heures, précisa-t-il.

— Vraiment ?

Le scientifique dodelina de la tête.

— C'est ce que je pense, vu l'ouverture de la plaie et l'état de la chair. Mais comme toujours, faudra que vous attendiez les conclusions de l'autopsie pour y voir un peu plus clair. Moi, à ce niveau, je ne peux rien confirmer. Nous avons fait tous les prélèvements habituels et ça va partir au labo. Je vous téléphone dès qu'on a les résultats.

Stanislas acquiesça en silence.

— Et sinon... À part que ce soit une touriste, qu'est-ce qu'on sait ? reprit-il en se tournant vers Khalid.

— Sa famille a signalé sa disparition plus tôt dans la journée.

Le lieutenant se leva difficilement. Ses genoux lui faisaient mal. Il entendit même celui de droite craquer légèrement. Il se faisait trop vieux pour ces conneries. Les hommes sortirent de la tente. Le scientifique salua les deux flics et partit ranger son matériel. Il en avait terminé pour ce soir. Stanislas se tourna pour faire face à Khalid.

— Putain. C'est quoi cette merde ?

Son collègue haussa les épaules.

— Je n'en sais rien… Ce n'est pas de bol, les touristes commençaient à revenir, si on a un fou qui les assassine, ils vont faire demi-tour.

Stanislas n'esquissa pas un sourire. Même léger.

— On se retrouve au bureau ? J'ai besoin de réfléchir.

— OK ! Je m'occupe de tout ici.

— Parfait.

Stanislas referma son blouson. Khalid lui attrapa le bras avant qu'il ne décampe.

— Quel genre de personne peut faire ça à une jeune femme ? murmura-t-il.

— Je n'en sais rien, mais faut qu'on l'arrête le plus rapidement possible, c'est notre boulot.

— Ça me fout de plus en plus la trouille la violence qu'on côtoie tous les jours.

Stanislas serra l'épaule de son ami.

— À moi aussi, Khalid… À moi aussi, cela me fout la trouille, répondit-il en scrutant la pyramide de verre et de métal qui trônait au milieu de la cour Napoléon.

Après un silence glacial, les deux hommes se séparèrent. À quelques mètres de là, derrière une fontaine, un homme scrutait le parvis avec un sourire satisfait.

3

Minuit douze

Les bureaux de la police judiciaire ressemblaient à la Sécurité sociale après 17 h 30. Les couloirs étaient vides, les bureaux fermés et la lumière n'éclairait, par intermittence, que quelques mètres de couloir. Depuis leur déménagement du 36, quai des Orfèvres jusqu'à la porte de Clichy, les flics se sentaient déboussolés et surtout arrachés de leurs racines. Pour eux, le vieux parquet ne craquait plus, la Seine devenait un lointain souvenir et les cloches de Notre-Dame s'étaient malheureusement tues. La déprime prenait, un par un, les policiers dans ses bras. Qu'est-ce qu'ils avaient fait pour mériter de se retrouver dans un bâtiment froid, sans âme et qui, en plus, ressemblait à un hôpital désaffecté ?

Stanislas arriva au troisième étage par l'ascenseur et appuya sur l'interrupteur pour s'éclairer un passage. Même si tout était neuf, rien ne fonctionnait. Déjà...

En quelques semaines, les policiers de la judiciaire s'étaient aperçus qu'ils allaient travailler dans des bureaux modernes qui n'avaient que des problèmes. L'informatique buggait, l'électricité bégayait, les canalisations se bouchaient à chaque défécation et le réseau Internet plantait quand trois ordinateurs se connectaient simultanément au wi-fi du 36, rue du Bastion, leur nouvelle adresse. Garder le numéro, c'était tout ce qu'avaient obtenu les flics. C'était extrêmement mince. Mais comme tout le monde se foutait de ce qu'ils pensaient, c'était, pour les policiers, une petite victoire.

Stanislas ouvrit la porte de son bureau et se laissa tomber dans son fauteuil. Il attrapa une canette de boisson sucrée dans son tiroir et la vida en deux gorgées. Il fallait qu'il mette ses idées aux claires. Une touriste japonaise assassinée en plein milieu de Paris allait faire bouillir d'angoisse les grands pontes de l'administration de la Place Beauvau.

Stanislas imprima les photos qu'il avait prises sur la scène de crime via son téléphone, puis il punaisa les quatre clichés sur le grand panneau de liège. Il fixa les images de la pauvre jeune fille mortaisée.

Il saisit son téléphone fixe et composa le numéro du légiste pour organiser un rendez-vous rapidement. Pour patienter, il jeta un regard vers l'horloge à l'effigie de Johnny Hallyday clouée au mur. Elle affichait 00 h 57… Au bout de quatre-vingt-dix secondes d'attente, il raccrocha d'un geste brusque. Comment pouvait-il commencer une enquête si tout le monde s'était pieuté dans de bons draps chauds ? Khalid arriva avec un sac plastique que Stanislas reconnut tout de suite.

— Tu as eu le temps de passer chez Chérif ? lui demanda-t-il avec des étoiles dans le regard.

— Bah oui ! répondit son coéquipier avec un sourire béat. J'ai bourriné comme un malade sur le périph… faut bien se restaurer vu la nuit qu'on va avoir.

Khalid sortit du sac en papier deux boîtes en polystyrène orange et deux boissons énergisantes pour leur donner des ailes.

— Y a personne qui répond au téléphone… On va se faire chier jusqu'à demain matin 6 heures tu vas voir, prédit Stan.

Khalid secoua la tête négativement tout en ouvrant le contenant.

— Je viens d'avoir un mec du ministère.

— Lequel ?

— Le nôtre ! Et j'ai des nouvelles. On nous a demandé de garder l'enquête jusqu'au bout, on peut s'asseoir sur nos jours de congé et de récup. Donc, pas de dodo avant des jours, grimaça Khalid. Ensuite, le corps de la Japonaise va repartir sans tarder par le vol de 8 h 34 avec ses parents.

— Quoi ?!

— Le père de la jeune fille est une sommité au Japon. L'ordre vient d'en haut. Et on ne peut absolument rien faire. En plus, le préfet nous a coupé l'herbe sous le pied, il est allé lui-même informer la famille du drame qui leur est tombé dessus. Le légiste va bosser dessus cette nuit et pendant ce temps-là, on peut aller interroger la famille.

Stanislas acquiesça avant de croquer dans son kebab. Chérif était vraiment le meilleur. La sauce blanche qu'il préparait lui-même donnait un goût unique à la viande. Il ferma les yeux un instant pour savourer ce moment de plaisir intense. Après avoir avalé et prié le dieu de la malbouffe, il revint sur terre.

— Comment tu sais tout ça toi ? Alors que je n'ai réussi à joindre personne ?

Khalid se marra en trempant une de ses frites croustillantes dans la sauce samouraï.

— Le réseau télécoms a surchauffé en fin de journée. Tu as téléphoné dans le vide. Et donc, j'ai eu tout le monde sur mon portable.

Stanislas ouvrit sa canette de soda en maugréant, il aurait dû passer son coup de fil via son mobile. Il en avait ras-le-bol de bosser dans ces conditions.

— À quelle heure on doit voir les parents de la défunte ? demanda-t-il.

Khalid déglutit.

— Dans une heure, gros maximum. (Il jeta un regard à Johnny Hallyday.) Il est déjà tard et ils quittent leur hôtel demain à la première heure.

Les deux hommes dégustèrent leur chawarma sans prononcer un seul mot. Parfois le silence valait mieux que de grands discours. Stanislas balança ses restes dans la corbeille à papier qui dégueulait déjà de nombreux détritus.

— Et le légiste ? Quand doit-on lui rendre visite ? demanda-t-il en s'essuyant la bouche avec une serviette en papier.

— Juste après.

Stanislas lâcha un bâillement à faire décamper un ours polaire. Il ne voulait pas le montrer, mais il était irrité. Comment voulaient-ils qu'il bosse si les grands pontes lui mettaient déjà des bâtons dans les roues ?

4

La nuit, tous les chats sont gris. Cette expression fonctionne également pour les flics.

Paris s'endormait paisiblement tandis que les deux lieutenants de la police judiciaire entraient dans un palace situé à proximité de la place de la Concorde. Stanislas montra sa carte au réceptionniste qui les attendait stoïquement. Le jeune homme attrapa une clé magnétique et les invita à le suivre. Stanislas avait toujours aimé le calme ouaté des grands hôtels. Avant, avec sa femme, il leur arrivait de prendre un verre au bar de ce genre d'établissement. Lui, savourant un soda et elle dégustant un verre de chardonnay. Ce qui l'amusait le plus, c'était quand le serveur apportait la commande et que, quasiment chaque fois, il déposait le verre de vin devant lui. Comme si le mâle dominant devait obligatoirement boire. Quand cela se passait, Stanislas prenait un malin plaisir à rectifier le tir, en expliquant au garçon que la personne qui buvait était la charmante demoiselle en face de lui. Aujourd'hui, elle n'était plus là...

— Elle est là !

— Pardon ?

— La famille de la victime, elle est là, dans cette suite, expliqua le réceptionniste.

Stanislas passa la main sur son visage. Il fallait qu'il se reprenne.

— M. Takimi m'a demandé de vous faire rentrer sans les déranger, reprit le garçon.

— Vous pouvez retourner à vos occupations, lança Stanislas en lui attrapant le badge magnétique des mains pour le scanner à la borne qui faisait office de serrure.

Le réceptionniste tourna les talons sans demander son reste et ils entrèrent dans la chambre XXL qui se trouvait curieusement baignée dans l'obscurité. Au loin, une cloche sonnait à intervalles réguliers. Les deux flics se regardèrent. Où étaient-ils tombés ? Dans le couloir, ils rencontrèrent une Japonaise qui les accueillit en s'inclinant. Ils firent de même. La jeune femme se redressa avec un léger sourire et chuchota :

— S'il vous plaît, ne faites pas de bruit. Ils finissent leur prière…

Khalid regarda sa montre.

— C'est que nous sommes pressés.

Un nouveau gong résonna dans la suite.

— Je comprends. Ne vous inquiétez pas. C'est presque terminé.

Stanislas remonta la fermeture Éclair de son blouson. *La clim est à fond, c'est pas possible autrement, je me les gèle. Ce n'est vraiment pas le moment pour se choper la crève !* grommela-t-il intérieurement en mettant les mains dans les poches. Khalid reprit la parole :

— Vous parlez très bien français.

Leur interlocutrice sourit.

— Je suis française, je me prénomme Nathalie… Je suis leur guide et interprète.

Stanislas ouvrit la bouche pour la première fois.

— C'est pour cela que vous ne priez pas ?

La jeune femme répondit d'un signe de tête affirmatif.

— Oui. La cérémonie n'est réservée qu'à la famille.

Au bout du couloir, la lumière apparut en même temps qu'un homme en costume-cravate, les yeux rougis par le chagrin. Stanislas comprit qu'il s'agissait du patriarche. Khalid resta en retrait tandis que les deux hommes s'avançaient dans le couloir avant de s'arrêter au beau milieu. Ils s'observèrent, comme deux cow-boys du Far-West. L'homme prit la parole dans un dialecte que Stanislas ne comprenait pas. Il se tourna vers l'interprète.

— Il est heureux de vous rencontrer. Il se prénomme Nao. Et il me demande de répondre à toutes vos questions. Il ne connaît pas votre langue et ne peut donc malheureusement pas participer à votre interrogatoire.

Khalid fit une grimace. Ça commençait mal. Stanislas fixa le chef de famille nippon dans les yeux puis, calmement, il se retourna vers Nathalie.

— J'aimerais quand même lui poser des questions. Je me permets d'insister.

L'interprète traduisit la demande. Nao secoua la tête plusieurs fois, adressa aux deux hommes un léger sourire avant de tourner les talons purement et simplement.

— Il souhaite pleurer sa fille avec ses proches. Si vous désirez à ce point lui parler, il vous recommande d'adresser une requête officielle via votre hiérarchie. Mais je suis à votre disposition.

Stanislas contint son agacement. C'était toujours compliqué avec les riches hommes d'affaires. Ils étaient toujours entourés de personnes qui faisaient tout pour eux. Secrétaire, assistant, chauffeur et garde du corps. Et toujours protégés par les puissants…

— Avez-vous un endroit où nous pourrions nous entretenir ? lui demanda Stanislas.

— Dans le living, annonça-t-elle en se dirigeant vers une porte entrouverte.

Les deux inspecteurs la suivirent dans une pièce attenante à la suite. L'ambiance était moins oppressante. Les lumières éclairaient deux canapés et une petite table. Khalid prit place à côté de l'interprète pendant que son collègue s'avachissait sur le canapé en face d'eux. Stanislas attrapa son carnet de notes dans la poche intérieure de son blouson et cliqua sur le haut de son stylo pour en faire sortir la bille.

— Racontez-nous tout. Tout depuis le début. Qui sont les gens que vous accompagnez ? Qu'ont-ils fait, vu, mangé ? Et surtout quand et comment Akira a-t-elle disparu ?

Nathalie s'attacha les cheveux à l'aide d'un chouchou qu'elle récupéra autour de son poignet, puis elle posa délicatement les mains sur les genoux. Stanislas comprit qu'elle allait leur répondre comme une élève de sixième qui récitait un poème devant toute la classe. Khalid lui fit signe de commencer.

— La famille Takimi est arrivée en France il y a deux semaines. Ils ont visité les châteaux du Bordelais, puis ceux de la Loire. Ensuite, ce fut le tour de Paris. Je les ai accueillis à la gare d'Austerlitz lundi dernier.

Khalid regarda sa montre pour vérifier la date.

— Cela fait donc trois jours maintenant.

Nathalie secoua la tête pour confirmer. Stanislas pressa, plusieurs fois, le bouton de son stylo. Geste qu'il faisait automatiquement quand il voulait poser une question.

— Ils étaient combien ?

— Cinq. (L'interprète compta sur ses doigts pour essayer de n'oublier personne.) M. Takimi et sa femme. Il y avait aussi la sœur de Mme Takimi. Et Jiao Takimi, le petit frère de...

Nathalie se mit à sangloter. Stan haussa les sourcils. Cette interprète ne connaissait cette famille que depuis trois jours et elle jouait la veuve éplorée ? Ridicule. Pour la relancer, il termina la phrase restée en suspens avec le peu de douceur dont il était capable :

— ... Akira Takimi.

Khalid proposa à la jeune femme un mouchoir qu'il sortit de la poche de son 501. D'un geste lent, elle essuya ses larmes – taries un peu rapidement, relevèrent les professionnels – et renifla ostentatoirement.

— Oui.

— Et comment était-elle ?

— Très gentille.

Stan n'aimait pas perdre son temps en banalités. *MERDE.* Il avait une affaire de meurtre à résoudre.

— Qu'elle soit gentille, méchante ou complètement con, je m'en fous. Ce que je veux savoir, c'est comment elle était lors de vos visites dans la capitale ? rétorqua-t-il sèchement.

Khalid intervint pour calmer le jeu. Sans s'en rendre compte, les deux collègues jouaient au *good cop, bad cop.*

— Était-elle anxieuse ? Nerveuse ? Sortait-elle le soir ? Seule ou accompagnée ? A-t-elle pu faire de mauvaises rencontres ? Vous voyez ? Ce genre de choses...

Elle secoua la tête, respira profondément et lâcha d'une traite :

— Je ne vois pas ce que je peux vous dire qui pourrait vraiment vous intéresser. C'est une riche famille japonaise. Jamais un mot plus haut que l'autre. L'autorité du papa est incontestable. Personne ne bronchait. (Elle but une gorgée d'eau.) Je ne suis pas certaine qu'elle soit sortie. Elle était plutôt concentrée sur son téléphone portable, si vous voyez ce que je veux dire.

Stan voyait très bien. La jeunesse de maintenant passait la plupart de son temps sur des écrans à taille réduite à communiquer avec des inconnus sur tous les continents. *Drôle d'époque*, songea-t-il en faisant cliquer son stylo.

— Quand et où a-t-elle disparu ?

— La famille se promenait vers la place du Tertre à Montmartre. Akira s'est éloignée quelques minutes pour acheter des cartes postales. Nous ne l'avons jamais revue.

— Vous avez une idée dans quelle boutique est-elle allée ? demanda Khalid.

— Non aucune, je suis désolée.

— Et la famille ? Elle était où au moment de la disparition ?

L'interprète montra une photo sur son téléphone portable.

— En train d'attendre que le portraitiste termine la caricature de Jiao. C'est au bout d'une quinzaine de minutes que nous nous sommes aperçus qu'Akira n'était pas revenue. On a cherché partout et on a appelé la police qui nous a dit de ne pas nous inquiéter, répondit-elle pleine d'ironie dans la voix. M. Akira a dû joindre personnellement l'ambassadeur. Malheureusement trop tard…

Stan passa la main sur sa barbe de trois jours. Il n'arriverait à rien en poursuivant cet interrogatoire. D'un geste lent, il se leva en soupirant.

— Merci pour votre coopération. Mon collègue va vous donner nos coordonnées, si jamais un détail important vous revenait. Pouvez-vous nous envoyer la photo du dessin par texto ?

La jeune femme attrapa la carte de visite.

— Heu… Oui… D'accord. C'est déjà terminé ?

— Oui, répondit Khalid. Maintenant, c'est à nous de creuser.

— Très bien, dit-elle timidement.

— Khalid, murmura Stan, il faut absolument que demain on envoie des gardiens de la paix faire le tour de Montmartre et ses commerçants. Peut-être que quelqu'un a vu quelque chose. Faut rien négliger.

Son collègue était d'accord. Le portable de Stanislas se mit à vibrer dans sa poche. Il attrapa son iPhone et reconnut tout de suite le numéro qui s'affichait. Il regarda Khalid avant de quitter le petit salon.

— C'est le patron. On se retrouve en bas.

Khalid grimaça, ça sentait les ennuis. Il nota sur son carnet les coordonnées de la jeune femme avant de sortir de la chambre pour retrouver son collègue qui devait bouillir comme de l'eau sur le feu tellement il détestait quand Pierre Rachaud, le directeur de la police judiciaire, s'immisçait dans ses affaires.

5

Même si c'était le mois de mai, la pluie s'invita tranquillement en giboulées glacées sur la Ville Lumière. La BMW cabossée de Stanislas roulait à une allure paisible dans les rues de Paris. Depuis qu'il avait quitté le 36, quai des Orfèvres, sa voiture était devenue le meilleur endroit pour réfléchir. Il préférait passer la plupart de son temps dans son véhicule plutôt que dans un bureau moderne et déjà archaïque. Sur le siège passager, Khalid regardait le paysage par la fenêtre. Qu'il aimait cette ville. Sa couleur, son odeur et ses sonorités, jamais il ne pourrait la quitter.

Il observa à la dérobée Stan qui, concentré, conduisait les mains parfaitement posées sur le volant. 10 h 10, comme on le lui avait appris il y a des années à l'auto-école. Depuis le coup de téléphone, Stan s'était refermé comme une moule. Khalid le connaissait depuis assez longtemps pour comprendre que quand il mettait sa bouche en cul-de-poule, il ne fallait surtout pas le déranger. Soit il était en colère, soit il réfléchissait. Khalid attendit alors, placidement, que Stanislas brise la glace. À un feu rouge, Stanislas tourna la tête vers son ami.

— Rachaud m'a répété que la famille de la morte est très respectée au Japon. Qu'on frôle les problèmes diplomatiques avec cette histoire. Les patrons veulent donc qu'on règle cette enquête le plus rapidement et sans faire de vagues.

Khalid ricana. C'était toujours pareil avec les hauts fonctionnaires du ministère. Ils réclamaient des résultats sans donner les moyens d'y arriver. Ils avaient fait de grandes études, ça, Khalid ne pouvait pas le nier, mais ça ne leur donnait quasiment aucune connaissance en maintien de l'ordre et investigations criminelles. Qu'est-ce qu'ils croyaient ? Qu'on pouvait régler une histoire d'homicide en claquant des doigts ? Ils les prenaient pour qui ? Pour *Joséphine ange gardien* ?

— Ça va être chaud, souffla Khalid en attrapant un paquet de bonbons qui traînaillait à ses pieds.

— C'est pour cela que je l'ai envoyé chier comme jamais... File-moi des Dragibus. J'ai la dalle.

Stanislas ensevelit sa grosse paluche dans le paquet. Puis il fourra la poignée de bonbons dans sa bouche. Le sucre lui donna un coup de fouet. Il enclencha son clignotant pour remonter la rue de la Rapée et reprit :

— Je lui ai dit d'arrêter de nous casser les couilles et de nous laisser faire notre job.

— Et ?

— Il m'a raccroché au nez. De toute façon, je l'emmerde.

Stanislas termina sa phrase en tirant le frein à main. Ils étaient arrivés à destination. Autour d'eux, malgré la pluie qui s'abattait comme les chutes du Niagara, la nuit était calme. La question que les deux hommes se posaient était : allait-elle le rester ?

— Rachaud va te le faire payer.

Stanislas grimaça. Khalid avait raison. Pierre Rachaud, patron de la police judiciaire française, ami intime du ministre de l'Intérieur, ne le lâcherai plus. Mais il n'en avait rien à foutre.

— Je m'en tape. Je fais mon boulot, et je le fais bien… Il va me chercher des poux, mais je n'ai rien à me reprocher. Alors, passons à autre chose. (Khalid resta muet.) Quoi ? Qu'est-ce qu'il y a ? s'énerva Stanislas en décliquant sa ceinture de sécurité. (Khalid fixa son ami avec des yeux de cocker.) Putain, Khalid, parle… Je n'aime pas quand tu fais ce regard de chien esseulé.

Son collègue déglutit et expectora d'une traite ce qu'il avait sur le cœur depuis plusieurs jours :

— Mon pote. Je t'aime, tu le sais ça. Mais depuis quelque temps, tu n'es que l'ombre de toi-même. (Stanislas dévisagea son ami d'un regard noir. Khalid enchaîna :) Je sais que tu traverses une période difficile. Je te couvre dès que je peux et ça me va… mais si tu t'attaques au patron, ça va se retourner contre toi.

— Surtout contre toi ? C'est ça qui te fait peur ?

— Mais je m'en fous de moi, je parle de toi… Tu as besoin de la stabilité du boulot. Je veux que tu sortes la tête de l'eau et que tu te concentres sur ton futur, pas sur ton passé.

— J'ai besoin de voir mes enfants. Je fais tout pour que personne ne se mette entre Charlie, Lucette et moi.

— Laisse faire les avocats, ils sont là pour ça. Tu vas te brûler les ailes et tout gâcher.

— Les baveux ? Mais ils sont nuls. (Il prit un temps.) Je n'en ai pas encore pris… C'est comme ces putains de juges, tu sais aussi bien que moi qu'ils filent les gosses aux mères à 99 %, surtout si le père est un flic qui passe son temps dans la merde. On me l'a bien fait comprendre. C'est pour ça, qu'on m'interdit de les voir pendant les trois prochains mois… Juste parce que je suis flic. Putain de juge, siffla-t-il entre ses dents.

Que pouvait répondre Khalid ? Il savait très bien qu'il était impossible pour un flic d'avoir la garde des enfants lors d'un divorce.

— Bon ? On va lui parler à ce légiste ou on reste à discuter dans la voiture comme les meufs de *Desperate Housewives* ? annonça Stan pour balayer cette putain de conversation d'un revers de la main.

Khalid éclata d'un rire gras et forcé, même s'il savait qu'un jour ça reviendrait à la figure de Stan comme un boomerang. En quelques mouvements, les deux hommes sortirent de la BMW et coururent pour se protéger de la pluie. Ils traversèrent la rue en évitant les flaques d'eau qui se formaient comme des volcans de sauce dans une purée mousseline. Stan poussa la porte cochère couleur bleu métallique du 2, place Mazas dans le XIIe arrondissement. Le duo de flics entra dans le hall à la lueur de la pleine lune. Il ne manquait plus que les hurlements d'une meute de loups pour pimenter encore un peu plus cette nuit étrangement singulière.

*

L'écho de leurs pas résonnait dans les couloirs entièrement vides. Le carrelage faisait caisse de résonance comme un compte à rebours qui comptait les pas jusqu'au trépas. L'Institut médico-légal de Paris puait la mort et les produits détergents. Stan qui suivait Khalid comme son ombre n'avait jamais été à l'aise en ce lieu, il trouvait que c'était un drôle d'endroit pour une dernière rencontre... Son collègue avait eu le légiste quelques heures auparavant. Il leur avait donné rendez-vous directement dans son bureau. « Tu suis les illuminations, comme les rois mages ! » lui avait-il dit en rigolant avant de raccrocher. Et c'était ce que faisaient actuellement les deux collègues. Ils suivirent le rai de lumière qui scintillait sous une porte au fond du deuxième sous-sol. Stanislas attrapa Khalid par le bras.

— Tu sens cette odeur ? lui demanda-t-il en l'attirant vers lui.

— C'est le parfum de la mort. C'est normal, on est dans une morgue.

— Non, c'est autre chose, lui répondit mystérieusement Stan en secouant la tête.

Les deux hommes arrivèrent devant le bureau du légiste d'astreinte, Maximilien Barsillia. Khalid frappa deux petits coups secs.

— Vous pouvez entrer, les gars, je vous attendais.

Les deux flics pénètrent dans l'antre du médecin. Maximilien les accueillit la bouche pleine :

— Désolé, je termine mon burger et je suis à vous, dit-il en léchant ses doigts.

Stanislas esquissa un sourire satisfait : il avait reconnu l'odeur du McDo à plus de vingt mètres, il était prêt pour travailler au guide Michelin de la malbouffe. Tout en s'asseyant sur la chaise en plastique qui traînait sur le côté, le lieutenant Diamick lorgna goulûment les frites. Khalid, lui, colla son dos au mur et croisa les bras.

— Ce n'est pas très sain tout ce gras, surtout pour un médecin, fit remarquer le collègue de Stan.

Maximilien grimaça, penaud.

— Je sais. Mais vous avez vu l'heure ? Ma fiancée me fait des salades de quinoa avec du poisson cru. J'ai tout le temps la dalle, surtout en plein milieu de la nuit. Je ne fais que me bâfrer de conneries dès que je suis ici.

Stan éclata de rire.

— Pourquoi elle fait ça ?

Maximilien plissa la bouche, un peu gêné.

— On se marie dans deux mois. Elle veut que je sois beau et mince dans mon costume.

— Ce sera une de moins pour ton gros bide de marié, plaisanta Khalid en mâchouillant la frite tiédasse qu'il venait de piquer.

Le légiste aspira une grande rasade de soda à l'aide de sa paille en carton.

— Vous pouvez finir. J'en peux plus, dit-il en se tapant le bide.

Stan sauta sur l'occasion pour attraper les frites. Il les grignota en écoutant Maximilien.

— Bon, les gars. Je ne vais pas vous faire de longs discours, mais…

— Tu as de la mayo ?

— Non, Stan, je n'en ai pas.

— Même pas de la sauce barbecue ?

Maximilien souffla en se passant la main dans les cheveux.

— Non plus, le livreur les a oubliées… (Le légiste se leva mollement de sa chaise. Son hamburger faisait déjà effet sur son organisme.) Suivez-moi dans la salle d'examen. On ira plus vite, d'autant plus qu'il commence à se faire tard.

Par réflexe, Khalid zieuta sa montre. Elle indiquait déjà 2 h 12. *Que le temps passait vite*, s'étonna-t-il en suivant

Stanislas et le médecin qui se trouvaient déjà au milieu du couloir froid et silencieux.

Stan appréciait Maximilien. C'était l'un des seuls médecins légistes qui utilisaient des termes que les flics pouvaient comprendre. Il n'essayait pas d'englober ses explications et ses rapports avec des mots compliqués, juste pour étaler devant les autres sa science et ses diplômes. Non. Maximilien parlait un langage normal et compréhensible.

En quelques minutes, le trio se retrouva dans une salle d'examen carrelée du sol au plafond. L'odeur de la Javel commençait, comme chaque fois, à monter à la tête de Stanislas. Les plaisanteries avaient cessé. Ils étaient maintenant concentrés sur leur boulot. Maximilien se posta à côté d'Akira Takimi qui semblait dormir paisiblement sur une couche en Inox.

— Alors, que voulez-vous savoir ?

Même si c'était son boulot, Khalid n'arrivait pas à s'habituer à voir des gens morts sur une table d'autopsie. Il répondit sans lâcher du regard la jeune femme immobile face à lui :

— Tout ce que tu peux nous dire. On a pour le moment zéro indice. On n'a trouvé aucune trace d'ADN sur la scène de crime. On espère que toi, tu pourras nous donner quelques pistes… Même minimes.

Le légiste fit une grimace qui déstabilisa les deux flics. Si lui n'avait rien trouvé, ils étaient carrément dans la merde, pensèrent simultanément Stan et Khalid.

— Y a pas grand-chose à dire en fait.

— Que sais-tu pour commencer ?

— Elle est morte noyée. On l'a assassinée en lui enfonçant la tête sous l'eau. On l'a tenue violemment par le cou. Nous pouvons voir plusieurs traces d'ecchymoses. (Le légiste les désigna à l'aide d'un minilaser.) Ici, ici et là. Je vous passe les détails, mais j'ai réalisé des examens poussés sur les organes génitaux et la marge anale. Je n'ai trouvé aucune plaie, aucune fissure. Je peux donc vous confirmer qu'elle n'a pas été violée, ni violentée. Enfin, je veux dire frappée. Je ne parle pas des entailles qui ont été faites ante mortem.

— Elles sont profondes ? questionna Khalid.

— Oui, assez. Les plaies pénétrantes sont de trois centimètres. Il y est allé fort. Cela a été fait à l'aide d'un scalpel chirurgical comportant une lame arrondie n° 10. C'est net et précis, j'ai reconnu tout de suite la forme de l'incision. Je peux vous dire aussi que la personne qui en est à l'origine savait exactement ce qu'elle faisait. (Maximilien grimaça.) Je sais que cette remarque ne vous apportera rien, mais ça m'a tout de suite sauté aux yeux.

— Tout est important, Maximilien. Tout.

Le légiste se tourna de trois quarts et attrapa une feuille punaisée à un panneau en liège.

— Le plus intéressant, si on peut dire, ce sont les prélèvements sanguins. Les analyses ont décelé une forte dose de flunitrazépam.

— La drogue des violeurs ? Quelle merde… Ça efface tout un pan de votre vie. (Khalid prit une légère respiration.) Ça fait des années que des milliers de femmes se font abuser sexuellement après avoir avalé cette drogue à leur insu… Une véritable horreur.

Le médecin légiste acquiesça et ajouta :

— Sa commercialisation a été stoppée en 2013, mais des boîtes se vendent encore sous le manteau ou sur le

Net. Et sincèrement, je ne veux pas vous foutre la trouille, mais c'est très facile d'en trouver.

— T'es en train de nous dire qu'il y a un mec qui a drogué la Japonaise pour lui graver des trucs sur le corps et ensuite la noyer. C'est ça ?

— Oui, c'est ça.

— Où peut-on trouver un scalpel comme celui utilisé ? enchaîna Khalid.

Le légiste toussa avant de répondre.

— Partout. Sur Internet ou alors en pharmacie. Comme je vous le disais, le mec a dû s'entraîner. Ce sont des dessins sommaires mais bien réalisés. Les coups sont rapides et nets. Aucun tremblement, il savait ce qu'il faisait et il faut une réelle dextérité pour faire ce genre de chose avec un bistouri.

— Je sais que ce n'est pas ta spécialité, mais sais-tu ce que ça signifie ?

— Quoi ? Les marques ? J'imagine, comme vous, que ce sont des trucs satanistes. 666, c'est le chiffre de la bête... Encore un cinglé, lâcha Maximilien en enlevant ses gants en latex. Mais ce n'est en effet pas ma spécialité, je ne peux pas vous aider.

Stanislas rangea son carnet et son stylo dans la poche intérieure de son blouson.

— Tu peux nous envoyer par mail les photos des scarifications avec ton rapport ? Qu'on regarde ça à tête reposée.

— C'est déjà sur votre boîte pro !

Stanislas grimaça.

— Je préfère que tu me transfères tout ça sur la perso. Au 36, on a quelques problèmes de connexions Internet, on est baignés informatiquement dans l'année 1998, si tu vois ce que je veux dire...

Maximilien nota l'e-mail de Stanislas sur un bout de papier qu'il casa dans la poche arrière de son pantalon. Puis il raccompagna les deux flics jusqu'au rez-de-chaussée. Après une poignée de main, Stanislas demanda d'un air goguenard s'il était invité à son mariage. Maximilien devint aussi blanc que ses clients quotidiens et répondit dans un souffle presque inaudible :

— Faudrait que je voie avec ma future femme. C'est elle qui fait les plans de table avec ma belle-mère.

Les deux flics prirent congé du légiste en se foutant ouvertement de sa tronche.

*

La pluie avait cessé et le calme qui régnait dans la capitale française apaisa légèrement Khalid et Stanislas qui se trouvaient à l'intérieur de la voiture immobile. Au-dessus d'eux, la lune éclairait Paris comme un projecteur de cinéma, mais la vie n'était pas un film… malheureusement.

— Je crois qu'on ne va rien pouvoir faire de plus cette nuit. Je te ramène chez toi et on se retrouve au bureau demain à la première heure ? proposa Stan.

Khalid accepta et demanda :

— Pourquoi il a fait ça sur le corps ? À quoi ça rime ?

Stan haussa les épaules.

— Je n'en sais rien. Un dégénéré comme il peut y en avoir beaucoup…

— Si on était dans un roman de Maxime Chattam, on aurait d'autres victimes dans les jours qui viennent.

— Ce qui est bien, c'est que nous sommes dans la vie réelle, pas dans un thriller, répliqua Stan dans un sourire. Alors tu n'as pas à t'inquiéter.

Il fit démarrer la voiture et prit le chemin de l'appartement de son collègue, à moins de cinq minutes de là.

— Et toi, tu vas faire quoi ? demanda Khalid sans regarder le conducteur.

— Je vais me coucher.

Khalid tourna la tête. Son ami avait répondu trop vite pour être honnête. Il le connaissait par cœur. Stanislas sentit le regard de son passager se poser sur lui.

— Quoi ?

— Rien.

— Accouche.

— Je voudrais que tu ailles vraiment te coucher. On a un meurtre sur les bras et le patron sur notre dos. Je ne veux pas de vagues. Tu comprends ?

Stanislas grimaça.

— Je n'arrive pas à dormir…

— Je le sais. Mais si je dis ça, c'est pour ton bien.

Les maxillaires de Stanislas se crispèrent. Il respira fortement avant de répondre :

— Je gère… Le boulot, je gère, mes histoires familiales, je gère, ma vie, je gère. OK ?

Khalid répondit par l'affirmative d'un léger mouvement de tête. La voiture ralentit et s'arrêta sans à-coups. Khalid sortit et se baissa pour choper le regard de Stan à travers la fenêtre ouverte du côté passager.

— Demain, 8 heures ?

— J'y serai, marmonna Stanislas avant d'accélérer.

Khalid regarda la voiture partir dans la rue déserte. Il espérait fortement que son ami se ressaisisse avant que tout ne se désintègre.

6

La gare de Lyon était prise d'assaut par les voyageurs du week-end. Le TGV n° 1232 arriva de Marseille sans aucune minute de retard. L'horloge qui trônait au sommet de la grande tour affichait 9 h 37. Le soleil commençait à chauffer le bitume et les taxis valsaient devant les portes des arrivées. Les talons hauts de Maria, Charlotte et Fanny claquèrent sur les dalles en marbre de la place. Elles avaient hâte de retrouver le chauffeur privé que leur père avait commandé. *Que c'était bon d'être la fille d'un homme d'affaires qui avait réussi*, pensa Charlotte en montant dans le van climatisé à six places. L'homme en costume-cravate leur souhaita la bienvenue dans la capitale et démarra tranquillement pour les emmener au Pullman, près du Champ-de-Mars.

Le minibus se gara devant l'hôtel, avenue de Suffren. Les trois filles en sortirent. Le chauffeur récupéra leurs valises dans le coffre. Charlotte donna un pourboire au jeune homme qui lui demanda si elles avaient besoin d'un accompagnateur ou d'un guide pendant ces deux prochains jours. Le trio se questionna du regard. Maria s'avança en ondulant ouvertement. Le jeune homme transpira à grosses gouttes. Elles étaient toutes les trois mortellement jolies... Il inspira à fond. C'était un professionnel, il ne pouvait pas se permettre de draguer des clientes.

— On veut bien un chauffeur pour le week-end. Le temps de prendre une douche et un petit déj'. On se donne rendez-vous ici disons... dans une heure ?

Le chauffeur acquiesça dans un souffle. Puis les filles s'engouffrèrent dans le hall de l'hôtel en gloussant. Le jeune homme monta dans son véhicule. Il était content. Il s'assurait de bonnes courses pour tout le week-end... avec, en prime, trois jolies demoiselles.

*

— Vous êtes de Marseille ?

Cela faisait plus d'une demi-heure que le chauffeur privé avait récupéré les filles à leur hôtel. Pour entamer leur petit périple parisien, elles avaient voulu voir la tour Eiffel. Même si la dame de fer était à quelques pas de leur palace, elles n'avaient eu aucune envie de marcher. Maintenant, le minivan se dirigeait à allure constante vers la plus belle avenue du monde : les Champs-Élysées.

Le jeune homme, les mains bien plaquées sur son volant et les yeux rivés sur le rétroviseur, matait discrètement les trois sœurs qui passaient leur temps sur leur smartphone. Il était tombé sous le charme de Fanny. Tout en elle lui plaisait. Sa bouche, ses épaules, son regard, son sourire et tout particulièrement ses jambes, qu'il trouvait interminables et magnifiques. Maria répondit à la question du chauffeur sans lever les yeux de son écran.

— Oui. Vous connaissez ?

Il secoua la tête.

— Non. Je n'ai pas beaucoup quitté Paris. Mais, si un jour on m'y invite, je viendrais avec plaisir, dit-il en faisant via le rétroviseur un imperceptible clin d'œil à Fanny. Ils se sourirent.

— On arrive quand ? demanda Charlotte.

— Douze minutes. Il y a des travaux sur la route.

— En tous les cas, moi, aujourd'hui, je vais chez Louboutin ! lança Charlotte à la cantonade en rangeant son téléphone dans son sac.

Maria leva la tête.

— Oh non ! On va encore poireauter des heures, tu fais chier, tu ne penses qu'à toi !

Fanny calma le jeu avec une proposition qui pouvait mettre tout le monde d'accord :

— On se sépare et on se retrouve toutes pour déjeuner. OK ? (Elle se pencha vers le conducteur.) Vous connaissez un restaurant un peu chic pas très loin de la rue Saint-Honoré ?

Le jeune homme passa la main dans ses cheveux pour réfléchir. L'effluve de parfum de la jeune fille lui tournait légèrement la tête.

— Je peux vous conseiller le Napoléon. J'emmène souvent des clients là-bas.

— Vendu ! répondirent en chœur les trois filles en notant l'adresse de l'établissement sur leur iPhone.

Les trois sœurs se donnèrent rendez-vous au restaurant à 13 h 30 puis le chauffeur laissa Maria et Charlotte à proximité de la place de la Concorde, tandis qu'il déposait Fanny, à sa demande, place de l'Opéra.

7

Les bruits assourdissants de la porte de Clichy remontaient jusque dans le bureau de Khalid et Stanislas. Le 36, quai des Orfèvres était bien loin. Aujourd'hui, les flics de la police judiciaire parisienne entendaient continuellement les marteaux-piqueurs, les klaxons des voitures encastrées sous le périphérique à quelques mètres de là, sans compter l'écho des sirènes de tous les corps de métier qui en exigeaient une. C'était la folie. Comment réfléchir dans ces conditions ? Comment gérer des auditions dans un bordel sans nom ?

Stanislas était arrivé à l'heure avec des croissants et des pains aux raisins, mais avec une gueule de déterré. Khalid n'avait rien dit, mais il avait immédiatement compris en voyant la tête de son ami qu'il avait encore passé une nuit blanche. Certainement devant le nouvel appartement de sa femme. Ses yeux rougis, sa barbe de dix jours et les mêmes fringues que la veille le confirmaient. Mais il ne dit rien. Il fit semblant que tout allait parfaitement. Les deux hommes avaient petit-déjeuné en silence dans leur bureau en trempant les viennoiseries dans un café dégueulasse. Puis Stan avait passé sa matinée au téléphone avec les agents d'arrondissement qui faisaient du porte-à-porte dans le quartier de la place du Tertre. Ils avaient comme mission d'interroger les commerçants pour savoir s'ils avaient aperçu la jeune Akira ou un événement suspect. Mais rien. Ils avaient eu toujours la même réponse. *Il y a tellement de touristes dans le quartier qu'il leur est impossible de se souvenir de qui et de quoi que ce soit.* Les gardiens de la paix avaient aussi retrouvé le portraitiste, mais il ne leur avait pas raconté grand-chose, non plus. Il se rappelait parfaitement le jeune homme car son père lui avait filé un billet de cent euros. Cela ne lui était jamais arrivé. La famille était restée sans bouger pendant qu'il dessinait. Il se souvenait aussi que la fille les avait quittés au bout de quelques minutes pour se promener. Mais c'était tout. Il ne pouvait rien dire d'autre. Cette piste menait dans une impasse. Ensuite, Stan avait appelé la Direction de prévention, de la sécurité et de la protection. Autrement dit, le centre névralgique des caméras de surveillance de la capitale. Là aussi, cela n'avait rien donné. Aucune trace de la jeune Japonaise... Cette enquête commençait mal. Ils devaient absolument réagir si Khalid et lui ne voulaient pas passer pour des bras cassés. Tout en réfléchissant à l'affaire, Stan imprima le rapport que le légiste leur avait envoyé, et le punaisa en dessous de la pendule à l'effigie de l'idole des jeunes qui professait 13 h 33. Après avoir résumé à son collègue ses appels de la matinée, il demanda :

— Pourquoi a-t-il fait ce genre de dessins d'après toi ?

— Difficile à dire pour le moment. Soit il est timbré et croit peut-être à des trucs diaboliques, soit il voulait nous mettre sur une fausse piste, répondit Khalid en se grattant le haut du crâne.

— Et la pyramide sur son dos ? Il a peut-être gravé ça parce qu'on a trouvé le corps près de celle du Louvre. Non ?

— Peut-être. Je n'en sais rien. On n'a pas suffisamment d'éléments. Encore moins d'indices, pas d'empreintes, pas de traces d'ADN… On est dans le flou total.

Stanislas ouvrit son tiroir, en sortit un paquet de chips saveur hamburger et l'ouvrit. D'un mouvement quasi professionnel, il attrapa une poignée qu'il enfourna directement dans sa bouche.

— La plupart des symboles sont évidents. Pendant que tu passais ton temps au téléphone, j'ai rassemblé quelques données sur chacun. Mais la pyramide, comme elle est dessinée là, ça m'a turlupiné toute la matinée et j'ai enfin mis le doigt dessus. Elle me fait beaucoup penser à celle qu'on trouve sur les billets de 1 dollar, débita Khalid en s'approchant du bureau de Stanislas pour lui voler quelques croustillantes lamelles de pomme de terre.

— Qu'est-ce que tu veux dire ?

Khalid secoua la tête tout en attrapant son iPhone. En quelques clics, il montra la photo du dollar américain et, effectivement, le polyèdre sur le dos d'Akira Takimi ressemblait étrangement à celui dessiné sur le billet vert. Elle était, elle aussi, tronquée entre le socle et le sommet.

— Je n'avais jamais remarqué qu'il y avait un œil sur le billet de 1 dollar, s'étonna Stan en scrutant de plus près l'écran du téléphone de son collègue. Tu sais ce que cela signifie ?

— Non. Cherchons en ligne.

En quelques secondes, il trouva.

— « L'Œil de la Providence ou l'œil omniscient est généralement interprété comme la représentation de l'œil de Dieu exerçant sa surveillance sur l'Humanité. Son symbole est repris par plusieurs religions et sociétés philosophiques. Dieu voit tout, rien ne lui échappe des pensées et des actions humaines, même les plus cachées. Dieu est omniscient, omniprésent, omnipotent. Inscrit dans un triangle, il symbolise également la Trinité divine.

» L'Œil de la Providence apparaît également dans l'iconographie de la franc-maçonnerie, au centre d'un triangle rayonnant parfois appelé "delta lumineux". L'Œil de la Providence le plus connu est sûrement celui qui figure au verso du billet américain d'un dollar dont le dessin fut validé par Franklin D. Roosevelt, qui était franc-maçon. »

Khalid poussa plus loin sa navigation avant de lâcher un laconique : « Putain de merde. »

— On trouve bien trop facilement des théories complotistes.

— Il manquait plus que ça, siffla Stanislas en ouvrant une bouteille de soda qu'il venait de récupérer dans un des tiroirs de son bureau.

— Tu sais qu'il y a un distributeur réfrigéré au bout du couloir, s'amusa Khalid.

— Ouais. Mais il ne fonctionne déjà plus, grimaça Stan avant de porter le goulot de son litre et demi à ses lèvres. (Une fois sa gorgée gargantuesque avalée, il demanda :) Vas-y, fais-moi rêver. C'est quoi les théories des complotistes sur le fameux billet vert ?

— Je vais essayer de te condenser tout cela : la pyramide tronquée avec l'œil sur le sommet qui est présent sur le billet américain est aussi l'envers du grand sceau des États-Unis.

— C'est quoi, le sceau des États-Unis ?

— Le grand sceau est utilisé publiquement en 1782 pour la première fois. Il prouve l'authenticité des documents officiels au sein du gouvernement fédéral américain. D'un côté, il y a un pygargue à tête blanche tenant un rameau d'olivier dans une serre et treize flèches dans l'autre. Il symbolise la paix. Sur l'autre côté, on trouve l'œil surmontant la pyramide. C'est celui-ci qui est véritablement un idéogramme fort pour les complotistes.

— Pourquoi ?

— Parce qu'il confirme la présence et le pouvoir des Illuminati dans un gouvernement mondial.

— Il ne manquait plus qu'eux, s'exclama Stanislas.

— L'œil étant l'incarnation de l'aboutissement de l'illumination – c'est-à-dire la Connaissance –, il serait la preuve qu'une élite omnisciente contrôle le peuple. (Stan ouvrit la bouche mais aucun son ne sortit. Khalid enchaîna :) Tu savais qu'il y avait aussi inscrit sur le dollar la phrase *Novus Ordo* ?

— Absolument pas. Et cela veut dire quoi ? demanda Stanislas.

— Nouvel ordre. Ce serait le cri de la victoire des grands conspirateurs en 1776. Et pourrait aussi dire qu'un nouvel ordre mondial est en marche et qu'il ne sera pas relié à l'autorité, ni à l'influence religieuse. Les Illuminati souhaitaient par cette phrase montrer au monde qu'ils étaient présents et qu'ils pouvaient et voulaient gouverner le monde.

— Ouais, comme toujours avec les complotistes, c'est tiré par les cheveux et on ne comprend rien. T'en penses quoi ? Tout cela pourrait-il être la cause du meurtre ?

Khalid secoua la tête.

— Je n'en sais strictement rien. Plus tu navigues sur les sites, plus tu tombes sur des conneries et plus tu te poses des questions. Peut-être en effet est-ce une façon pour le tueur de détourner nos soupçons et qu'il s'agit, comme dans la majorité des cas, d'un proche ou d'un ami de la victime ?

— Résumons. Nous avons une Japonaise qui s'est fait assassiner en plein Paris. Malgré le peu de coopération de la famille, nous avons pu déterminer que ses proches présents sur le territoire n'étaient pas en cause puisqu'ils étaient ensemble à l'heure de la disparition, alibi confirmé par le caricaturiste. Mais est-ce que la nationalité de la victime a une importance ? De plus, elle a été droguée avec un puissant somnifère interdit à la commercialisation depuis des années. Malheureusement, on peut s'en procurer très facilement encore. Et pour terminer, il lui a dessiné sur le corps six 666, trois pyramides, quatre pentagrammes inversés et l'emblème des francs-maçons. Ça fait quand même beaucoup, non ? Alors ma dernière question est : pourquoi ?

Khalid renifla.

— C'est tout le nœud de cette enquête, Stan. Ça pourrait être n'importe quoi... n'importe qui. Un déséquilibré, un mec éconduit, un tueur en série...

Stan se figea et regarda son collègue.

— Rien ne nous permet de l'affirmer... Tu t'attends vraiment à un autre meurtre ?

— Il me semble que ce n'est pas impossible, malheureusement.

Stan se passa la main dans sa barbe. Elle lui chatouilla la main. Il fallait qu'il se rase et qu'il passe chez le coiffeur. Cela devenait urgent.

— On devrait aller refaire une petite visite de routine aux gardiens du Louvre qui ont appelé les flics au moment de la découverte du corps. (Stanislas attrapa son blouson de cuir.) Viens, on retourne sur place. Je veux sentir l'ambiance et la puissance de cette pyramide de verre... Nous sommes passés à côté d'un truc, j'en suis certain.

— Tu ne veux pas qu'on téléphone aux Illuminati ? Ce serait plus simple, plaisanta Khalid en rangeant son téléphone portable dans sa poche de pantalon.

— Je n'ai vraiment pas envie de plaisanter, marmonna Stan.

— OK, patron.

Stanislas ouvrit la porte du bureau et se tourna vers son collègue.

— Et si tu es sage, ce soir, je t'invite chez Chérif.

Le visage de Khalid s'éclaira d'un énorme sourire.

— Enfin une bonne nouvelle !

*

— Commissariat du VIIe, bonjour. (Au bout du fil, il y eut un silence. La policière reprit la parole d'une voix calme et professionnelle :) Allô ? Allô ? Je vous écoute.

Après quelques reniflements, une voix féminine résonna dans l'appareil :

— *Notre sœur a disparu.*

— Ne quittez pas, je vais vous passer un officier de police qui pourra vous aider.

— *Merci.*

Des sanglots résonnèrent tandis que l'agent partait chercher son supérieur.

8

Gaspard marmonnait en enfilant ses bottes en caoutchouc et en ajustant son casque de chantier. Il en avait marre de ces touristes qui perdaient toujours tout. L'autre jour, c'était une bonne femme qui avait fait glisser ses lunettes ; la semaine dernière, c'était cet adolescent qui avait fait tomber son sac banane dans lequel il avait rangé son passeport ; et aujourd'hui, c'était un père de famille qui avait malencontreusement lâché la gourmette en or de son nourrisson. Quel métier de merde, ronchonna Gaspard en ouvrant la trappe pour pénétrer dans le puits qui donnait accès aux eaux souterraines. Il n'aimait pas cet endroit. Il avait l'impression qu'il pouvait se noyer à tout moment. Même si les eaux n'étaient pas profondes, il savait qu'il suffisait d'une fausse manœuvre des employés de la ville pour que le souterrain soit submergé par les flots en quelques minutes. Gaspard alluma sa torche frontale et commença sa recherche. Une gourmette, comment allait-il pouvoir mettre la main dessus ? Non, mais sans déconner… Mais miracle, assez rapidement, il la trouva. Elle étincelait tellement dans l'eau grâce au soleil qui rayonnait que ce fut un jeu d'enfant.

Il décrocha son talkie-walkie pour informer son collègue de sa pêche miraculeuse. L'homme à l'autre bout de l'appareil lui demanda s'il pouvait vérifier la porte ouest car une alarme venait de se déclencher. Gaspard coupa la communication en marmonnant. C'était toujours lui qui faisait les basses besognes. C'était vraiment chiant.

D'un pas pourtant léger, Gaspard se mit en route vers l'issue de secours du ruisseau situé à l'autre bout du tunnel. Au bout de dix mètres, Gaspard trébucha sur quelque chose et tomba. Il se releva difficilement tout en gueulant et jurant… avant d'apercevoir le responsable de sa chute. En comprenant ce qui flottait, Gaspard hurla à s'en faire déflagrer les poumons. Il mit sa main à la bouche avant de vomir tout ce que son estomac pouvait contenir. Une fois ses esprits retrouvés, il fit demi-tour et courut de toutes ses forces pour alerter la sécurité.

9

— Et comme d'hab' ! Tu me mets double dose de sauce blanche. Hein, Chérif ! hurla Stanislas avant de s'asseoir à sa place habituelle.

Le restaurateur coupa délicatement la viande, puis il plaça les morceaux les plus grillés dans un petit pain rond qu'il garnit généreusement de la sauce demandée. Quelques minutes après leur arrivée, Chérif déposa le plateau sur la table où s'étaient installés les deux policiers. Khalid attrapa son kebab et croqua dedans comme un homme qui n'avait pas mangé depuis trois semaines.

— Qu'est-ce que c'est bon ! Putain qu'est-ce que c'est bon !

Les deux hommes étaient arrivés du Louvre quelques minutes plus tôt, juste le temps de commander leur petit encas de 17 heures. Ils avaient passé du temps sur le parvis et avaient rencontré le responsable de la sécurité. Ils avaient échangé longuement sur la découverte du corps d'Akira dans un des bassins de la pyramide. Stanislas, son stylo à la main, avait posé toutes les questions qui lui passaient par la tête. Le vigile avait été très coopératif, malheureusement, il n'avait aucune info qui permettait de faire avancer l'enquête. Khalid avait demandé si des caméras vidéo auraient pu filmer la scène. Le vigile avait ouvert ses yeux comme un lapin pris dans des phares en rase campagne.

— Non. Y en a pas dans ce coin-là. On a tout misé sur l'entrée.

— C'est quand même surprenant que personne n'ait rien vu, avait insisté Khalid en s'asseyant au bord de la fontaine.

— Il a sûrement fait ça pendant le laps de temps qu'on surnomme entre chien et loup, avait rétorqué comme par automatisme le vigile.

Stanislas avait levé les sourcils en signe d'incompréhension.

— C'est l'heure du changement d'équipe et celle où les touristes « jour » sortent du musée, laissant un battement avant que ceux des nocturnes arrivent. C'est un moment très délicat pour nous, avait-il expliqué en grimaçant. Trop de passage, trop de monde et pas assez de staff...

Les deux collègues s'étaient jeté un regard. Le coupable avait bien prévu son coup. Et il connaissait le fonctionnement du lieu.

— Vous pensez que le meurtre a un rapport avec le Louvre ou alors avec la pyramide ? avait demandé Khalid sans trop y croire.

Le vigile s'était massé énergiquement les tempes pour réfléchir.

— Depuis le *Da Vinci Code*, on rencontre pas mal d'illuminés. Des gens qui pensent trouver le tombeau de Jésus dans les souterrains de la rue de Rivoli, ou le trésor des Templiers dans le jardin des Tuileries… Ce genre d'énergumènes.

— Je vois, avait répondu Khalid. Et vous personnellement, qu'en pensez-vous ?

— Quand j'ai vu le corps flotter dans l'eau avec ses vêtements déchirés et ces inscriptions… 666 et le pentagramme ne laissent pas indifférent. (Il toussa.) Peut-être que ça a un rapport avec les milieux sataniques. Enfin, je dis ça, je dis rien. Je ne suis qu'un gardien de musée, avait-il conclu en haussant les épaules.

— Dis-moi, Chérif, toi qui connais tout, tu sais où l'on peut trouver des sataniques dans le coin ? demanda Khalid en rigolant.

Stanislas se marra en s'essuyant la bouche avec sa serviette en papier. Chérif apporta les cafés. Une fois assis à la table de ses hôtes, il répondit :

— Il ne faut pas plaisanter avec ça, mes amis. Le diable peut être partout. Comme Dieu. Ce n'est pas un mythe, il existe vraiment. (Le restaurateur ferma les yeux.) Il y a longtemps, j'ai eu un ami qui a été possédé par le mal. Il a été sujet à des attaques extérieures des forces des ténèbres. Le diable a pris le contrôle de sa conscience et utilisait sa bouche pour parler dans un langage inconnu. Le démon a aussi pris possession de ses membres pour commettre des actes de violence sans que mon ami puisse faire quelque chose. Il en est sorti après un exorcisme violent. Il n'est jamais redevenu lui-même…

Les deux policiers se regardèrent, circonspects.

— Tu te fous de notre gueule ? Hein, c'est ça ?

— Non, Khalid. Je ne plaisante jamais avec le diable (Chérif rouvrit les yeux.) Je crois en Dieu, comme je crois en Satan. S'il y a un seigneur au-dessus de nous, il y a un démon en dessous. C'est comme ça... On ne peut rien y faire. C'est ce qu'on appelle la balance de l'existence. Il y a toujours du bon et du mauvais.

Chérif se leva et partit dans la cuisine. Stanislas fixa son collègue.

— Putain, il m'a presque convaincu...

Le téléphone portable de Khalid se mit à sonner dans sa poche. Il sortit l'appareil et répondit. Son teint changea en un quart de milliseconde. Livide, il fit signe à Stanislas de se lever.

— Un mec vient de trouver le corps d'une jeune femme. Elle a des inscriptions sur tout le corps.

— Où ?

— Place du Palais-Royal. Dans le plan d'eau des colonnes de Buren.

Les deux policiers sortirent en trombe du restaurant, sans oublier de remercier le restaurateur pour ce bon repas. Sur le pas de sa porte, Chérif marmonna une prière pour eux, sans que ses deux amis puissent l'entendre.

*

Les nuits se suivent et se ressemblent. C'était exactement ce que pensait Khalid en descendant de la BMW en compagnie de Stanislas. Au loin, le flic aperçut les lumières vives des projecteurs et les flashs de la police scientifique qui crépitaient à intervalles réguliers. Il apercevait aussi, comme une cathédrale funèbre, la grande tente qui, vraisemblablement, protégeait déjà le corps de la victime. Agglutinés contre les barrières en fer installées par les forces de l'ordre se trouvaient quelques badauds. Ils se délectaient du malheur des autres. La tête basse, les deux flics traversèrent la cour du Palais-Royal pour se diriger vers le technicien qui discutait avec un policier en tenue. Stanislas sortit, comme à son habitude, sa carte tricolore.

— Bonsoir, lieutenant. C'est moi qui ai appelé la PJ. Ma collègue...

Stanislas coupa l'agent dans son élan :

— Très bien.

Puis il se tourna vers la capote et d'un signe de tête exigea de lui tout ce qu'il savait. L'homme condom esquissa une grimace.

— Tu ne vas pas aimer Stan. (D'un geste de la main, Khalid remercia l'agent de police. Ce dernier partit vers les barrières pour faire reculer le public qui avait déjà doublé de volume en cinq minutes.) Viens à l'intérieur, on sera plus au calme. (Les trois hommes pénétrèrent sous la tente. Le scientifique parla sans prendre le temps d'enlever son masque.) C'est la même chose qu'hier. Une jeune femme noyée et scarifiée...

— Quel genre de scarifications ? demanda Stan.

Le technicien enleva sa protection buccale en papier et se gratta le nez.

— Les mêmes, mais plus élaborées. L'œil sur la pyramide est plus visible maintenant, et toujours le chiffre 666 et quelques esquisses qui peuvent faire penser aux colonnes de Buren.

— Il y a un pentagramme ? demanda Khalid.

Le scientifique fit oui de la tête. Stanislas et Khalid échangèrent un regard. Ils allaient vraiment devoir se pencher sur la piste « satanique ».

— Qui a trouvé le corps et appelé les flics ?

— Un homme. Il est dans le camion, derrière la place. Vous ne venez pas voir le corps ?

— On ira faire un tour dans le bureau de Maximilien. Tu nous envoies les photos ?

— Ouais, comme d'hab. C'est le protocole.

Les deux flics sortirent de la tente.

— Pourquoi tu ne voulais pas voir le corps ? questionna Khalid.

— Je veux avant tout interroger le mec qui l'a découvert. On a déjà merdé hier, je ne veux pas recommencer. Le corps… on aura tout le temps de le voir.

Khalid désigna, sans un mot, la fourgonnette de la police nationale

— Notre homme doit être dedans.

Stanislas activa le pas. Khalid suivait derrière en soupirant.

— Si c'est pour souffler toute la nuit, tu peux rentrer chez toi.

— Non, mais tu sais qu'il y a des règles…

Stanislas s'arrêta brusquement et s'exprima sans se retourner.

— Je m'en fous. On fait à ma façon. T'es OK ou pas ?

— OK. Mais si ça merde ? répondit Khalid d'une voix calme après quelques secondes de réflexion.

— Je te couvre. Tu le sais très bien, le rassura Stanislas.

Les deux hommes reprirent leur marche, mais cette fois, côte à côte. En quelques enjambées, le duo arriva devant le panier à salade où un gardien de la paix était en faction. Stanislas montra sa carte tricolore.

— Lieutenants Diamick et Harouche. Qu'est-ce que vous pouvez me dire sur le client qui est à l'intérieur ?

— Gaspard Laverdure, 38 ans, lut l'agent sur son calepin. Il a découvert la victime pendant ses heures de travail. Le poste de sécurité des colonnes de Buren a joint le commissariat. Nous sommes arrivés rapidement sur les lieux. Nous l'avons mis à l'écart et pris en charge psychologiquement. Le médecin qui accompagnait les pompiers vient tout juste de partir pour régler son transfert vers un hôpital. Depuis, il n'arrête pas de pleurer… (Il enleva son képi.) Je suis désolé. Je ne peux rien vous dire de plus.

— Merci, lui répondit Khalid en s'engouffrant dans la fourgonnette.

À l'intérieur, Gaspard se trouvait recroquevillé sur lui-même. Il avait pleuré. Ses yeux rougis le prouvaient incontestablement.

— Bonsoir, lança Stanislas. Nous sommes les deux policiers chargés de l'enquête.

Gaspard releva la tête et les salua.

— Pouvez-vous nous raconter ce qui s'est passé ? demanda Khalid en s'asseyant sur un siège en Skaï inconfortable.

Le témoin fit oui de la tête et se moucha fortement dans un Kleenex tellement usagé qu'il partait en lambeaux… comme de la peau, songea Khalid. Stanislas, qui était toujours debout, sortit son stylo et, comme à son habitude, le fit cliquer nerveusement.

— Nous vous écoutons.

Gaspard prit une énorme inspiration et lâcha :

— Je suis technicien des eaux, c'est-à-dire que je m'occupe du bon déroulement du ruisseau de la structure et je suis également responsable des vannes d'évacuation. Plusieurs fois par semaine, je ramasse les pièces de monnaie que les touristes balancent en faisant des vœux dans la galerie souterraine inondée. Tout à l'heure, on me bipe au talkie parce qu'un mec a fait tomber une gourmette. Ni une ni deux, je me change et je vais à la pêche au trésor. Là, je tombe sur cette pauvre jeune fille, complètement dénudée avec des marques partout sur le corps. J'ai dégueulé tout ce qu'il y avait dans mon gras-double et je n'arrive toujours pas à enlever cette putain de vision d'horreur de ma cervelle. Chaque fois que je ferme les yeux, je ne vois que cette pauvre gosse… morte… c'est horrible.

Gaspard fut interrompu par une fliquette qui pénétra dans la camionnette en furie. Stanislas se tourna pour voir qui les dérangeait en plein interrogatoire.

— Ah, vous voilà, ça fait dix minutes que je vous cherche. Je suis Justine Liemans. C'est moi qui suis arrivée la première sur le lieu du crime.

Stanislas aima tout de suite ce brin de femme. Elle transpirait le travail bien fait et le professionnalisme. C'était marqué sur son visage, mais il ne souhaitait, en aucun cas, lui montrer ce qu'il pensait.

— Vous voulez une médaille pour être arrivée en tête ? répondit-il avec un sourire.

Justine secoua la tête en levant les yeux.

— Non. Je m'en fous de vos décorations. Je veux juste faire mon boulot et que vous fassiez le vôtre.

Khalid rigola intérieurement. Stanislas était tombé sur une coriace. Il pouvait parier sa prime de fin d'année – qu'il n'aura de toute façon pas – que son collègue allait s'en mordre les doigts. Stanislas ne lâcha pas Justine qui lui tenait tête avec un aplomb digne des grands flics.

— Et le mien, c'est quoi ?

Justine leva une nouvelle fois les sourcils.

— Vous avez besoin d'une formation à ce que je vois. J'aurais tout simplement aimé que vous vous présentiez à moi dès votre arrivée pour que je puisse vous décrire les faits et les premières constatations. (La flic leva son pouce et énuméra :) Un, que je vous donne l'identité de la victime et celle du témoin, deux, que je vous apprenne que l'on nous a signalé sa disparition vers 17 h 30 aujourd'hui.

— Et trois ? demanda Stanislas goguenard.

— Trois, que vous arrêtiez de me prendre de haut et que vous me suiviez jusque là-bas. (Elle montra du doigt la scène de crime.) Et qu'on commence enfin notre enquête.

— Notre enquête ?

— Oui. *Notre* enquête. Si cela vous pose un problème, ça vous regarde.

Justine sortit de la fourgonnette la tête haute. Stanislas la regarda marcher d'un pas pressé vers les flashs de la scientifique qui crépitaient au loin comme un orage grondant dans le ciel.

— Celle-là, elle va nous casser les couilles ou je ne m'y connais pas, pensa-t-il tout haut.

Khalid approuva dans un silence amusé.

10

Pour lui faire plaisir, Stan laissa la policière Justine Liemans gérer chaque étape de la procédure officielle et agréée. La jeune agente était droite dans ses bottes et suivait les règles bien définies par la hiérarchie tout en secouant un peu le grand flic de la police judiciaire parisienne. Le lieutenant Stanislas Diamick décida de ne pas mettre des bâtons dans les roues de la policière et de la laisser travailler comme elle le désirait. Même si Justine l'agaçait fortement, il la laissa mener la barque. Il prêta l'oreille très professionnellement à la fliquette qui lui exposa tout ce qu'elle savait sur la victime. En écoutant le rapport de Justine, les deux lieutenants apprirent que les deux sœurs de la pauvre jeune fille avaient joint le commissariat de l'arrondissement dans lequel se trouvait leur hôtel. L'agent de police qui avait pris l'appel leur avait demandé d'attendre quarante-huit heures. Si leur sœur n'était pas rentrée d'ici là, il déclencherait une enquête pour disparition inquiétante. C'était la formalité pour une personne majeure disparue. Malheureusement, la découverte du corps avait accéléré la procédure.

Comme pour prouver à la jeune demoiselle qu'il était un lieutenant normal et formaté, il n'arrêta pas de gribouiller minutieusement sur son carnet de notes.

— Et le corps ? Tu veux qu'on aille le voir ? lui avait-il demandé.

— Ah, on se tutoie ? Vous allez vite en besogne, inspecteur Derrick.

— Lieutenant Diamick !

— C'est ressemblant, on peut se tromper, non ? avait rigolé Justine en faisant un clin d'œil à Khalid.

— Tu peux m'appeler Stan. Comme ça, tu ne te tromperas plus.

— Et on s'embrasse quand, Stan ? avait plaisanté Justine.

Le lieutenant devint rouge comme un poivron. Satisfaite de son effet, Justine enchaîna :

— Vous savez, je suis la primo-arrivante sur les lieux, alors le corps, effectivement, je l'ai vu... et bien avant Jérôme...

— Qui ?

— Le flic de la scientifique, s'agaça Justine.

Stan avait ouvert la bouche sans sortir un son... Cela faisait des mois qu'il travaillait avec la capote géante et il venait de s'apercevoir qu'il ne connaissait même pas son prénom. Il se trouva un tantinet honteux.

— Je ne sais pas si vous savez, mais Jérôme m'a informée qu'il avait repéré des scarifications sur tout le corps de la jeune femme et il m'a dit aussi que ce n'était pas la première victime à avoir ce genre de cicatrices...

— Il ne peut pas fermer sa gueule, Jérôme, avait soufflé Khalid derrière Stanislas.

— Bon, alors ? Vous me mettez au parfum ?

— Mieux, avait lâché Stanislas avec un grand sourire. On t'emmène sur cette affaire.

Khalid avait failli jurer, mais il s'était retenu à temps. Justine avait secoué la tête sans dire un mot pour accepter la proposition surprenante et incroyable du lieutenant Stanislas Diamick.

Le trio se trouvait à présent dans le hall de l'hôtel de la victime. Personne n'avait encore annoncé la mauvaise nouvelle à la famille. Pour le moment, deux policiers se trouvaient avec les deux sœurs dans leur chambre d'hôtel.

— Il va falloir y aller par paliers, prévint Khalid.

Justine ne répondit pas. Elle lui fit juste un sourire qui voulait dire : « Merci, je sais. » Stanislas gloussa.

Les trois policiers sortirent de l'ascenseur la tête basse, et pénétrèrent dans la chambre pour annoncer à Charlotte et Fanny la mort de leur sœur Maria. Elles hurlèrent très fort, pleurèrent beaucoup et surtout s'en voulurent énormément. C'était leur faute, répétaient-elles sans cesse, jamais elles n'auraient dû se séparer. Khalid leur expliqua ce qui s'était passé en omettant consciemment tous les détails macabres.

Stanislas posa des questions à Charlotte et Fanny qui s'étaient mises une nouvelle fois à pleurer. Justine, qui n'avait rien dit jusque-là, s'avança vers elles.

— Je sais que c'est le moment le plus difficile de votre vie. Mais si vous voulez que nous arrêtions la personne qui a fait ça, il faut nous dire précisément ce qui s'est passé. Vous devez nous raconter votre journée dans les moindres détails, sans rien omettre. Les gens que vous avez rencontrés, où vous êtes allées, ce que vous avez fait. Il faut tout nous révéler, même un truc qui, pour vous, semble insignifiant pourrait, pour nous, être le bout de la ficelle avec lequel on détricote la pelote. Vous me comprenez ?

Stanislas lança un coup d'œil à Khalid. Ils étaient impressionnés.

Charlotte leva les yeux vers la policière.

— On est arrivées gare de Lyon. On est montées dans un taxi. On a pris une douche et on est allées faire du shopping séparément, car on déteste attendre les autres dans les magasins. Rien de spécial. Vous voyez bien.

Justine prit la main de la jeune femme.

— Vous êtes allées où ?

— Moi, chez Louboutin, répondit Charlotte.

— Et Maria ? questionna Justine.

Charlotte haussa les épaules.

— Je n'en sais rien. On s'est séparées rue du Faubourg-Saint-Honoré.

— Et vous, Fanny ? Qu'avez-vous fait ? demanda-t-elle.

La demoiselle rougit.

— Hein… Heu… Je n'ai rien fait… Enfin si, j'ai… comment vous dire, bégaya Fanny. J'ai fait les magasins vers le Printemps… C'est tout. Je ne vois pas… Non, je n'ai rien à dire.

Stanislas qui était resté debout depuis le début cliqua sur son stylo et intervint :

— Pouvez-vous nous donner le nom de votre chauffeur de taxi, ou son numéro d'immatriculation ? C'est la dernière personne, à part vous, à avoir vu votre sœur vivante.

Fanny devint une nouvelle fois écarlate, ce qui n'échappa pas aux regards des trois policiers. Charlotte donna le nom et le numéro de téléphone du chauffeur privé.

— Nous vous demandons de ne pas quitter la ville tout de suite. Nous vous tiendrons au courant.

Ils n'en avaient pas terminé avec Fanny, ils le savaient, Stanislas demanda aux agents de la paix de ne surtout pas perdre les deux filles de vue.

11

Depuis leur retour de l'hôtel, le trio n'avait pas chômé. Stanislas et Khalid avaient expliqué à Justine tout ce qu'ils savaient sur le meurtre perpétré dans les bassins du Louvre. Elle les écouta sans les interrompre tout en prenant des notes. Elle se sentait impressionnée et sur un petit nuage de partager le quotidien de deux lieutenants du célèbre 36. Stanislas lui montra également les photos des scarifications. Justine les observa consciencieusement pour n'oublier aucun détail.

— On a tellement de questions qu'on n'arrive plus à réfléchir, se lamenta Khalid.

— Lesquelles ? demanda calmement Justine.

Khalid attrapa un marqueur et se plaça devant le tableau blanc.

— A-t-on affaire à un tueur en série ? Comment le meurtrier fait-il pour choisir ses victimes ? Ont-elles un lien entre elles ou est-ce du pur hasard ? Comment fait-il pour que personne ne le repère quand il dépose le corps ? A-t-il des complices ? Fait-il du repérage ?

Toutes ces questions restaient sans réponse. Et il fallait avant ce soir trouver quelques biscuits. Alors, ils se mirent au boulot. Stanislas passa du temps au téléphone pour récupérer les images de vidéos de surveillance des colonnes de Buren. Il prit aussi le temps de fouiller les fichiers informatiques en espérant trouver une affaire qui pouvait être similaire à la leur. Malheureusement, il se retrouva le bec dans l'eau. Khalid, lui, se pencha sur le milieu satanique. Il avait épluché les plaintes, les articles de presse et les dossiers en cours. Mais rien qui ne correspondait aux horreurs faites sur les deux victimes. Il n'y avait que Justine qui chopa un poisson. Le chauffeur de taxi des trois Marseillaises était connu des services de police pour des petits larcins. Quelques vols et recels. Bingo. Fallait creuser ce sillon sans plus attendre.

— Je pense qu'il faut absolument commencer par interroger le taxi afin d'entériner la première hypothèse et voir où il se trouvait lors des deux meurtres, annonça Justine en décrochant le téléphone de Stanislas. Il n'y a pas de tonalité.

— C'est notre lot quotidien, répliqua Khalid en rigolant. Faut téléphoner avec ton mobile si tu veux passer un appel vers l'extérieur. (Il ajouta à l'intention de Stan :) Il faudrait joindre la hiérarchie pour Justine.

— Je m'en charge, répondit Stan en sortant de son bureau sans attendre. (Il réapparut quelques secondes plus tard.) Et pendant que je suis en haut, demandez à des policiers de convoquer immédiatement le chauffeur de taxi et appelez l'interprète des Takimi pour vérifier s'ils ont fait appel à des chauffeurs. Avec un peu de chance, nos victimes ont eu le même conducteur. Et toi, Khalid, si tu pouvais faire un rapide aller-retour chez Chérif pour nous prendre des trucs à becter, ce serait cool.

Justine ouvrit la bouche pour protester, mais Stanislas était déjà reparti aussi vite qu'un lévrier derrière un lapin d'argile.

*

— J'ai déposé Maria et Charlotte près de la place de la Concorde. Et Fanny à Opéra. Après, elles m'ont donné ma journée… Pourquoi ? Il y a un souci ? demanda l'homme, visiblement mal à l'aise.

Stanislas tournait en rond dans la salle d'interrogatoire. Le suspect était arrivé vingt minutes plus tôt et il l'avait, avec Justine, tout de suite mis sur le gril. Mais ils sentaient bien que les résultats ne seraient pas ceux escomptés…

— Oui, il y a un souci, répondit Stanislas en tapant nerveusement sur l'écran de son téléphone.

Ce qui l'énervait surtout, c'était que Khalid n'était pas encore revenu de chez Chérif et son estomac gargouillait à s'en faire péter l'hypogastre.

Son rendez-vous avec le grand patron ne s'était pas si mal passé en fin de compte, pensa-t-il. Ils s'étaient engueulés. Pierre Rachaud avait hurlé. Mais ça, c'était habituel.

— Tu ne peux pas embaucher toutes les petites nanas que tu croises sur les scènes de crime et que tu trouves mignonnes ! lui avait lâché son patron.

Stanislas avait senti son sang ne faire qu'un tour. Il avait, lui aussi, haussé la voix.

— C'est une putain de flic comme il y en a rarement dans cette maison. Je préfère la voir sur une enquête plutôt qu'elle fasse la circulation place de la Nation. Tu veux qu'on trouve le coupable rapidement, oui ou merde ? Alors laisse-la nous aider !

— Tu me fais chier, Stanislas. Un jour, ça va péter.

Le lieutenant avait mis de l'eau dans son vin... ou plutôt dans son Coca.

— Désolé, j'aurais dû te le demander avant de lui donner des éléments. Mais j'ai vraiment besoin de Justine. Elle pige tout, elle est jeune. Je ne te parle pas de son âge, mais de son regard sur la vie... Tu vois ce que je veux dire ?

Pierre Rachaud s'était lui aussi radouci. Mais avant de prendre sa décision, il souhaitait la rencontrer. Stanislas avait pris rendez-vous pour le lendemain à la première heure. Les hommes s'étaient serré la main longuement. Ils avaient joué au premier qui grimacerait. Stanislas avait gagné. Et c'était en sifflant du Ennio Morricone qu'il avait retrouvé Justine et son bureau.

— Vous allez me dire ce qui se passe ? frémit le chauffeur.

— Maria a été retrouvée morte, lui indiqua Justine sans la moindre émotion.

Le jeune homme devint blême tandis que Stanislas envoyait un SMS à Khalid d'un mouvement de pouce. Justine en profita pour lancer son estocade :

— Et tu es le dernier à l'avoir vue en vie.

— Mais non. C'est impossible. Y a ses sœurs aussi, s'agita-t-il en secouant la tête.

Stanislas envoya un autre texto à Chérif pour savoir s'il avait vu Khalid. Puis une fois le message envolé dans les secrets des antennes relais, il demanda calmement au chauffeur :

— Et tu as fait quoi pendant le reste de la journée ?

— Comment ça ? répondit-il en se grattant la joue.

— Tu déposes les trois sœurs. Super. Ça, on a compris, enchaîna Justine. Mais après, tu fais quoi ? Tu prends une autre course ? Tu les suis ? Tu les récupères au restaurant ? Tu as fait quoi une fois que tu as déposé Fanny à Opéra ?

La vibration dans la poche de Stanislas lui notifia qu'il avait reçu une réponse à ses messages. Il récupéra son iPhone et lut le texto qui provenait de Chérif.

« Ouais, il est passé… Ça fait un moment même… pourquoi ? »

— Ne nous fais pas perdre notre temps… gronda Stan en s'approchant du chauffeur, l'air menaçant.

— J'ai… en fait… J'ai… déposé Fanny. Oui… Fanny, j'ai déposé Fanny, bafouilla le malheureux.

— Où ?

— À Opéra.

— Et Maria ?

— Quoi Maria ?

— Elle te plaisait ? Une jolie petite Marseillaise venue faire un tour à Paris… Ça t'a excité. Mais elle n'a pas voulu de toi, alors tu l'as étranglée.

— MAIS NON ! hurla de toutes ses forces le jeune homme. J'ai couché avec Fanny, lâcha-t-il. On a baisé comme des fous dans un parking souterrain vers Opéra. C'est elle qui m'a allumée. Merde… Je n'ai pas tué Maria. Vous êtes dingue ou quoi ?

Voilà donc ce que cachait la jeune femme… Justine se passa la main dans ses cheveux. Le vague espoir d'un coupable rapidement coffré disparaissait en un claquement de doigts.

— On va vérifier tout ça, l'informa Justine.

— Elle m'a demandé de ne rien dire. Elle ne voulait pas que ça se sache. Elle voulait juste du cul sans lendemain... C'est pour cela qu'elle m'a donné ma journée. Après, elle a eu honte. Elle m'a foutu à la porte. Elle a fait appel à un autre taxi... (Le chauffeur renifla.) Vous voyez le truc, dit-il en contorsionnant ses lèvres.

— Si elle veut qu'on trouve le coupable du meurtre de sa sœur, elle nous dira la vérité, lâcha Stanislas, agacé.

— Dernière question : où étais-tu entre avant-hier et hier soir ? demanda Justine.

— À Besançon, chez ma mère. J'y suis allé une semaine. Vous pouvez vérifier... Je me suis même pris une amende dans le train. Je suis rentré tout juste pour la course des trois sœurs.

Et merde, se dit Justine. Il n'était pas à Paris lors du meurtre de la Japonaise. L'enquête s'effilochait comme le sable entre les doigts...

— On vérifiera. Vous pouvez partir, annonça Justine. Mais restez joignable. Si Fanny ne corrobore pas vos dires...

Le chauffeur fit oui de la tête, montrant qu'il avait compris, et sortit le dos courbé.

Stanislas referma la porte.

— Putain, j'ai faim, qu'est-ce qu'il fait Khalid ?

Justine regarda l'horloge. Déjà 23 h 45. Le collègue de Stan était parti depuis plus d'une heure et demie maintenant. S'était-il arrêté en chemin ? Justine brisa de sa douce voix le silence qui s'était installé dans le 20-mètres carrés :

— Je ne veux pas vous secouer, mais on a rendez-vous avec le légiste à minuit et demi.

Stanislas attrapa son manteau sur le dossier de sa chaise.

— Tu as raison. L'enquête avant tout. Je vais envoyer un autre texto à Khalid pour le prévenir qu'on se retrouve chez Maximilien.

Stanislas ouvrit la porte et regarda Justine dans les yeux.

— Tu aimes le McDo ? Parce qu'avant d'arriver quai de la Rapée, on va y faire un tour. J'ai une énorme envie de nuggets.

Justine n'eut pas le temps de répondre que son nouveau compagnon de route se précipitait déjà dans l'ascenseur.

12

Stanislas se gara sur le trottoir en face de l'Institut médico-légal. Même s'il avait le ventre plein d'une trentaine de nuggets et d'un litre de soda, il n'était pas serein. Il n'avait toujours pas eu de nouvelles de Khalid et ça commençait à l'inquiéter. Justine l'avait accompagné chez le géant de la restauration rapide américain, mais n'avait commandé qu'un café. Une hérésie pour le vieux flic. Comment pouvait-on travailler jusqu'au bout de la nuit sans avoir un truc de gras dans le ventre ? Justine avait haussé les épaules en déchirant le sachet d'une barre chocolatée protéinée. Elle ne mangeait jamais de viande, lui apprit-elle, et ajouta qu'elle préférait le poisson, les légumes et les fabacées. Stanislas s'était, gentiment, foutu de sa gueule pendant tout le dîner. Justine avait joué le jeu sans rien dire… La jeune femme avait l'habitude qu'on ironise sur son régime alimentaire, et sincèrement, elle s'en foutait comme de son premier string. Pendant le repas, ils en avaient profité pour appeler Fanny, qui avait corroboré les dires du chauffeur de taxi, et la jeune interprète de la famille Takimi, qui avait confirmé n'avoir jamais rencontré lors de leur séjour à Paris l'homme dont elle venait de recevoir la photo par texto. Ils tournaient en rond, et n'avaient toujours pas trouvé de lien entre les victimes…

Stanislas poussa la porte de la morgue l'air soucieux.

— Vous pensez qu'il fait quoi, Khalid ? demanda doucement Justine.

Le lieutenant passa la main sur son visage et se gratta la barbe dans un réflexe.

— Je n'en ai aucune idée. J'espère seulement qu'il n'est pas en train de s'empiffrer avec nos kebabs.

Stanislas plaisantait pour ne pas s'inquiéter, mais quelque chose clochait.

Les couloirs de l'institut étaient comme la veille. Baignés dans le silence et l'obscurité. La paire de flics suivit le halo de lumière sous la porte pour se repérer dans ce labyrinthe laiteux et carrelé. Justine n'avait jamais mis les pieds dans un endroit pareil. Elle ressentait au plus profond de ses entrailles un malaise dû à l'ambiance, à l'odeur, et aux morts qui reposaient dans le sous-sol de ce bâtiment lugubre. La policière suivit Stan qui marchait d'un pas rapide, ses yeux toujours rivés sur son téléphone. Une fois arrivé devant les reflets lumineux, Stan frappa puis entra sans attendre la réponse du légiste.

— Dis donc, on ne se quitte plus, plaisanta Maximilien en se levant de sa chaise pour saluer ses visiteurs.

— Si c'était dans un autre contexte, je rigolerais, grimaça Stanislas.

Les yeux du légiste se posèrent sur Justine.

— Tu as échangé Khalid par cette demoiselle ? Je ne sais pas comment tu as fait, mais tu as beaucoup de chance, dit-il avec un clin d'œil.

— C'est notre nouvelle recrue, mais elle ne remplace pas Khalid.

Justine s'approcha de Maximilien qui lui souriait béatement.

— Justine Liemans.

— Et Khalid ? Il est où ? demanda le légiste en lui serrant la main.

Justine haussa les épaules.

— On ne sait pas...

— Et on s'en fout, coupa sèchement Stanislas qui commençait à s'agacer du comportement de Maximilien. Et ton mariage, ça avance ?

Le légiste devint écarlate comme un poisson rouge.

— Oui... Bon... Heu... On y va, on y va... Vous me suivez ? bafouilla-t-il.

Stanislas fit oui de la tête, tandis que la jeune flic avala difficilement sa salive. Elle allait pour la première fois pénétrer dans une salle d'autopsie et elle appréhendait sa propre réaction.

Une fois à l'intérieur de la pièce austère et carrelée, Maximilien fit claquer ses gants en latex et se tourna vers Stanislas, la mine grave et sérieuse.

— Pour commencer, je voulais te montrer un truc qui nous a échappé avec la victime précédente.

— Tu confirmes donc que c'est le même meurtrier ? demanda Stan d'une voix blanche.

— Cela ne fait aucun doute, répondit le légiste.

Stan s'approcha du corps, tout en remarquant le teint verdâtre de sa coéquipière. Le légiste la regarda furtivement.

— Si vous avez envie de vomir mademoiselle, il y a un évier sur votre droite, lui précisa-t-il avec un sourire.

(Puis il ajouta avec un sérieux feint :) Mais ne regardez pas dedans, il y a encore un reste de foie que je n'ai pas eu le temps de trancher pour l'analyser.

Justine porta la main à sa bouche. Il ne fallait absolument pas qu'elle dégueule en plein milieu d'une autopsie. C'était sa mission du jour. Rester calme et respirer pour avoir l'air pro.

— Allez, Max, va droit au but, intervint le lieutenant Diamick.

— OK ! Alors, pour commencer, voici les photos du dos de la première victime. (Le légiste montra deux clichés sur son panneau de liège.) On s'est beaucoup focalisés sur les signes du diable ou maçonniques, mais on n'a pas fait attention à ça. (Il pointa de son doigt une minuscule tache sur le bas du dos de la Japonaise.) C'est une marque. Une incision. On dirait un C majuscule écrit en bâton.

— Et ? l'encouragea Stan.

— Et, continua le légiste, on a aussi une marque sur la nouvelle victime.

— La même ? Au même endroit ? demanda Justine d'une voix d'outre-tombe.

— Au même endroit. (Le légiste leva le drap qui recouvrait la jeune Maria. Elle était nue et sur le ventre. Justine respira à fond. Son envie de dégobiller était devenu monumentale.) Mais cette fois-ci, ce n'est pas un C majuscule, mais un J… Ne me demandez pas ce que cela veut dire, je n'en sais absolument rien. J'ai envoyé mon rapport sur ta boîte mail perso, dit-il à Stan qui fixait le dos de la victime.

— Merci, murmura-t-il. Et sinon quoi d'autre ?

Maximilien inspira à fond avant de répondre :

— C'est à peu près la même chose qu'hier. Même mode opératoire. Des incisions faites au scalpel n° 10, des signes maçonniques et sataniques. Elle a été noyée à l'endroit où vous l'avez trouvée. J'ai retrouvé de l'eau venant du ruisseau dans son bol alimentaire et ses poumons. Et dans son sang, j'ai prélevé des traces de ce putain de flunitrazépam.

Comme pour conclure la présentation du légiste, un énorme râle annonça aux deux hommes que Justine régurgitait tout ce que comportait son estomac. Ils échangèrent un sourire avant que Stanislas conduise la jeune femme vers la sortie tout en remerciant son collègue. Justine était confuse et n'arrêtait pas de s'excuser.

— Je ne comprends pas comment tu peux vomir autant après avoir bouffé une barre chocolatée, plaisanta Stanislas en sortant de l'Institut médico-légal.

— Je vais m'asseoir sur le banc, cinq minutes… Ça va me faire du bien, prévint Justine en aspirant l'air – moyennement pur – de Paris le plus vigoureusement possible.

Debout à ses côtés, Stanislas sortit son téléphone qui vibrait dans sa poche de blouson. Son visage blêmit en une seconde. Le nom qui s'affichait sur son écran était celui de Paola, la femme de Khalid.

13

— Je savais que manger chez Chérif était dangereux, mais pas à ce point-là, ricana Khalid sur son lit d'hôpital.

Stanislas sourit. Il avait eu vraiment peur de perdre son ami. C'était comme ça la vie. On ne pense pas à aimer les autres jusqu'au moment où il leur arrive un accident.

Lorsque Paola l'avait appelé pour lui annoncer que son mari avait eu un grave accident sur le périphérique, Stan s'était précipité au Val-de-Grâce. Quelques minutes plus tard, il avait retrouvé la femme de Khalid dans le hall de l'hôpital. Il avait dépensé toute sa petite monnaie dans des cochonneries et elle avait usé ses semelles en faisant les cent pas. Personne n'avait pu leur donner de nouvelles, ni le personnel hospitalier ni les collègues qui s'étaient déplacés jusqu'au lieu de l'accident et que Stan avait contactés. Une heure et trente minutes plus tard, le chirurgien était sorti du bloc pour venir à leur rencontre.

— Votre mari est hors de danger, avait commencé le médecin sans préambule. Il a les deux chevilles dans le plâtre et une paire de côtes cassée, ainsi qu'une légère commotion cérébrale. Nous lui avons posé des vis de syndesmodèse sur les deux fractures, elles vont fixer le tibia au péroné. Après plusieurs jours de repos, il pourra sortir, mais en fauteuil et rester en convalescence…

— Pendant combien de temps ? avait demandé Stan qui finissait un paquet de crocodiles Haribo.

— Trois semaines minimum. Enfin, s'il ne force pas trop.

— On peut le voir ? avait supplié Paola.

Le chirurgien avait fait oui de la tête et avait sollicité une infirmière pour qu'elle les accompagne jusqu'à la chambre de Khalid.

— On vient de le remonter du bloc. Il sera sûrement un peu confus, avait conclu le médecin avant de les quitter.

— On ne sait toujours pas ce qui s'est passé ? avait lâché Stan en marchant dans les couloirs d'un pas pressé.

— Un accident, je te l'ai déjà dit, s'était agacée Paola.

— Je veux dire : comment est-ce arrivé ? Je suis flic, j'aime les détails, si tu vois ce que je veux dire.

L'infirmière avait ouvert la porte en mettant son index sur ses lèvres. Paola et Stanislas s'étaient engouffrés sans un bruit dans la chambre aux volets baissés. Stan s'était assis sur une chaise alors que Paola était restée debout à côté de son mari. Elle lui avait caressé les cheveux mécaniquement. Quelques minutes plus tard, Khalid s'était réveillé en esquissant un sourire.

— C'est quoi cette histoire de Chérif ? intervint Paola, suspicieuse.

Khalid ferma les yeux.

— Je suis allé chercher notre dîner. Et comme je ne voulais pas que ça refroidisse, je roulais un peu vite. Mon téléphone a sonné, j'ai jeté un coup d'œil et quand j'ai relevé la tête, j'avais devant moi un scooter qui freinait. J'ai pilé, dérapé, fait des tonneaux. Heureusement, je n'ai touché personne… (Il referma les yeux.) Je suis désolé.

— Tout ça pour de la bouffe ? soupira sa femme de lassitude.

Stan s'approcha de son collègue pour lui demander au creux de l'oreille :

— J'espère que tu as protégé notre repas ?

— Non, répliqua Khalid avec une moue faussement contrite.

— Putain, tu as gâché trois chawarmas ! Mais tu mérites l'enfer.

Les deux flics éclatèrent de rire – mauvaise idée pour le blessé dont la douleur de ses côtes brisées se réveilla. Paola fulminait.

— Vous êtes deux cons, vous entendez ? Deux cons ! Et toi, insista-t-elle en pointant sur son mari un index accusateur, t'es le plus con des deux. Tu as failli y passer… tout ça pour un sandwich ?! T'es content ?

Khalid grimaça mais ne répondit pas. Il se tourna vers son collègue.

— Stan, pour le boulot, je suis vraiment désolé. Heureusement qu'il y a Justine. Au fait, où elle est ?

— De qui il parle ? interrogea Paola.

— J'ai recruté une jeune policière, apprit Stan à la femme de Khalid. Elle est douée, intelligente, perspicace et coriace.

— Et pour compléter ce profil incroyable, je suppose qu'elle doit être jolie ?

— Oui, elle est jolie. Mais malheureusement, elle a un énorme défaut...

— Lequel ? dit-elle en haussant les sourcils.

— Elle n'aime pas manger ! lança Stan avec un rire gras.

Paola leva les yeux au ciel de consternation. Khalid redemanda où se trouvait Justine.

— Je l'ai renvoyée chez elle. Elle avait besoin d'un peu de repos après sa première autopsie, expliqua-t-il avec un clin d'œil que Khalid n'eut aucun mal à déchiffrer.

— Je vais faire de même, le coupa Paola en se levant. Demain, je travaille. Pas comme certains, dit-elle en regardant son mari. Je reviendrai dans l'après-midi. Ça te va ?

Khalid acquiesça du menton. Sa femme posa un tendre baiser sur son front et sortit en faisant un geste de la main à Stan. La porte se referma délicatement.

— Elle me fait la gueule ? demanda Stanislas.

— Non. Je crois qu'elle a eu peur et comme elle ne veut pas m'engueuler, elle se venge sur toi. (Il s'interrompit pour boire une gorgée d'eau.) Et sinon, il a dit quoi le légiste ?

— Même cas de figure : même drogue, mêmes scarifications. Il est convaincu que c'est la même personne.

Stanislas omit volontairement de lui parler du seul élément nouveau : les lettres dans le dos des victimes. Son ami était en convalescence et il devait faire une pause. Malheureusement, son partenaire ne semblait pas penser pareil.

— Je vais être immobilisé, mais mon esprit mouline toujours aussi bien. Je peux encore être utile si tu me débriefes régulièrement.

Stanislas grimaça. Il savait qu'il devait dire non, mais une aide précieuse sur une enquête que tous voulaient voir résolue rapidement pouvait-elle se refuser ?

— Et le chauffeur de taxi ? reprit sans attendre Khalid.

— Rien de bien sérieux. Il s'est tapé une des sœurs avant de se faire virer comme un malpropre. On a trouvé des témoins pour corroborer son alibi pour le reste de la journée.

Sur ces derniers mots, Stan se leva et lui promit de repasser le voir rapidement. Khalid le remercia, ferma les yeux et s'endormit dans la seconde. Stanislas resta quelques minutes à regarder son ami, attendri. Mais déjà, au fond de sa poche, son portable vibrait. Il était temps de se remettre au travail.

14

L'horloge sur le tableau de bord annonçait 5 h 23. Stanislas bâilla à plusieurs reprises. Il ouvrit ses fenêtres pour que l'air frais lui donne un coup de fouet. En quittant l'hôpital, il avait discuté par téléphone avec Maximilien qui voulait avoir des nouvelles de Justine et surtout lui proposer quelque chose. Depuis quand un médecin qui découpait des morts se mêlait-il d'une enquête judiciaire ? Sa démarche avait tellement surpris Stan qu'il en resta coi. Mais le flic avait fait une jolie B.A. : il l'avait écouté. Le légiste lui avait parlé d'un ami de son père qui connaissait une spécialiste des milieux satanistes. Elle avait écrit un livre sur ce sujet qui avait rencontré un joli succès.

— Tu veux que je la rencontre, c'est ça ?

— Si cela peut t'aider.

Stanislas n'avait pas réfléchi longtemps.

— Très bonne idée, file-moi son numéro.

— Je t'envoie ça dans la minute. J'espère que ça donnera quelque chose.

— Croisons les doigts. Salut et merci, avait-il répliqué pour terminer la conversation.

Stan avait à peine raccroché qu'il avait reçu le texto de Maximilien avec toutes les coordonnées de la spécialiste des adorateurs de Satan.

Il laissa un message à Justine lui demandant de le rappeler puis se concentra sur la route.

La conduite monotone et le ronron du moteur l'aidèrent à fourrager dans les multiples et complexes abîmes de son cerveau. De nombreuses questions se bousculaient sous son crâne, mais l'heure avancée et l'hypoglycémie le firent déraper.

Pourquoi tout foutait le camp autour de lui ? Pourquoi n'arrivait-il pas à tirer un trait sur sa vie conjugale avec Marie-Jeanne ? Pourquoi n'avait-il plus beaucoup d'amis ? Et pourquoi le seul qui restait auprès de lui et qu'il aimait énormément avait frôlé la mort ? Pourquoi était-il toujours en train de se poser des questions ? Pourquoi ? Pourquoi ? Pourquoi ?

La sonnerie de son téléphone l'arracha à ses pensées. Il remonta électriquement les fenêtres avant de décrocher.

— Allô ?

— C'est Justine.

— Il est presque 6 heures du mat'. Pourquoi t'es réveillée ? s'amusa-t-il à répondre.

Justine répliqua en mode premier degré :

— Vous m'avez laissé un message. Il disait de vous rappeler le plus rapidement possible. Je me suis levée pour faire pipi et j'ai vu que vous aviez essayé de me joindre. Comment va Khalid ?

— Aussi bien que possible vu la situation. Mais en repos forcé pour le mois qui vient. T'as intérêt à assurer.

— Sans problème. Vous vouliez quoi ? Vous êtes où ?

— Je rentre, mentit ostensiblement Stanislas, mais je voudrais que tu t'occupes d'un truc à la première heure demain.

— Je vous écoute.

— Je vais t'envoyer les coordonnées d'une spécialiste des milieux sataniques. Je voudrais que tu ailles la voir et que tu lui demandes son avis sur les symboles retrouvés sur nos victimes en lui montrant les photos.

— Et vous ?

— Quoi moi ?

— Vous allez faire quoi ?

— Terminer de rayer de la liste des suspects les salariés, fournisseurs et clients de l'hôtel des sœurs. Tu veux qu'on échange ou je peux te laisser gérer le rendez-vous avec la spécialiste de Satan ? Ça va ? Tu y arriveras ? Tu ne vas pas te mettre à vomir ?

— Vous pouvez me faire confiance.

— Tu me tiens au courant ? Je te laisse. Bonne nuit, enfin, bonne matinée, galéja-t-il.

Stanislas raccrocha au nez de Justine puis désactiva son téléphone. En se dirigeant vers l'appartement de ses enfants, il se promit que c'était la dernière fois. Mais pas plus. Quoique...

15

— Vous voulez une tasse de thé ? demanda Sonia Farki.

— Je veux bien. Merci.

Sonia Farki disparut dans la cuisine, laissant la policière seule. Cette dernière balaya la pièce du regard et s'approcha d'une bibliothèque bourrée de livres. Elle pencha la tête pour lire les titres qui lui faisaient face. *Le Marécage du diable*, *Le Souffle du Diable*, *Satan, l'homme de Dieu*, *La Bible selon Satan*… Elle sortit un livre au titre équivoque – *Ma vie avec le Diable* – d'un rayonnage et jeta un œil à la quatrième de couverture. Elle reconnut son hôte.

Justine se retourna en entendant les talons hauts de l'auteure claquer rythmiquement sur le parquet. La jeune femme déposa le plateau sur la table basse et servit deux tasses. La flic la scruta de haut en bas. Sonia était magnifique.

— Je vois que vous avez trouvé mon livre. J'ai passé plus de sept ans dans le monde satanique. Ce livre parle de cette aventure et d'autres choses…

— Je peux vous l'emprunter ?

— Non, s'esclaffa Sonia. (Elle fit une pause avant d'ajouter avec un sourire :) Je vous l'offre. Vous désirez du sucre ?

— Non, merci.

Sonia s'assit et l'invita à prendre place sur le fauteuil en face d'elle. L'auteure croisa lentement ses jambes. Son collant résille leur donnait un galbe magnifique.

Devant cette femme splendide, Justine se sentait comme un vieux sac, vêtue d'un simple jean et d'un sweat. Il fallait qu'elle fasse un peu plus attention à son style vestimentaire, se promit-elle en passant la main dans ses cheveux, essayant de les coiffer un peu mieux.

— Alors ? Je veux tout savoir. (Elle décroisa puis recroisa les gambettes, Justine se demanda si elle le faisait exprès.) Pourquoi souhaitiez-vous me rencontrer ?

Justine l'avait appelée quelques heures plus tôt pour prendre rendez-vous. Sonia l'avait invitée à venir chez elle aux alentours de 10 heures.

— On nous a conseillé de vous contacter pour recueillir votre avis.

— À quel sujet ?

Justine se gratta la tête. Comment aller droit au but sans trop en dévoiler ? Stanislas lui avait demandé de rencontrer Sonia Farki, mais ne lui avait pas donné de conseils, ni une ligne directrice pour ce rendez-vous. Il lui faisait confiance, alors il ne fallait pas qu'elle se plante. Surtout pas pour sa première mission.

— Deux meurtres ont été perpétrés ces derniers jours. Nous avons découvert sur le corps des victimes plusieurs inscriptions qui pourraient laisser entendre que ces crimes ont un lien avec le satanisme.

— Vous avez des photos ?

Justine, après avoir affiché les clichés sur l'écran, tendit son smartphone à Sonia qui l'attrapa délicatement. Puis, à l'aide de son pouce, elle fit défiler les images.

— Certains sont effectivement associés à Satan, comme le pentagramme et le 666. En revanche, les autres correspondent aux francs-maçons ou aux Illuminati.

— Lesquels ?

— L'équerre et le compas, la pyramide et l'œil. Mais je ne suis pas spécialiste des sociétés dites secrètes. La seule chose que je peux vous confirmer, c'est qu'il y a incontestablement deux signes en rapport avec le satanisme. (Sonia fixa Justine de son regard de braise.) Et vous allez me demander si l'homme qui a fait ce genre de chose peut être un adorateur de Satan ? (Justine fit oui de la tête.) Je vous répondrais : C'est possible. Mais je ne peux pas l'affirmer à 100 %. Toutefois, vos photos me font penser à un mouvement luciférien appelé l'Église de Satan. Les adeptes se font graver un pentagramme et le 666 dans la peau pour implorer Satan de les accepter dans son royaume.

Justine désigna du menton le livre de Sonia Farki posé sur la table.

— Avez-vous entendu parler de ce genre de choses lors de votre enquête dans ce milieu ?

— Vous me parlez d'une personne qui tue des femmes pendant le processus ? (La flic fit oui de la tête.) Heureusement, non, répondit-elle avec un léger rictus. Et pourtant, j'en ai beaucoup vu et entendu… Mais, vous savez, pour connaître tout ça, il faut le vivre, le sentir… On ne peut pas comprendre le satanisme en lisant des livres ou en regardant des reportages sur Internet. Non.

C'est plus profond que ça. (Elle porta sa tasse de thé à ses lèvres rouge vif.) Puis-je vous donner un conseil ?

— Je vous écoute.

— Pour savoir si vos meurtres ont un rapport avec ce milieu, vous devriez vous infiltrer dans ce monde.

— Vous pensez réellement que c'est le seul moyen ?

— Oui. Sinon vous n'arriverez à rien. Ce milieu est hermétique. (Sonia fit une pause.) Je peux vous y introduire rapidement, affirma-t-elle en la fixant. Ce soir ? Mais il vous faut être prêtre à plonger dans un monde parallèle dans lequel ne subsistent aucun droit ni aucune limite… L'êtes-vous ?

Le cœur de la flic n'arrêtait pas de cogner violemment dans sa cage thoracique. Si elle trouvait leur première véritable piste, mieux, si elle chopait le coupable toute seule, c'était la promotion assurée. Sans hésiter plus longtemps, elle accepta la proposition de Sonia en décidant de ne rien dire à Stanislas pour l'instant. L'auteure sourit de ses belles dents blanches et lui donna rendez-vous le soir même.

— Trouvez-vous une tenue plus adéquate.

Justine rougit avant de prendre congé, légèrement chancelante.

*

Au moment où Justine quittait l'appartement de Sonia, Stanislas, au bureau, mettait au propre ses notes sur l'enquête.

Il avait la tête à l'envers. Au petit jour, il s'était garé devant chez son ex-femme pour regarder ses enfants partir à l'école. Ils lui manquaient tant… Assis dans sa voiture, il avait caressé la crosse de son flingue qui traînait sur le siège passager. En trois secondes, tout serait réglé, avait-il pensé.

BOOM. NOIR.

Et plus aucune emmerde quelle qu'elle soit.

Il avait saisi son arme de service et l'avait fixée longuement. Avait-il le courage de le faire ? Avait-il les couilles de se tirer une balle dans la tête ? Il avait secoué la tête en remettant son Sig-Sauer dans son holster attaché à son ceinturon. Même ça, il n'en était pas capable.

Puis il était venu bosser. Le manque de sommeil le rendait fébrile, mais il était aussi complètement vidé. Il se massa les tempes en se demandant s'il pourrait vraiment se remettre de tout ça ?

Le lieutenant Diamick se leva et se dirigea vers le bureau de son patron. Il frappa deux coups secs.

— C'est ouvert, cria Pierre Rachaud. (Stan entra.) T'es pas avec ta protégée ?

— Non. Elle est sur une piste.

Pierre haussa les sourcils.

— Et toi ?

— Je suis en mesure d'exclure de notre liste de suspects tous les proches, les amis, les connaissances – les crimes ne semblent pas personnels –, ainsi que les salariés des lieux impliqués, les chauffeurs privés, les guides… tous ceux qui ont été en lien avec les victimes.

Il fit un compte rendu détaillé des dernières investigations puis, après une pause nécessaire pour reprendre son souffle, demanda :

— Tu es au courant pour Khalid ?

Pierre enleva ses lunettes et les posa devant lui.

— Oui, répondit-il en se frottant les yeux. C'est vraiment la merde. (Il leva le regard vers son lieutenant.) Et comme je te connais très bien, tu vas me dire que ta fliquette pourrait prendre sa place pendant sa convalescence. Je ne me trompe pas ?

— Tu as autre chose à proposer ? J'ai besoin de renfort… Et elle est douée. Très douée.

— Je n'en doute pas. J'ai parlé avec les gens du ministère, ils ne sont pas contre. Et vu la situation, je te donne le go. Mais je veux tout savoir. Tu la tiens à l'œil et surtout pas de conneries. Si elle foire, ce sera ta responsabilité. Reçu ?

— Cinq sur cinq, répondit Stanislas.

Pierre Rachaud ouvrit une pochette cartonnée qu'il venait de poser sur son bureau.

— J'ai lu le rapport du légiste. Le même gars… Tu confirmes ?

— Il semblerait. Je fais confiance à Maximilien.

— Tu penses que c'est un hasard qu'il ne se soit attaqué qu'à des touristes ?

— Aucune idée pour le moment, répondit Stanislas, penaud.

— On est tombé sur un dingue, souffla le patron de la PJ. Je me répète, mais il faut absolument qu'on le stoppe le plus rapidement possible. La petite, elle est sur quelle piste ?

— Justine se renseigne sur les satanistes, rapport aux marques sur les corps. Comme le reste n'a rien donné, c'est possible que ce soit là qu'il faille creuser.

Pierre se gratta la tête, affligé.

— Punaise… Une autre piste possible ?

— Rien pour le moment. J'attends Justine, selon ce qu'elle aura glané, je pourrai t'en dire plus. Peut-être devra-t-on aussi creuser du côté des francs-maçons… On ne sait jamais, dit-il en haussant les épaules.

— Et sinon, dans toute cette merde, tu n'as pas une bonne nouvelle ?

— Si ! On a réussi à tenir la presse à l'écart… Mais j'ai peur ça ne dure pas.

Pierre referma le dossier d'un geste brusque.

— Tiens-moi au courant.

Stanislas sortit du bureau en levant son pouce comme seule réponse. Son ventre gargouillait vigoureusement.

Il avait deux solutions : soit rentrer chez lui et dormir un peu, soit faire un tour chez Chérif pour se remplir l'estomac et réfléchir. Son choix fut rapide. Stanislas se lécha les babines en descendant les escaliers qui menaient au parking. Une fois dans sa voiture, il prévint Justine par texto de sa destination puis fila direction porte de Clichy, qui se trouvait, comme toujours, cadenassée comme le marché du travail en France depuis plus de trente ans.

16

Kristen Jensen était une auteure danoise heureuse. Son troisième roman rencontrait le succès dans le monde entier et aujourd'hui elle posait ses valises à Paris pour deux jours de promotion et une tournée de signatures dans les librairies parisiennes afin de rencontrer ses nombreux lecteurs. Après avoir répondu à tous ses messages, Kristen délaissa son téléphone sur le bord de la baignoire pour s'enfoncer dans l'eau brûlante.

Une fois bien détendue, elle tira la bonde et sortit de la baignoire. Nue dans sa chambre d'hôtel, elle déposa sur son lit les affaires qu'elle avait achetées spécialement pour cette journée marathon. Après s'être habillée, elle scruta son reflet dans le miroir géant de sa suite. Elle se trouvait séduisante et élégante.

Elle rangea son téléphone, ses feutres pour les signatures et sa trousse à maquillage dans son sac. Elle chaussa ses Jimmy Choo porte-bonheur et quitta sa chambre pour descendre au lobby. Quelques minutes plus tard, elle traversait le hall en faisant claqueter ses talons aiguilles sur le marbre blanc. Elle s'engouffra dans une voiture avec chauffeur qui patientait devant l'hôtel.

— Bonjour, madame.

— Bonjour, Amel. (Kristen croisa le regard du conducteur dans le rétroviseur.) Ah ! vous n'êtes pas le même chauffeur qu'hier. Enchantée. Je vais à Saint-Germain-des-Prés, dit-elle dans un français enrobé d'accent.

Le conducteur mit son clignotant et s'imbriqua au cœur du trafic.

Kristen, savourant le fait d'être à Paris, observait la ville par la fenêtre. Si elle avait un peu mieux connu la Ville Lumière, la romancière se serait aperçue que le chauffeur n'empruntait pas du tout la bonne route…

17

Stanislas dégustait son sandwich dans une pièce qui servait de stockage à Chérif. Il était midi et, comme à son habitude, le restaurant se trouvait bondé, victime de son succès. Justine apparut dans l'embrasure de la porte au moment où le lieutenant trempait ses frites dans la mayonnaise.

— Je vois que vous avez un traitement de faveur, plaisanta-t-elle.

— C'est un peu ma deuxième maison, répondit-il en enfournant une pleine poignée de bâtonnets de pommes de terre dégoulinants de sa sauce faite maison.

— Vous voulez manger un morceau ? lui demanda Chérif en passant la tête.

— Elle ne mange que de la salade et des graines. Une vraie petite lapine, gloussa Stanislas.

Chérif haussa les épaules.

— Chacun mange ce qu'il veut, lança-t-il en repartant.

La jeune femme prit place sur la chaise en face du vieux flic aigri.

— Votre ami est beaucoup plus tolérant que vous. Vous avez remarqué ?

— Chérif est philosophe, pas moi, trancha Stanislas en s'essuyant la bouche. Alors ? Ça a donné quelque chose ?

Justine grimaça.

— Je n'en sais rien. C'est sûr, Sonia Farki connaît beaucoup de choses, elle m'a parlé d'un mouvement satanique qui aime se scarifier la peau avec les signes que nous avons trouvés sur les victimes. Je vais creuser de ce côté-là.

— Bien.

— Et de votre côté ? demanda-t-elle en fouillant dans son sac.

— Les pistes traditionnelles n'ont rien donné. Mais j'ai réglé notre problème : tu bosses avec moi et c'est officiel.

— Merci, répondit-elle avec un sourire.

— J'ai rendez-vous avec le grand maître du Grand Orient de France. Tu sais qui c'est ? reprit-il.

— Ça a un rapport avec la franc-maçonnerie ? Ça me dit quelque chose.

— Tout juste. C'est le grand chef de la tribu, comme on pourrait dire.

— Je viens avec vous ? demanda-t-elle après avoir croqué dans sa galette de riz qui faisait office de repas.

— Non, tu retournes au bureau et tu reprends les rapports de Maximilien. Vois si on n'a pas manqué quelque chose. Je veux qu'on renforce nos conclusions, nos indices et nos pressentiments. Tu essayeras aussi de joindre la capote géante.

— Pardon ? s'exclama-t-elle.

— Jérôme. Le scientifique, décrypta-t-il précipitamment.

— Vous l'appelez la capote géante ? s'esclaffa Justine.

— On se retrouve en fin de journée au bureau, éluda-t-il.

Justine devint rouge. Elle tourna sept fois sa langue dans sa bouche avant de parler.

— J'ai un truc à faire ce soir. Cela vous dérange si je pars vers 22 heures ?

— Si tu veux ce boulot, faut que ton mec comprenne que tu ne seras pas tous les soirs à la maison pour la bagatelle.

Stanislas quitta le restaurant de Chérif en rigolant.

*

Servane Jaline faisait les cent pas sur le trottoir du boulevard Saint-Germain. Elle avait son téléphone à l'oreille et n'arrêtait pas de suffoquer dans son appareil. Elle se tourna vers Jean-Jacques, le patron de la librairie, après avoir raccroché.

— Je suis désolée. Je ne sais pas où elle est. Son chauffeur me dit qu'elle n'est pas dans sa chambre d'hôtel. Et un portier nous assure qu'elle est montée dans une voiture de maître il y a plus d'une demi-heure.

— On fait quoi alors ? Il y a du monde à l'intérieur.

Elle sortit une cigarette et l'alluma nerveusement.

— Je n'en sais rien. Elle ne répond pas sur son portable, je te dis. Je n'ai aucun moyen de la joindre...

Au même instant, à moins de dix kilomètres de là. Kristen n'arrivait ni à respirer ni à bouger. Ses pieds étaient maintenus par des Serflex à une chaise en fer alors que ses mains étaient, elles aussi, liées par un collier de serrage en plastique qui lui cisaillait la peau. Kristen observa l'homme qui s'agitait devant elle et qui soliloquait avec un débit accéléré. Elle le sentait nerveux, à la limite de l'implosion. Où était-elle ? Elle chercha du regard un indice. Elle espérait que l'équipe de son éditeur français s'inquiète et informe la police de sa disparition.

Kristen scruta les lieux. Le son et l'odeur lui faisaient penser à un parking souterrain. C'était cohérent. Le VTC s'était faufilé dans un long tunnel. Elle se souvenait aussi d'une grande arche au-dessus d'eux avant de ne plus voir le ciel. Ensuite, la voiture s'était engouffrée dans un passage étroit. C'était à ce moment-là qu'elle avait commencé à paniquer. Ça ne ressemblait pas du tout au Quartier latin qu'elle avait visité dans sa jeunesse. L'auteure avait demandé au chauffeur de s'arrêter, il n'avait pas répondu. Elle avait voulu ouvrir sa portière, mais celle-ci avait été verrouillée.

Elle avait été piégée.

Mais pourquoi ?

Une fois la voiture arrêtée, le chauffeur l'avait fait sortir violemment et l'avait, sans perdre de temps, attachée sur cette chaise.

Que voulait-il ? Qu'allait-il faire d'elle ?

— Si vous voulez de l'argent, je peux vous en donner, proposa-t-elle, suppliante.

L'homme rit en s'approchant d'elle.

— Je suis riche. Je suis riche de connaissances. C'est le plus beau des trésors.

Kristen cracha sur le visage de l'homme. Il s'essuya sans rien dire puis sortit un morceau de ruban adhésif de sa poche et le lui colla sur la bouche.

— Maintenant, tu vas fermer ta gueule. Il faut que je réfléchisse.

Il passa derrière Kristen qui n'arrêtait pas de s'agiter sur sa chaise. D'un geste sec, il enveloppa la tête de la jeune auteure avec un sac-poubelle et le scotcha autour de son cou.

Puis, tranquillement, l'homme posa ses fesses sur le capot de la voiture et attendit que la Danoise cesse de se débattre. *Elle devrait être contente*, songea-t-il. *Elle allait rencontrer la lumière éternelle.* Sereinement, l'homme sortit son scalpel de la poche intérieure de son blazer. Il était prêt à faire ce qu'on exigeait de lui. L'homme savait qu'il n'était pas fou. Il avait une mission.

18

Après avoir passé vingt-cinq minutes à chercher une place, Stanislas se gara sur un espace réservé aux véhicules électriques rue de Provence, au cœur du IXe arrondissement de Paris. Son esprit vagabondait entre son enquête et ses enfants. Il les aimait tellement. Pourquoi sa femme leur avait-elle fait ça ?

Il secoua la tête énergiquement.

Il ne devait pas se laisser distraire. Il devait se recentrer pour ne penser qu'aux meurtres des touristes. Tout en soufflant pour faire le vide dans son corps et son esprit, le lieutenant Stanislas Diamick sortit de sa voiture et se dirigea vers le bâtiment de la franc-maçonnerie. Il avait rendez-vous à 14 h 30 et il était déjà en retard. Arrivé au 16, rue Cadet, Stanislas s'arrêta un instant pour contempler l'édifice qui lui faisait face. La façade en verre et acier respirait l'ultramodernité. Jamais il n'aurait cru que cette société secrète pouvait avoir pignon sur rue en inscrivant sur le fronton de leur imposant immeuble : « Grand Orient de France », orné en plus des drapeaux européen et français. Il ne comprenait plus rien. C'était secret ou pas cette organisation ?

Pour en apprendre un peu plus, il gravit la rampe d'accès et s'engouffra à l'intérieur. Les préjugés avaient la vie dure. Stan pensait pénétrer dans un endroit sombre, discret et mystérieux. Le flic fut très étonné de constater que c'était tout le contraire. Le hall, grâce à son marbre noir poli, resplendissait de lumière. Au milieu de l'entrée, une phrase fit sourire Stan. Il la répéta dans sa tête en montant les trois marches qui le séparaient de l'accueil : *Être libre n'est pas seulement se débarrasser de ses chaînes, c'est vivre d'une façon qui respecte et renforce la liberté des autres.*

— Bonjour. Inspecteur Diamick, se présenta-t-il en agitant sa carte tricolore. J'ai rendez-vous avec le grand gour… Pardon, avec M. Florentin Marcial.

L'hôtesse ne releva pas la petite galéjade du flic qui lui pointait sa carte à deux millimètres du visage. Elle décrocha son téléphone en souriant et annonça l'arrivée de monsieur le policier Stanislas Diamick à son interlocuteur. Après un signe de tête, elle proposa au visiteur de patienter dans le hall. Stanislas recula de quelques pas pour sombrer dans un siège ultraconfortable. Une fois assis, il promena son regard sur ce qui l'entourait. Ses yeux tombèrent sur une porte entrouverte qui donnait sur une salle dont le sol était carrelé de grands carrés noirs et blancs. Son encéphale le titilla, mais il n'eut pas le temps de comprendre pourquoi que Florentin Marcial se dirigeait promptement vers lui.

— Lieutenant Diamick ?

Stan se leva et serra la main que son interlocuteur lui tendait.

— Effectivement. Vous devriez travailler dans la police, plaisanta Stanislas en lâchant un rire qui trahissait son malaise d'être dans ce lieu.

— Vous me suivez ? Nous serons plus à l'aise dans mon bureau, rétorqua Florentin Marcial sans noter le trait d'humour de son invité.

Les deux hommes se rendirent au deuxième étage. Florentin ouvrit une porte et invita Stanislas à entrer. Le flic trouva le bureau terriblement mieux que le sien. Il fut surpris de ne pas apercevoir des crânes humains, des bougies ou des os d'animaux sur un autel dédié aux sacrifices. Mais non, il n'y avait rien de tout ça. Stan se marra intérieurement. Il faudrait qu'il arrête avec ses préjugés à la con.

— Puis-je vous proposer un café ?

Stan accepta avec plaisir en s'asseyant dans un fauteuil en cuir et attendit bien sagement que la machine fasse son office : changer l'eau en café. *Enfin un miracle*, se marra intérieurement le lieutenant de police. Il devait vraiment être mal à l'aise pour enchaîner les blagues potaches.

Florentin posa la tasse fumante devant lui puis retourna à sa place derrière le bureau.

— Alors ? Pour quelle raison souhaitiez-vous me voir ? Et pourquoi en urgence ?

Florentin Marcial l'exaspérait déjà. Il le regardait de haut, il avait un plus beau sourire que le sien, mais surtout il avait plus de cheveux que lui et une superbe coupe à la mode. Stan se gratta la barbe.

— Je voulais vous poser quelques questions, monsieur... Comment dois-je vous appeler ?

— Monsieur Marcial, si vous le voulez bien. (Florentin jeta un coup d'œil à sa montre.) Peut-on avancer ? Je n'ai pas beaucoup de temps.

— Si vous pensez que deux meurtres ne justifient pas un petit créneau dans votre agenda surchargé, alors je suis venu ici pour plaisanter.

La prestance de son interlocuteur en prit un coup. *Prends-toi ça dans les dents*, pensa Stanislas.

— Et en quoi puis-je vous aider, inspecteur ? articula Florentin avec une pointe d'angoisse dans la voix.

— Lieutenant, on dit lieutenant.

— Désolé, lieutenant, je ne savais pas. Je vous prie de m'excuser.

Il devenait raisonnable. *C'est moi le vrai gourou ici*, s'amusa Stanislas en sortant son téléphone de sa poche.

— J'ai quelques photos à vous montrer. Attention, âme sensible s'abstenir.

Florentin plaça ses lunettes sur l'arête de son nez et attrapa l'iPhone. Stanislas scruta son visage pendant qu'il faisait défiler les photos.

— Pourquoi me montrez-vous ça ?

— Il y a quelques inscriptions qui m'interpellent. Le compas et l'équerre... l'œil... Cela ne vous rappelle rien ?

Le franc-maçon zooma puis grimaça.

— Effectivement.

— Pourrait-il y avoir un rapport avec votre confrérie ?

— Impossible. Je n'ose croire qu'un membre de notre ordre puisse s'adonner à ce genre de pratique. Les symboles maçonniques dessinés ici sont célèbres et connus du grand public.

— Le compas et l'équerre sont bien l'emblème de votre secte ?

Les mâchoires de Florentin se serrèrent d'agacement.

— Nous ne sommes pas une secte et je trouve, lieutenant, vos insinuations largement désobligeantes, soufflat-il en redonnant le téléphone à Stanislas.

— Pardon. Pour être honnête avec vous, dit-il avec un sourire, c'est que je ne connais rien à votre organisation. Si vous pouviez m'en apprendre plus…

Florentin soupira. Il passait sa vie à expliquer à ses concitoyens ce que voulait dire être frère dans la franc-maçonnerie.

— Si vous le souhaitez. On commence par où ? interrogea Florentin.

— Puis-je vous demander, précisément, ce que c'est un franc-maçon ?

— Alors ! (Florentin passa sa main droite dans ses cheveux. Il remit une mèche qui tombait et se racla la gorge.) C'est un homme ou une femme qui aspire à autre chose et qui, un jour, rencontre la franc-maçonnerie. Une institution humaniste, initiatique et fraternelle.

— Pouvez-vous être un chouïa plus concret ?

Florentin haussa les épaules.

— C'est un frère avec qui on débat, avec qui on échange et avec qui on essaye d'améliorer le monde. C'est surtout un espace de sociabilité sélectif qui recrute ses membres par cooptation.

Stanislas hocha la tête. Il ne comprenait toujours rien…

— Et pourquoi est-ce secret ?

Le grand maître lâcha un rire sincère.

— Mais ce n'est pas secret. Vous trouvez que notre immeuble est caché dans une ruelle étroite et sombre ?

— Non, en effet…

— Le secret vient du fait que tout le monde ne peut pas être frère et que nous pratiquons toujours des rites initiatiques. Et puis surtout, nos réunions se déroulent à huis clos… Voilà d'où viennent tous ces mystères.

— C'est tout ?

— Je peux vous l'affirmer. On n'a rien de secret, on ne fait pas de sacrifice, on ne mange pas d'enfants et on n'échange pas notre sang.

Stan, qui voulait passer à l'attaque et essayer de le stabiliser, lui demanda pourquoi y avait-il l'emblème des francs-maçons sur le corps des deux victimes. Florentin Marcial écarquilla les yeux.

— Mais je n'en ai aucune idée. (Le grand maître laissa passer un ange, puis il enchaîna :) Vous pensez que c'est un frère qui a fait ça, n'est-ce pas ? C'est votre hypothèse ?

— L'enquête nous le dira, répondit Stan en levant les sourcils.

— J'espère que vous lui mettrez la main dessus. Et si c'est réellement un frère, je serai le premier à le déplorer et à faire le maximum pour vous aider.

— Je suis heureux de l'entendre. Pourriez-vous m'en dire un peu plus sur les symboles que je vous ai montrés ?

— Je vous l'ai dit, ils sont tous très connus... Toutefois, je note la présence du pentagramme sur les clichés. Vous ne l'avez pas cité comme étant franc-maçon mais dans un passé lointain, il faisait partie de l'initiation des nouveaux frères. Il signifiait le silence du nouveau membre, c'était pour lui une terrible contrainte du rituel d'apprentissage. Lorsqu'un adepte désirait intégrer une loge, on lui remettait un pentagramme en argent. Les cinq branches représentaient les cinq années durant lesquelles il devait étudier et surtout écouter, sans jamais intervenir. Avec le temps, cette pratique est devenue archaïque.

— Et que savez-vous de l'œil au-dessus de la pyramide ? C'était sur le corps de la seconde victime que nous avons découvert aux colonnes du Buren. Désolé, j'ai une question un peu plus pertinente : y a-t-il un rapport entre les colonnes de Buren qu'on trouve au Palais-Royal et le sol en damier des francs-maçons ?

Florentin sourit avec amabilité.

— Oh oui… Il y a beaucoup de choses à dire. Je suis historien d'art moderne. (Il se leva.) Voulez-vous un autre café ? Car quand je commence, je ne peux plus m'arrêter… Parfois cela peut être long, dit-il en rigolant.

Stan accepta un nouvel expresso et lui demanda, avec son regard de cocker, s'il avait des petits biscuits à grignoter.

19

L'horloge Johnny apprit à Stanislas qu'il était déjà 17 h 52 quand il pénétra dans son bureau. Il trouva Justine assise à la place de Khalid, la tête ensevelie dans les dossiers. Elle leva un regard interrogateur vers son patron.

— Alors, ce rendez-vous ?

Il enleva son blouson et le posa sur le dossier de sa chaise.

— Pas mal.

— Il vous a raconté quoi, le grand gourou ?

Stanislas sourit. Ils avaient le même humour. C'était une très bonne chose, songea-t-il en posant ses fesses sur son fauteuil.

— Que c'est impossible que ce soit un frère qui fasse ce genre de chose, bla-bla-bla. Mais on a longuement parlé des symboles. Il m'a ouvert les yeux sur un fait que j'étais loin d'imaginer.

— Lequel ? demanda, curieuse, Justine.

— Le rapport entre la franc-maçonnerie et les colonnes de Buren… Je crois que le lieu dans lequel nous avons découvert Maria n'est pas un hasard… Et cela pourrait être notre premier indice.

— Vous pouvez être un peu plus explicite ? Je patauge, là.

— Je vais essayer. En tous les cas, ils ont de très bons chocolats à la maçonnerie. (Il sortit son carnet pour consulter ses notes.) Les colonnes de Buren auraient un rapport avec la franc-maçonnerie.

— Comment ça ?

— Le damier noir et blanc fait partie intégrante de leur culture.

— Et les colonnes sont de cette couleur, indiqua Justine.

— Exactement. Le damier représente le plateau sur lequel on règle ses comptes avec soi-même. Le noir représente notre part d'ombre tandis que le blanc la lumière. Nous marchons sur un monde et sur notre vie comme un équilibriste qui échappe au binaire. Je n'ai pas tout compris, lui avoua Stanislas. Mais c'est ce qu'il m'a dit.

— Le deux couleurs ensemble me font penser au yin et au yang…

— Je pense effectivement qu'il y a un rapport avec la philosophie chinoise. Tout cela vient d'un temps lointain, voire ancestral. Le yin et le yang sont deux facettes d'une même réalité : à l'origine le yang désignait la partie ensoleillée d'une montagne et le yin la partie ombragée. (Stanislas tourna une nouvelle fois ses pages.) Mais revenons à ce qui nous intéresse : les symboles. Il paraîtrait que l'œuvre d'art de Buren est un temple maçonnique à ciel ouvert. Si tu regardes de haut, le sol est noir et le haut des colonnes est blanc, comme le damier qu'on trouve dans les loges maçonniques. Ensuite, le nom de l'œuvre d'art n'est pas « les colonnes », comme le surnomme le grand public, mais elle s'intitule, en réalité, *Les Deux Plateaux*.

— Pourquoi ? interrogea Justine, fascinée.

— Le gourou m'a raconté qu'il n'y avait aucune explication officielle, mais qu'en grattant bien, on pouvait supposer que le nom des colonnes faisait référence aux deux plateaux d'une balance. Et qu'est-ce qui est représenté sur le blason des loges maçonniques ?

— Heu... Une balance ? hésita la jeune recrue.

— Exactement, répondit-il tout sourire.

— Oh merde, lâcha Justine.

— Tu peux le dire. Mais il n'y a pas que ça. Le grand maître m'a aussi parlé d'ésotérisme et du chiffre 44, qui est le nombre total des colonnes zébrées sur la place du Palais-Royal. Et elles devraient représenter les 44 lumières allumées lors de la fête de Hanoukka. La fête de la purification du Temple à Jérusalem.

— Vous y croyez ?

— À quoi ?

— Bah que Buren, l'architecte, a voulu faire un temple maçonnique avec des signes cachés.

— Je ne sais pas, mais c'est troublant quand même, rétorqua Stanislas en tournant les pages pour trouver une note spécifique. Ah ! Voilà. Tu te souviens de l'endroit où nous avons découvert le corps de la jeune Marseillaise ?

— Dans un ruisseau en dessous de l'œuvre d'art.

— Exact. Juste au bord de la seizième colonne. L'endroit où nous avons trouvé la victime est appelé « Le Puits de l'abîme » et est entouré de trois colonnes. Et tu sais quoi ? Le sommet de chaque colonne forme un cube de six coudées de côté. Ce qui fait... 6, 6 et encore 6.

— Oh... lâcha simplement Justine, complètement abasourdie par ce que lui expliquait le lieutenant.

Stanislas se passa la main dans les cheveux. La fatigue pesait sur sa nuque. Il était épuisé. Il fallait qu'il mette rapidement quelqu'un sur cette histoire de monuments. Car, il le savait, il n'arrivera jamais à comprendre les similitudes avec l'ésotérisme, les meurtres et tout ce pataquès.

— Tu fais quoi ? demanda-t-il à sa nouvelle recrue qui tapait nerveusement sur le clavier de son ordinateur.

Stanislas se leva difficilement et s'avança lentement vers elle.

— J'ai un truc qui vient de me revenir quand vous avez parlé de 666. Vous avez lu le *Da Vinci Code* ?

Il répondit non de la tête.

— Vous devriez ! dit-elle en tournant son moniteur vers lui.

Stanislas scruta l'écran.

— La pyramide du Louvre comporte 666 losanges de verre ? siffla Stanislas en découvrant cette information. Cela ne peut pas être un hasard. (Il se passa énergiquement la main sur son visage buriné par le temps et la fatigue.) Je ne sais vraiment pas quoi penser… Tout est un peu tiré par les cheveux, non ? Mais c'est la seule piste que nous ayons, n'est-ce pas ? Tu n'as rien vu de nouveau dans les dossiers ?

— Malheureusement…

— Peut-être que nous tenons un truc, Justine… Mais quoi ? (Il haussa les épaules.) Tu t'en vas ? lui demanda Stanislas en la voyant enfiler son manteau.

— Je vous l'ai dit tout à l'heure, j'ai quelque chose de prévu.

— Ah oui. La bagatelle, se moqua Stanislas.

— Et vous ? Qu'allez-vous faire ? Vous avez une femme qui vous attend chez vous ?

La bonne humeur de Stanislas retomba. Sans trop savoir pourquoi, il s'entendit répondre :

— Évidemment. (Il jeta un bref coup d'œil à sa montre.) Et en plus, elle doit m'attendre. File. Je vais bosser encore un peu avant de rentrer.

— Bonne soirée !

Justine fila sans se faire prier, laissant son chef seul, épuisé… et misérable.

20

« Pas de portable. Pas de papier. Pas de d'argent. »

Justine relut une dernière fois le texto qu'elle venait de recevoir de Sonia Farki, puis rangea son téléphone à l'intérieur du top-case de son scooter. Justine jeta furtivement un regard dans le rétroviseur et, pour une fois, elle se trouva jolie. Le maquillage gothique lui allait bien, se dit-elle en se souriant.

Après son départ du siège de la police judiciaire, Justine était retournée chez elle pour se changer. Sur le trajet, elle avait repensé à ce que Stan venait de lui raconter. Elle avait l'intuition qu'ils étaient sur la bonne voie et que la clé de l'enquête pouvait se cacher sur les monuments, mais comment trouver la serrure qui lui correspondait ? Ensuite, son esprit avait divagué sur la soirée qu'elle allait passer avec Sonia. Et l'appréhension l'avait gagnée.

Que pouvait-elle découvrir dans le monde du satanisme ? Pouvait-elle vraiment repérer des indices sur leur affaire ? Était-il possible que le chiffre 666 gravé dans la peau des victimes soit une preuve de la culpabilité des adorateurs de Satan ? Elle n'en savait foutrement rien, en tous les cas, elle mènera l'enquête jusqu'au bout.

Une fois son scooter garé. Justine était montée chez elle pour prendre une douche, puis elle avait fouillé dans son placard pour choisir une tenue en adéquation avec sa sortie du soir. Elle avait redécouvert son body string en dentelle noire qu'elle s'était acheté il y a des années et qu'elle n'avait jamais porté. Ensuite, elle avait enfilé des leggings noirs en cuir qui la sculptaient parfaitement. Et pour terminer, elle avait chaussée ses bottes en cuir à talons plats. En passant devant le miroir accroché dans l'entrée de l'appartement, elle s'était trouvée farouchement aguichante. Avant de partir, elle avait peint ses paupières de khôl charbon et coloré ses lèvres de rouge sang. Elle était dans le thème de sa soirée, s'était-elle rassurée en claquant la porte de son trois-pièces.

Justine traversa la rue Auguste-Comte pour attendre Sonia devant le lycée Montaigne. Elle ne comprenait pas pourquoi l'auteure lui avait donné rendez-vous à cet endroit. Quel était le rapport avec le satanisme ? La fliquette jeta un coup d'œil à l'horloge de l'Abribus. Elle venait de passer à 22 h 26 quand elle entendit un bruit de pas derrière elle. Quand elle se retourna, elle fut subjuguée par la beauté de Sonia qui, en tirant une dernière taffe sur sa cigarette, lui souriait.

— T'es à l'heure. J'aime les gens ponctuels, dit la nouvelle arrivée en balançant d'une pichenette son mégot dans le caniveau.

— On se tutoie ? s'étonna Justine.

— Avec ce qu'on va faire ce soir ? ricana Sonia, je pense que c'est mieux. (D'un regard fripon, elle inspecta Justine de haut en bas.) C'est bien, tu as fait un effort pour te saper comme il faut. Et avec ta tenue, on peut assurément voir que tu n'as rien dans les poches.

Le comportement de Sonia lui sembla étrange et son regard sur elle, assez déplacé, mais elle décida de jouer le jeu, détaillant à son tour du regard son interlocutrice. Elle était habillée d'une robe en cuir noire qui lui moulait ses hanches et ses seins. Ses chaussures à talons pouvaient donner le vertige à un échassier amateur et son collant résille rouge faisait ressortir ses jambes longilignes.

— Toi aussi, tu as fait un joli effort.

— Merci. (Sonia pencha la tête.) On y va ?

La flic acquiesça d'un léger mouvement du menton. Faisait-elle une connerie en suivant cette jolie brune sans en avoir parlé à Stanislas ? De toute façon, il était trop tard pour tout arrêter. Et si Sonia pouvait l'aider, elle serait bête de s'en priver. Si rien ne sortait de cette soirée, ils pourraient laisser tomber l'aspect satanique de l'enquête et se concentrer sur les monuments et les francs-maçons.

— Nous y sommes, annonça l'auteure en se tournant vers elle.

Elles se trouvaient dans une petite ruelle sur le côté du lycée. Justine ne comprenait toujours pas ce qui se passait. Sonia jeta un œil à sa montre.

— Encore trois minutes. (Elle s'avança vers Justine.) Pour ne pas te faire perdre ton temps, je ne t'ai pas fait visiter les catacombes en compagnie des adorateurs de Marilyn Manson. Le niveau 1 n'est pas intéressant. Ce ne sont que des jeunes prépubères qui veulent se faire peur. Un peu comme au niveau 2 où ils organisent de fausses messes noires en brûlant des bougies et en dessinant des pentagrammes sur les murs en priant Satan. (Sonia haussa les épaules.) C'est pour les touristes, si tu vois ce que je veux dire. Ce soir, nous allons directement au niveau 3… Tu vas adorer.

— Il y a combien de niveaux ? demanda Justine, plus angoissée qu'intéressée.

— Six. Mais celui-ci, c'est le pire, répondit-elle avec une grimace. (Elle s'avança encore plus près.) C'est la rencontre avec le diable.

Le regard de Sonia fit frémir Justine. Elle avait l'air sérieuse. Que voulait-elle dire ? Elle n'eut pas le temps de lui poser la question. La plaque d'égout à leurs pieds s'ouvrit dans un couinement assourdissant et un homme apparut.

— Oh ! Sonia ! Ça faisait longtemps, lui dit-il en faisant un bref clin d'œil.

— Eh oui. Et toi, Cerbère, t'es encore là ? Toujours au rendez-vous ! Incroyable !

L'homme était immense, chauve et portait une très longue barbe qu'il devait laisser pousser depuis des années. Sonia s'approcha de lui.

— Je suis avec une copine. Tu nous fais entrer ce soir ? Elle veut juste découvrir notre macrocosme.

— Pour toi, c'est toujours OK, tu le sais très bien ! lui dit-il avec un énorme sourire.

Cerbère prit la main de Sonia et la fit descendre délicatement dans les égouts parisiens. Il effectua la même chose avec Justine. Une fois tous les trois à l'intérieur, il referma la plaque.

— Il y une source de lumière dans un des souterrains. Si vous la trouvez, vous rentrez, sinon vous vous démerdez ! leur lança très sérieusement Cerbère.

Sonia attrapa la main de Justine, puis les deux filles commencèrent à marcher dans le noir total. La fliquette frissonna. Elle n'arrivait pas à savoir si c'était dû aux courants d'air ou bien à la peur.

— Tu sais où on va ? s'inquiéta Justine.

— Non. C'est le but du jeu. Le parcours change tout le temps. Si tu veux rentrer dans leur monde, il faut que tu le prouves. C'est la première épreuve.

— Mais où on est ? insista-t-elle en frissonnant.

— Sous le lycée Montaigne, répondit Sonia en lui serrant la main. Ne panique pas. C'est ce qu'ils attendent. Sinon, tu vas te faire bouffer toute crue en deux heures. (Sonia baissa la voix.) Nous sommes dans un bunker de la Seconde Guerre mondiale. (Elle attrapa la main de Justine et la posa sur une plaque rouillée.) Tu sens le métal ? C'est la porte blindée de l'entrée souterraine, on vient de réussir la première épreuve.

Sonia tourna la manivelle qui grinça comme un chant d'orques en plein milieu de l'océan Arctique. Une fois ouverte, Sonia entraîna Justine à l'intérieur.

— Maintenant, il faut trouver la flamme. Elle nous guidera.

Les deux femmes s'avancèrent dans les tunnels inhospitaliers et ténébreux. Quelques mètres plus loin, l'auteure s'arrêta.

— Nous y sommes. Regarde à droite. Il y a la chandelle qui scintille, lui susurra Sonia au creux de l'oreille. (Justine tourna la tête et aperçut la flammèche qui ondulait, comme un spectre qui leur faisait signe de le suivre.

Sonia continua ses explications :) Pendant l'Occupation, l'armée allemande a réquisitionné ce bunker défensif pour se protéger des attentats et des supposés bombardements. Tu verras, il y a encore sur les murs les fléchages de couleurs en langue germanique pour diriger les militaires dans les kilomètres de réseaux souterrains. (Arrivée à la bougie, Justine hurla de toutes ses forces. Sonia l'entoura de ses bras en rigolant.) Mais calme-toi ! Ce n'est pas une vraie tête de mort, expliqua Sonia pour la rassurer. C'est une sculpture. Ce sont les nazis qui ont fait ça. Nous sommes dans la salle *anschluss*, c'est ici que les Allemands patientaient lors des attaques aériennes, y en a qui jouaient aux cartes et d'autres sculptaient des crânes directement dans la roche. Viens, on continue, lança Sonia en tirant Justine par le bras.

Trois minutes plus tard, Sonia frappa à une porte qui s'ouvrit sur un homme de petite taille. Il avait des cicatrices sur tout le visage. Il toisa les deux femmes qui lui faisaient face.

— Vous avez trouvé. Bravo. Et surtout, bonne soirée, pouffa-t-il.

Justine eut un mouvement de recul en découvrant ses deux canines limées tel le comte Dracula.

Où suis-je tombée ? se demanda-t-elle en passant la porte pour se retrouver dans un endroit sombre et assourdissant.

*

— Tu me passes la sauce samouraï, s'il te plaît ?

Stanislas se pencha pour attraper le récipient. Il l'ouvrit et le posa sur la tablette devant Khalid.

— Tu te rends compte ? J'ai failli mourir pour un grec de chez Chérif... Et tu sais quoi ? Je ne regrette rien, plaisanta Khalid en trempant ses frites dans la sauce piquante. (Il lança un regard en coin vers son ami.) Et toi, ça va ? Tu n'as rien dit depuis ton arrivée.

Stanislas arracha la capsule de sa canette de soda et en but une longue rasade. Effectivement, il n'avait encore rien révélé de son rendez-vous avec le Grand Orient de France. Il pressa énergiquement la canette glacée sur son front.

— Je suis fatigué... de tout. Du boulot, de l'enquête, du patron, du nouveau bureau... de l'absence de mes gosses.

— Ah ouais... ça ne va pas mieux.

Le temps s'arrêta quelques secondes dans la chambre d'hôpital.

— Ne me fais pas languir. Quoi de neuf pour l'enquête ? demanda Khalid après un temps de décompression, peut-être pour que Stan puisse penser à autre chose.

— Tu es en arrêt maladie, tu veux vraiment qu'on en parle ?

Khalid ferma le carton en polystyrène et le tendit à Stanislas.

— Je n'ai rien à faire, je ne peux pas bouger... et je me fais chier. Allez ! File-moi un biscuit, un petit truc. Un os à ronger pour faire passer le temps.

Stanislas céda et lui résuma sa rencontre avec le patron des francs-maçons. Il lui expliqua pourquoi ils avaient conclu que les corps n'avaient pas été déposés dans ces endroits chargés de signes et de légendes pour rien.

— Si tu veux, je peux chercher les points communs entre le Louvre et les colonnes de Buren ? lui proposa Khalid. En plus, j'ai vu comment bossait Julius.

— Qui ça ?

— Julius Stramonty, le spécialiste du 36, celui qui s'occupe d'enquêter sur le dark Web, lui apprit Khalid.

Stan haussa les épaules, il ne voyait absolument pas du tout de qui il voulait parler, mais il accepta la requête de son collègue. Ça le déchargeait quand même d'un sacré paquet de recherches. Khalid attrapa immédiatement son ordinateur et se mit à travailler tandis que Stanislas s'endormait dans le fauteuil. Le malade fixa l'écran avec le sourire. Il était heureux de repartir à l'attaque… Même si c'était numériquement virtuel.

21

— Stan ! Stan ! Stan, réveille-toi ! Stanislas, bordel, réveille-toi !

Le lieutenant Diamick ouvrit les yeux et découvrit Khalid qui s'agitait sur son lit.

— Ton téléphone sonne depuis dix minutes. C'est le bureau. Tu devrais répondre, aboya-t-il.

Stanislas se frotta le visage énergiquement pour retrouver ses esprits puis décrocha. Il écouta quelques instants son interlocuteur avant de raccrocher, l'air grave.

— On vient de trouver une femme sur les marches de l'Arche de la Défense. (Il se leva placidement.) Il faut que j'y aille. Tu as fait des recherches pendant que je dormais ?

— Faut que je t'en parle.

Stanislas acquiesça.

— Je reviens dans la journée. En attendant, ajoute à tes données l'Arche de la Défense, je suis certain qu'on va trouver des trucs intéressants… À tout à l'heure.

Stanislas fila. Dans l'ascenseur, il laissa un message vocal sur le répondeur de Justine. Il regarda sa montre en montant dans sa voiture. Il était 6 h 22. Encore une fois, la journée allait être longue, très longue, songea-t-il en quittant le parking de l'hôpital au son de son gyrophare.

*

On a encore découvert un cadavre... cette fois-ci, sur le parvis de l'Arche de la Défense. Je sais qu'il est tôt mais enlève tes doigts de ton cul ou de celui de ton mec et rejoins-moi.

Justine raccrocha et se massa les yeux avec un geste expert. Elle était exténuée. La nuit qu'elle venait de passer l'avait complètement vidée. Elle enfila son casque de scooter et démarra. Elle prit la route pour rejoindre son patron sur la scène de crime. Le vent qui lui fouettait le visage lui faisait du bien. Malheureusement, elle n'avait pas le temps de repasser chez elle pour se changer. Elle savait que les collègues ne l'épargneraient pas...

Son esprit commença à vagabonder sur ce qu'elle venait de vivre. Son expérience avait été surprenante. Une fois que l'homme de petite taille aux dents de vampire les avait fait entrer, les deux femmes s'étaient retrouvées dans une petite salle qui faisait office de sas de décompression. Sonia s'était approchée d'elle pour lui demander de la suivre, mais de ne parler à personne et de ne jamais la quitter. La policière avait accepté sans réfléchir. Devant elles, une porte s'était ouverte et les deux femmes s'y étaient engouffrées, comme aspirées par une force surnaturelle qui suintait le mal et la luxure. En un claquement de doigts, Justine avait découvert un autre monde. Celui du satanisme. Le pouvoir de faire ce qu'on voulait avec qui on voulait.

Le truc qui la terrorisait, ce matin, c'était qu'elle avait pris énormément de plaisir… et, surtout, elle ne s'était pas sentie mal à l'aise. Elle n'avait qu'une envie : y retourner. Son smartphone émit un son aigu qui lui annonçait un nouveau texto. Elle jeta un coup d'œil sur l'écran. En voyant le message inscrit sur l'écran, la jeune femme gloussa.

« Tu me manques déjà. Sonia »

*

Jérôme, le flic de la scientifique, se trouvait en face de Stanislas. Ce matin, le lieutenant de police n'avait aucune envie de rigoler. Il ne l'avait pas une fois appelé « la capote géante ». Les deux hommes s'étaient réfugiés sous la tente habituelle, celle qui cachait le corps aux badauds et aux caméras de télévision. Jérôme retira son masque de protection et souffla :

— Mais, merde, Stan, qu'est-ce qui se passe dans cette ville ? Trois morts en trois jours. C'est dingue…

Stanislas se massa les pommettes. Il aurait bien aimé répondre un truc intelligent au scientifique, mais rien ne lui venait. Lui aussi était désorienté par ce qui se passait et par le rythme métronomique des meurtres. Stanislas renifla en grimaçant.

— C'est quoi cette odeur ?

— De la Javel, répondit Jérôme en remettant sa protection buccale. La victime a été lavée avec de l'oxychlorure de sodium.

— Pourquoi il a utilisé un désinfectant ménager ?

— Sûrement pour effacer d'éventuels indices qu'il aurait laissés, annonça Jérôme.

— Il l'avait fait avant ?

Le scientifique secoua la tête.

— Non. Et il n'y a pas que ça qui me chiffonne. (Stanislas joua du menton pour l'inviter à continuer.) Les entailles, j'ai l'impression qu'elles ne sont pas comme les précédentes. Elles ne sont pas aussi bien réalisées et beaucoup moins symétriques.

— Tu penses que c'est un *copycat* ?

Jérôme haussa les épaules.

— Peut-être... (Son attention se porta sur l'entrée de la zone.) Ce n'est pas la flic que tu as recrutée ? Putain, elle est pas mal...

Surpris, Stanislas se retourna sans engueuler son collègue. Il découvrit Justine se hâtant pour les rejoindre.

— Qu'est-ce qu'elle fout dans cette tenue ? s'agaça-t-il tout seul dans sa barbe.

Voyant la tête que faisait le vieux flic, Jérôme prit congé avant l'arrivée de la jeune recrue. Cette dernière passa la tête dans l'embrasure de la tente.

— J'ai fait mon maximum pour arriver au plus vite, suffoqua-t-elle.

— J'ai vu. C'est bien. (Il sortit du vélum et d'un mouvement de tête lui indiqua de le suivre.) Faut que je prenne l'air pour réfléchir.

— Même modus operandi ?

— Oui. Mais avec des trucs différents, ajouta-t-il.

— Vous ne pouvez pas ralentir un peu ? Je n'arrive pas à vous suivre.

Le lieutenant Diamick s'arrêta net et se retourna.

— Que tu te trémousses toute la nuit, je m'en fous, que tu picoles jusqu'aux aurores, je m'en fous. (Il la toisa de haut en bas.) Que tu te fasses percer le museau, je m'en tape. Tout ce que je veux, c'est que tu sois opérationnelle quand on a besoin de toi. Est-ce clair ?

Il reprit sa marche sans l'attendre.

Justine posa l'index droit sur sa lèvre inférieure. Elle sentit un infime bout de métal contre son doigt. Pourquoi, quand et comment elle s'était fait poser ça ? Elle n'en avait aucun souvenir… Elle se mit à courir derrière Stanislas.

— Je suis désolée. Je suis là. Prête à faire mon boulot.

— OK, répondit-il. (Puis, se tournant vers elle :) Quand je te disais de changer de tenue, bah… je pensais à un truc un peu plus classique. Si tu vois ce que je veux dire.

Justine accueillit cette réflexion sans broncher. Elle ne pouvait rien dire, elle était en tort et elle le reconnaissait. Il fallait qu'elle rattrape le coup… Et le meilleur moyen était que son infiltration porte ses fruits…

22

Servane se trouvait sur un plateau de télévision. Ses yeux rougis dévoilaient à la France entière qu'elle avait pleuré. Beaucoup pleuré. C'était avec un courage et une force incroyables qu'elle répondit à la question de la journaliste qui lui demandait : Qui était Kristen Jensen ?

— C'était une femme talentueuse. Elle était belle, vivante et lumineuse. (Servane renifla et s'essuya le nez avec le dos de sa main.) Elle avait 36 ans et la vie devant elle. (L'éditrice se remit à pleurer. Après s'être excusée auprès de la présentatrice, elle reprit :) Je ne comprends pas comment dans un pays comme le nôtre, on peut tuer des gens… En plus, j'allais lui apprendre que son nouveau roman, *La Fleur assassinée*, venait de dépasser les 76 000 ventes. C'est injuste, gémit-elle en enfouissant son visage dans ses mains.

L'éditrice ne pouvait plus continuer. La journaliste interpella son autre invité :

— Vous êtes député de la majorité. Que répondez-vous à Servane Jaline ? Comment faire pour protéger nos concitoyens ? Car ce n'est pas la première fois que cela arrive, nos sources proches du dossier nous indiquent qu'il y a déjà eu deux meurtres en deux jours. Que se passe-t-il dans Paris ? Pouvez-vous nous rassurer ?

Le député ouvrit la bouche pour répondre mais l'écran de la télévision devint noir. Pierre Rachaud balança la télécommande sur son bureau. Le patron de la police judiciaire montra du doigt le téléviseur 16/9 accroché au mur.

— Et voilà. C'est officiel. Tout le monde est au courant que nous avons un taré qui assassine des femmes dans notre belle ville. (Il fouilla dans un tiroir.) On en est où ?

Stanislas se racla la gorge.

— On commence à voir un peu plus clair.

Pierre Rachaud claqua les élastiques d'une pochette en carton et l'ouvrit sans un regard vers son lieutenant.

— Pas d'ADN, pas d'empreintes, pas de témoins et pas d'images de caméras de surveillance. Je lis le rapport, hein ! Alors quelles sont les pistes ? C'est un fantôme, le tueur ? Ou nous sommes complètement largués ?

— Nos indices, ce sont les lieux, répondit Stanislas sans se démonter.

Pierre fixa son subalterne de son regard glacé.

— Développe.

— Le Louvre, les colonnes de Buren et maintenant l'Arche de la Défense.

— Oui, et ? s'impatienta Pierre Rachaud.

— Ce sont des monuments modernes qui ont été décriés à l'époque de leur construction.

— Cela ne fait pas un mobile.

Stan leva la main pour que son patron le laisse parler.

— Effectivement. Mais la pyramide et les colonnes ne sont pas simplement des monuments ou des œuvres d'art. Cela a un rapport avec les incisions au scalpel sur les corps. Khalid est sur une piste.

Pierre Rachaud leva les yeux.

— Khalid ? Il n'est pas en arrêt maladie ?

— Si, mais impossible de lui faire entendre raison, il préfère bosser.

Pierre leva les yeux au ciel.

— Et ta protégée ? Que fait-elle ?

Stanislas répondit calmement sans entrer dans un débat qui pouvait devenir stérile.

— Elle a passé la nuit à enquêter sur la symbolique des inscriptions gravées sur les corps. Elle aura bientôt des éléments.

Il n'était pas utile de préciser qu'elle semblait avoir eu des pertes de mémoire intempestives lorsqu'elle s'était pointée sur la dernière scène de crime. Stan l'avait renvoyée chez elle pour qu'elle reprenne ses esprits. Avait-il fait une erreur en l'intégrant dans son équipe ?

Pierre Rachaud renifla avant de parler :

— On fait une réunion ce soir chez le ministre. Tu dois y être. Les Danois vont nous faire chier. Il faut leur donner quelques biscuits. Tu me fais un dossier béton avec toutes vos trouvailles. OK ?

Stanislas acquiesça. Son téléphone vibra dans sa poche. Il décrocha, parla quelques secondes, puis coupa.

— C'était la morgue. Le légiste vient de terminer.

— Vas-y ! Et tiens-moi au courant.

Stan ouvrit la porte du bureau et avant qu'il ne la referme, Pierre Rachaud cria à travers la pièce :

— Arrête-moi cet enculé… S'il te plaît.

*

Justine s'agitait dans son lit sans trouver le sommeil. Quand Stan l'avait sèchement sommée de rentrer chez elle pour se refaire une nouvelle jeunesse, elle ne s'était pas fait prier. Elle avait senti son corps foutre le camp graduellement sans comprendre ce qu'il se passait. Sur le parvis de la Défense, elle avait commencé à transpirer et avait raconté un peu tout et n'importe quoi. Stan lui avait demandé de se taire jusqu'à nouvel ordre. Ce qui avait le plus troublé Justine, c'était qu'elle n'arrivait plus à visualiser sa soirée en intégralité. Des pans entiers semblaient complètement effacés. Seule la sensation de bonheur et de quiétude l'enveloppait. Que lui arrivait-il ?

Elle repoussa sa couette du pied dans un mouvement de colère. Son corps nu luisait de transpiration et ne cessait de trembloter. Comme une impression de manque… d'héroïne. Justine vivait, s'imagina-t-elle, une descente aux enfers… Elle s'agita comme une possédée. Elle cria pour refouler les pensées obscènes qui lui venaient. Mais c'était plus fort qu'elle… Elle gigota encore pour éloigner une envie qui la harponnait par toutes les zones érogènes de son corps. Une très grande envie de se caresser lui cadenassa le cerveau. Cela faisait si longtemps qu'elle ne l'avait pas fait… Que lui arrivait-il, putain de merde ? se demanda-t-elle en descendant progressivement ses doigts vers son entrejambe. Justine ferma les yeux et pensa à Sonia. Elle rejeta immédiatement l'image de la jeune femme… Mais le joli visage de l'auteure revint instantanément. Et cette fois-ci, Justine ne le chassa pas et se donna, en s'imaginant la tête entre les longues jambes de Sonia Farki, du plaisir jusqu'à l'orgasme.

23

Stanislas eut une drôle de sensation quand il pénétra dans le hall de la morgue. Ce qui le perturbait, c'était le monde qui grouillait autour de lui. Il était presque 11 heures du matin et l'Institut médico-légal fonctionnait comme toutes les petites entreprises énergiques. Il se rendit compte qu'il n'y allait quasiment que la nuit et ne s'était jamais imaginé qu'il pouvait y avoir autant de personnes qui travaillaient dans cet endroit. On l'accueillit même à son arrivée. Une première.

— Inspecteur Diamick ? lui demanda une femme sans âge.

— Lui-même.

— Le médecin vous attend.

— Merci. Pas besoin de m'accompagner, je pourrais y aller en fermant les yeux, lança Stanislas en marchant dans le couloir que, bizarrement, il ne reconnaissait pas. Il était baigné de lumière et il sentait bon. C'était incroyable.

Stan arriva devant une porte qu'il ouvrit sans frapper. Maximilien leva les yeux vers son visiteur, la bouche pleine.

— Bah, c'est encore toi ? Je croyais que tu faisais que les nuits ! s'étonna Stanislas.

Maximilien avala sa bouchée de pizza hawaïenne. Un blasphème pour Stanislas, qui ne fit aucune réflexion. Mais soyons sérieux : des ananas sur une pizza ?

— Ouais, mais je fais des heures supplémentaires. Tu sais combien ça coûte, toi, un mariage ? Putain, je te jure, je suis ruiné.

Stanislas rigola de bon cœur.

— Et le régime ?

— Je n'y arrive pas. À la maison, je fais semblant d'aimer les brocolis et le soja pour faire plaisir à ma future femme, mais dès que j'arrive ici, je me lâche, j'ai toujours la dalle. C'est une horreur. (Il envoya son carton de pizza dans la corbeille.) J'ai appris pour Khalid. Comment il va ?

— Il s'en remettra.

— Et la vomisseuse ?

— Ça, c'est une autre histoire, s'esclaffa Stanislas. (Il fit un mouvement de tête vers la porte.) On va voir ta dernière cliente ?

Le légiste acquiesça.

En pénétrant dans la pièce, le flic s'étonna de trouver l'atmosphère de la salle d'examen beaucoup plus accueillante en journée. C'était fou comme le soleil pouvait changer la vision des humains sur le monde.

— Heureusement qu'on m'a confié votre nouvelle victime. Si ça avait été un autre, vous n'auriez pas eu le même rapport. Tu n'aurais eu qu'un débriefing sur les marques, les traces au scalpel et tout le toutim. Il n'aurait pas pu remarquer les infimes différences de style et les différentes analyses qu'on peut en tirer.

— Sois plus précis.

Maximilien enfila ses gants en latex, posa son masque de protection sur la bouche et dévoila le corps de Kristen Jensen.

— Putain… (Stan regarda Maximilien.) Jérôme, le flic de la scientifique, pense que ce n'est peut-être pas le même homme qui a fait ça. Et toi ?

— On en a parlé.

— Ah oui, c'est vrai, Jérôme est ton cousin. Et donc ?

— Je n'en sais rien. Pour moi c'est le même homme, car c'est la même lame utilisée et le même mode opératoire. Mais, bien entendu, je ne peux rien te confirmer par écrit. J'ai aussi l'impression que cette fois-ci, il a fait les scarifications dans l'urgence. C'est ça, les différences dont je te parlais. Les dessins sont très mal faits, alors que les autres étaient vraiment très finement dessinés… Et y a autre chose aussi. On n'a pas trouvé de drogue dans le sang et le corps a été passé à la Javel.

— Ce qui veut dire ?

— Qu'il a dû laisser des traces ADN et qu'il a voulu les détruire.

Stanislas sortit son carnet et fit cliquer son stylo-bille. Il tourna quelques pages et nota ce que venait de lui apprendre le médecin légiste.

— C'est donc bien la première fois qu'il fait ça… Et les scarifications ?

— Ce sont les mêmes dessins. Des pentagrammes, plusieurs fois le chiffre 666, il y a aussi l'équerre et le compas, ici, et une pyramide, là, et toujours le petit motif juste au-dessus des reins.

— Montre-moi.

Le médecin légiste pointa un laser sur le corps. Stanislas recopia le dessin qu'il contemplait. Un carré sans la barre du dessous avec un point au milieu.

— Un code ?

Maximilien haussa les épaules.

— Je n'en sais absolument rien. Tout ce que je peux te dire, c'est que la main du mec qui a fait ça tremblait considérablement. Pourquoi ? C'est à toi de trouver la réponse. Moi, je ne fais que des constatations et des prélèvements sur des morts.

— Peut-être a-t-il été dérangé. (Stanislas se gratta la tête énergiquement.) Et les détails de sa mort ? Que peux-tu me dire ?

— Cette fois, elle n'a pas été noyée.

— Il n'y a pas de point d'eau autour de l'Arche de la Défense. Comment est-elle morte, alors ?

— Asphyxiée. Des marques de ligature sont visibles au niveau du cou.

— Une corde ? Ou à mains nues ?

— Ni l'un ni l'autre. Il y a des résidus de scotch. Il a dû nouer un sac autour de sa gorge. Certainement en plastique.

Stanislas enfourna son carnet dans la poche intérieure de son blouson.

— Merci. Espérons à présent qu'on ne se revoie pas avec ce type de victime demain.

— On compte sur toi. Ah, au fait, tu as rencontré la spécialiste du satanisme ? demanda Maximilien avant que Stan quitte sa salle d'examen.

— La vomisseuse l'a rencontrée. Ce n'était pas très productif… Mais merci quand même.

Maximilien leva le pouce en l'air. Les pas de Stanislas Diamick résonnèrent pendant quelques secondes dans la salle carrelée. Le légiste rangea le corps et éteignit la pièce. Il était presque midi, malgré tout, les ténèbres reprenaient leurs droits…

24

Justine plongea sa tête sous le jet d'eau chaude. Elle venait de se réveiller et avait sauté dans la douche sans perdre de temps. Pourquoi pensait-elle autant à Sonia ? Cela ne lui ressemblait pas. Elle comprit toutefois qu'il s'était passé quelque chose dans la nuit. Mais quoi ? Elle ferma les yeux et laissa les gouttelettes brûlantes lui purifier l'âme. Elle essayait de se remémorer sa soirée minute par minute, mais impossible de se souvenir de tout. Uniquement une sensation diffuse. Un sentiment de bonheur et de plaisir.

Justine se passa la main sur le visage et s'arrêta sur le minuscule bijou qui s'accrochait à l'une de ses lèvres. Comment avait-elle pu se laisser faire ça sans s'en rendre compte ? Ça la rendait dingue. Elle tourna le robinet puis s'habilla rapidement d'un jean propre et d'une chemise blanche. Rien de bien folichon, mais qui évitera de faire d'elle le centre d'attention.

Après avoir enfilé ses Stan Smith, elle quitta son appartement et récupéra son scooter. Elle fila en direction de l'hôpital. Stanislas lui avait demandé de le rejoindre dans la chambre de Khalid dès que possible. À un feu rouge, elle sentit son téléphone vibrer dans sa poche. Elle le sortit et regarda l'écran. Un texto de Sonia. Elle n'avait aucune envie de lui répondre. Pas tout de suite. Pas avant de comprendre. Pas avant de reprendre ses esprits. Le feu passa au vert.

*

— Putain ! Y a que dalle dans les distributeurs automatiques de ton hôtel de luxe, râla Stanislas en entrant dans la chambre de Khalid.

Son collègue rigola en lui proposant d'attendre le déjeuner. Il allait pouvoir se délecter d'une purée dégueulasse et d'un jambon en plastique. Stan enfonça deux doigts dans sa bouche en guise de réponse. Une fois assis, il lui demanda plus sérieusement :

— Alors ? Qu'as-tu trouvé ?

Khalid se redressa et attrapa un cahier à spirale.

— Un vrai petit écolier, se moqua son ami.

Le convalescent ne répondit pas. Stanislas comprit que son collègue avait trouvé quelque chose de sérieux. Khalid se lécha l'index droit et tourna les pages.

— Si je te dis : pyramide du Louvre, colonnes de Buren et Arche de la Défense, tu me réponds quoi ?

Stanislas joua le jeu.

— Monuments parisiens, lieux de meurtres depuis trois jours. Endroits très touristiques...

— En creusant, tu trouves plein d'autres éléments. (Khalid se massa les côtes.) Commençons par le Louvre. La petite coquine de pyramide cache quelques secrets.

— Elle comporte 666 losanges de verre, répondit fièrement Stanislas.

— Je vois que tu as bossé, tu dois être très fatigué, se marra Khalid.

— Je dois rendre à César ce qui appartient à César. C'est Justine qui m'en a parlé.

En précisant cela, Stanislas jeta un coup d'œil à sa montre. La jeune femme aurait dû être là...

Comme si elle avait répondu à une invocation, Justine pénétra dans la chambre, tenant un sac que les deux hommes reconnurent immédiatement.

— Je vous ai apporté des sandwichs de chez Chérif.

— Je préfère te voir sapée de cette manière, l'accueillit Stanislas.

Justine rougit. Elle passa la main sur ses lèvres.

— J'ai aussi enlevé ça. Désolée pour ce matin, je n'étais pas dans mon état normal.

— Ça arrive, répondit Stan en fouillant dans le sac qui sentait la bonne bouffe calorique. (Il sortit les deux barquettes.) Khalid commençait à me briefer sur ce qu'il a trouvé... On peut travailler en mangeant ? Ça ne dérange personne ?

Justine chopa des galettes de riz soufflé qu'elle avait également apportées. Stanislas la fixa avec amusement.

— Je peux commencer ? s'impatienta Khalid en ouvrant sa sauce samouraï. À part les 666 carreaux, la pyramide comporte plein de signes maçonniques et ésotériques. Quelques petits exemples : la pyramide inversée qu'on trouve à l'intérieur du musée et qui plonge dans le sous-sol représente la recherche intérieure. Et l'endroit où les deux pyramides se rejoignent est surnommé le V.I.T.R.I.O.L. (Khalid trempa ses frites dans la sauce avec un sourire.) *Visita Terrae Rectificando Invenies Occultum Lapidem*, annonça-t-il une fois sa patate ingurgitée.

— Ce qui veut dire ? demanda Justine.

— « Visite l'intérieur de la Terre et, en rectifiant, tu trouveras la pierre cachée », annonça fièrement le convalescent.

— Mais c'est super clair, ironisa Stanislas en croquant dans son sandwich.

— C'est une devise alchimique empruntée par les francs-maçons. Troublant, non ?

— Que peut-on en conclure ? insista Justine en ouvrant une bouteille de jus de pomme bio.

— L'acronyme V.I.T.R.I.O.L est une invitation, voire une injonction, à plonger dans la matière, c'est-à-dire en soi-même. C'est une introduction au travail de l'apprenti, et à la démarche maçonnique en général. Autre exemple : l'escalier hélicoïdal qui emmène les visiteurs à l'intérieur du Louvre et de sa pyramide est aussi un symbole maçonnique. Il représente l'initié qui descend au centre de la Terre pour y trouver l'éternité et l'illumination intérieure. Autre truc qui est bizarre, c'est la plateforme qui soutient l'escalier en colimaçon. Le pilier a la forme du triangle maçonnique. Pour les maçons, cela représente l'*Axus Mundi*. L'arbre de vie qui relie les enfers, l'intérieur de la pyramide, aux cieux, le haut de la pyramide. Tout cela est un peu confus, je vous l'accorde... Mais c'est quand même incroyable, tous ces points communs entre le Louvre et la franc-maçonnerie. Vous ne trouvez pas ?

Un silence de mort emplit la chambre quelques instants. Stanislas le brisa après avoir englouti son repas.

— Si on résume, ça fait déjà deux des trois scènes de crime qui ont un lien avec les francs-maçons ? Le Louvre et les colonnes de Buren ?

Khalid hocha la tête en signe d'acquiescement.

— Exact. D'autant plus que la pyramide et les colonnes font partie du méridien de Paris.

— Qu'est-ce que c'est encore ce truc ? souffla Stanislas. Je ne pige rien à ce que tu dis. (Il se tourna vers Justine.) Et toi, tu comprends ?

— Je suis complètement perdue.

— C'est ça le talent, ironisa Khalid.

— Avant de demander une augmentation, file-moi des pistes concrètes, que je n'aille pas chez le ministre les mains dans les poches. Parce qu'on est loin d'avoir identifié un suspect pour le moment. Et tu n'as pas encore parlé de l'Arche de la Défense et là, ça m'étonnerait que tu aies trouvé un lien.

— Tu te trompes, mais chaque chose en son temps, répondit Khalid en tournant délicatement les pages de son cahier.

— On n'en a pas, du temps. Magne-toi ! On dirait que tu manipules la Bible de Gutenberg.

— J'aime bien quand il est stressé, ça le rendrait presque beau, plaisanta le convalescent en lançant un regard amical à Justine. Alors, le méridien de Paris, c'est une ligne imaginaire qui traverse la capitale entre la place de la Nation et l'Arche de la Défense, en passant par le Palais-Royal et les colonnes de Buren.

— Oh merde, lâcha la jeune flic.

Khalid regarda Justine.

— Question subsidiaire. Connais-tu le nom exact de l'Arche ? (Justine fit non de la tête.) En réalité, elle s'appelle l'Arche de la Fraternité.

— Oh merde, répéta-t-elle une nouvelle fois.

— Et là, c'est le moment où tu vas nous dire que l'Arche est chargée de symboles maçonniques ? intervint Stanislas.

— Bingo, beugla Khalid avant de croquer dans son donut au chocolat.

— Alors ? Tu accouches ou on doit te supplier ?

— L'Arche est une construction moderne incroyablement troublante. Si vous regardez le toit de l'Arche de la Défense grâce à un drone, vous découvrirez un zodiaque de 360° divisé en douze signes astrologiques et en trente-six décans. Il y a aussi des pyramides au sommet des tours Nuages de Nanterre, visibles depuis le toit de l'Arche. Même le CNIT, si vous l'examinez d'en haut, représente un obélisque pyramidal. Encore et toujours une pyramide, déconcertant, non ? Savez-vous aussi que le quartier d'affaires de la Défense comprend les tours Voltaire, Gambetta, Lafayette, Descartes, tous frères d'une loge ? Pour finir, il y a, à proximité de l'Arche, une place des Degrés. Encore un mot maçonnique ! Énorme, non ?

Justine consulta son téléphone qui vibrait dans sa poche. C'était le sixième texto de Sonia. Cette dernière voulait savoir si elles se voyaient toujours ce soir… Impossible de faire traîner plus longtemps. Elle devait se décider : soit tout arrêter, soit aller au bout. Elle se leva.

— Je dois passer un coup de fil. Je reviens.

Elle sortit. Les deux hommes avaient remarqué qu'elle était devenue un peu pâle. Khalid interrogea Stan du regard.

— Je crois qu'elle a des problèmes de couple, se contenta de répondre Stanislas tout en fixant la porte les sourcils froncés.

25

Sonia patientait en faisant les cent pas devant une brasserie parisienne.

Quand Justine était sortie de la chambre d'hôpital, elle avait exigé des explications. Sonia s'était montrée rassurante. Tellement que Justine en venait à douter. Elle décida de lui accorder le bénéfice du doute. Mais, pour en avoir le cœur net, Justine voulait la rencontrer en fin d'après-midi dans un lieu neutre et public. Sonia avait accepté sans sourciller.

Cela avait donc été simple pour Justine de prévenir Stanislas qu'elle avait rendez-vous avec la spécialiste du satanisme qui avait peut-être des éléments intéressants à lui révéler. Le lieutenant avait approuvé la démarche… Et surtout, en le prévenant, elle s'assurait que quelqu'un sache où la chercher s'il lui arrivait quelque chose.

Et le timing était bon puisque, après avoir regardé sa montre, Khalid leur avait dit :

— Je suis désolé les gars, mais c'est l'heure de mes soins. L'infirmière ne va pas tarder à me mettre des piqûres dans le cul et je vais dormir comme un bébé. Cela ne vous dérange pas qu'on se revoie demain ?

Comme ça, Stan, tu nous parleras de la réunion au ministère, et toi, Justine, tu pourras nous dire si le prisme du satanisme peut nous faire encore avancer.

Justine et Stanislas s'étaient quittés sur le parking pour récupérer chacun leur véhicule. Le lieutenant Diamick avait regardé partir sa subordonnée en se demandant ce qu'elle cachait. Car il n'avait aucun doute : elle le baratinait.

— Je suis très contente de te voir.

Justine se tourna et se trouva nez à nez avec Sonia Farki qui lui souriait de ses belles dents blanches entourées de ses lèvres rouge sang ultrasensuelles.

— Heu, oui, moi… aussi, bafouilla la jeune femme. On prend un café ?

Sonia acquiesça et elles entrèrent dans la brasserie en silence. Une fois assise, Sonia prit immédiatement la parole, surprenant Justine.

— J'ai merdé. Je pensais que tu étais prête. Tu avais accepté tellement vite de t'immerger dans ce monde, alors, je t'y ai conduite. (Sonia se pinça les lèvres.) Le niveau 3 était peut-être trop pour toi, tu n'étais pas préparée, c'est absolument ma faute. (Elle tendit le bras pour saisir la main de Justine.) Mais il ne faut pas m'en vouloir. J'aurais dû faire plus attention à toi.

Justine se tut quelques instants. Elle commanda deux expressos puis demanda simplement :

— Qu'est-ce qui s'est passé ?

— MDMA.

— Tu m'as droguée ?

— Non ! Pas moi. Mais…

— Mais quoi… Qui ? Comment ? explosa Justine.

— Le maître du niveau 3 diffuse de l'ecstasy liquide par les canalisations et les climatiseurs. Tout le monde inhale ce produit. Ça aide à oublier ce qui se passe, pour ne plus penser à notre vie... Pour ne plus se souvenir de tout ce qu'on fait. Pour être bien, ne plus avoir de carcan... J'aurais dû te prévenir. Je suis désolée. Mais tu voulais voir et tu as vu.

Sonia tendit de nouveau le bras vers Justine et celle-ci, contre toute attente, ne retira pas sa main. Elle apprécia la douceur de la peau de Sonia. Elle attendit que le serveur dépose les deux tasses et s'en aille.

— On a fait quoi ? J'ai fait quoi ? Qu'est-ce que j'ai vu ? Qu'est-ce que qui s'est passé ?

— Je ne peux pas te le dire. J'étais dans le même état que toi. C'est ça, le satanisme. On peut faire tout et n'importe quoi, sans aucune règle, sans tabou, on vit nos fantasmes sans barrière, et surtout le regard des autres n'existe plus. ON EST LIBRE. Une fois la nuit passée, on oublie tout... Le bonheur, non ?

Justine avait l'impression de tomber dans un puits sans fond. Elle se reprit rapidement et posa un doigt sur ses lèvres.

— J'avais un piercing ce matin.

— C'est la preuve qu'on t'a acceptée au niveau 3, expliqua Sonia. Mais c'est pour cela que je voulais te revoir. Je crois que j'ai une piste pour toi. Ce n'est peut-être rien, mais hier soir, j'ai vu un homme avec les mêmes signes, ceux gravés sur les victimes... Et je pense qu'il sera présent ce soir au niveau 4.

Le cœur de Justine s'accéléra. C'était la première piste sérieuse qu'ils avaient. Il ne fallait absolument pas qu'elle la gâche. La flic allait devoir marcher sur des œufs.

— Est-ce qu'on nous drogue aussi ? demanda la lieutenante, sur la défensive.

— Non.

— Je veux y aller, répondit-elle avec un regard déterminé. Je veux aller au niveau 4.

— ...

— Il faut que je parle à cet homme. Je veux savoir s'il a le moindre lien avec les meurtres.

— Tu es sûre ? Ça pourrait te plaire encore moins qu'hier. Tu ne le regretteras pas ?

Justine secoua la tête. Elle ne savait pas ce qui l'attendait, mais il fallait qu'elle aille jusqu'au bout...

Et elle voulait aussi être encore et encore en compagnie de Sonia cette nuit, s'avoua-t-elle intérieurement. Mais cette fois-ci, elle serait plus prudente.

— On verra bien, murmura-t-elle.

Sonia avala son café d'une traite et se leva.

— Je vais voir ce que je peux faire. Je te préviens dès que je sais... Pas avant 22 heures. OK ?

— OK.

Sonia lança un baiser à la fliquette.

— Attends, la stoppa Justine avant qu'elle ne parte. Pourquoi tu m'aides ?

— Parce que tu me plais... (Justine rougit.) Et replonger avec toi en enfer, c'est ce qui pouvait m'arriver de mieux. Hier, j'ai redécouvert le plaisir des ténèbres longtemps enfoui en moi. Et j'en ai encore des frissons, lui répondit Sonia avant de disparaître.

26

Après avoir présenté sa carte tricolore à l'agent en faction, Stan fit passer sa BMW bosselée sous les grilles dorées de la République et pénétra dans la cour gravillonnée du ministère de l'Intérieur, situé place Beauvau, dans le VIIIe arrondissement de Paris. Le lieutenant n'appréciait pas vraiment cet endroit, non loin à vol d'oiseau du palais de l'Élysée. Trop luxueux, trop Ancien Régime et surtout trop « les petits plats dans les grands ». Il ne comprenait pas comment un ministre pouvait constater et régler les soucis de ses concitoyens dans un tel palais. Quand il en discutait avec sa hiérarchie, elle lui répondait toujours la même chose : « Ce sont des gens comme toi qui font remonter au ministre ce que pensent les Français, tu es un maillon très important de la chaîne. » Mon cul. Le ministre n'avait aucune envie de se mélanger au peuple. Il préférait boire un jus d'orange qu'un huissier touillait à sa place et manger des mets exceptionnels dans des assiettes en porcelaine de Limoges avec ses amis, voilà la réalité. Pour Stanislas, un bon ministre de l'Intérieur devait être issu de la base et y rester. Il se demanda, en sortant de sa voiture, si beaucoup de monde pensait comme lui dans la police. Sans doute que oui. Mais qui le disait ouvertement ? Personne. C'était à ce moment-là que la machine se grippait.

Serait-il un bon ministre, lui ? s'interrogea-t-il en montant les trois marches du perron. La réponse n'était pas aussi simple que ça, constata-t-il en pénétrant dans le hall. Ses pas résonnèrent sur le joli marbre rose. Cela lui changeait du linoléum gris dégueulasse du 36, rue du Bastion qui partait déjà en cacahuète. C'était ça la différence entre la base et les politiques, se dit-il intérieurement.

— Je peux vous aider ? demanda une hôtesse derrière son desk en bois d'acajou de Cuba.

— Oui. J'ai rendez-vous avec le ministre et le directeur de la PJ.

— Je vais les prévenir. Vous pouvez patienter dans l'espace qui se trouve à votre droite, lui annonça-t-elle en décrochant son téléphone.

Stanislas sortit un paquet de Granola au chocolat noir de sa poche de blouson et le déchira. Il posa sa pochette en carton à côté de lui tout en s'asseyant. Il avait préparé la réunion dans sa voiture sur le parking de l'hôpital. Khalid avait mis le doigt sur un truc important, il le sentait. Maintenant, c'était à lui de faire avaler tout ça aux grands pontes de la police française. Et cela n'allait pas être de la tarte, maugréa-t-il en croquant dans son sablé nappé de cacao.

— Monsieur ?

Stanislas avala rapidement sa bouchée et tourna la tête.

— Oui ?

— On vous attend pour la réunion, le prévint l'hôtesse d'accueil. C'est au premier étage sur la droite, juste en haut de l'escalier d'honneur. Un huissier vous conduira.

Stanislas se leva.

— Merci.

Il épousseta énergiquement son blouson puis grimpa les marches la tête basse.

— Bonjour, monsieur Diamick, l'accueillit un jeune homme en habit d'apparat un tantinet ridicule. Voulez-vous me suivre ?

Stanislas approuva de la tête.

L'huissier l'accompagna dans une grande salle de réunion aux tentures royales et à la moquette épaisse. Autour de la table se trouvaient le ministre de l'Intérieur, son directeur de cabinet et le patron de la police judiciaire parisienne. Le claquement de la porte derrière l'huissier qui venait de sortir fit sursauter Stanislas.

Henry Bernardin, le ministre de l'Intérieur, se leva pour lui serrer la main.

— Malgré les circonstances, je suis enchanté de vous rencontrer, lui dit-il aimablement.

Stanislas scruta le ministre qu'il pensait plus grand et plus imposant. Il avait en face de lui un homme sympathique et différent de ce qu'on pouvait imaginer en le voyant s'exciter à la télévision. Le lieutenant prit place dans un fauteuil et ouvrit son dossier cartonné.

— On va faire vite, le ministre a un rendez-vous important ce soir, attaqua le directeur de cabinet en regardant sa montre.

— Je vais faire mon maximum. Mais faut que vous sachiez que ce que je vais vous raconter est assez complexe, articula Stanislas.

— Ce que le ministre veut savoir en premier lieu, c'est si vous allez arrêter l'homme qui a assassiné l'auteure danoise. Diplomatiquement, c'est essentiel.

— Je suis flic, monsieur, pas diplomate. Je peux commencer à vous détailler l'affaire ? C'est bien pour cela que vous m'avez convoqué, non ?

Le ministre amorça un sourire. Ce flic lui plaisait.

Stanislas détailla point par point tout ce qu'il savait sur les trois meurtres. Il raconta méticuleusement les éléments scientifiques. Il montra des dizaines de photos prises sur les scènes de crime et dans la salle d'examen du légiste. Le directeur de cabinet tourna légèrement la tête pour ne pas apercevoir les corps mutilés. Stan continua ses explications en leur apprenant que l'assassin avait subitement changé son modus operandi avec la victime danoise. Pourquoi ? Il ne le savait pas encore.

Stanislas fit une pause. Comment allait-il présenter la suite ?

Soit ça passait et il continuait son enquête, soit ça cassait et il perdrait toute crédibilité... voire sa carte tricolore. De toute façon, il ne pouvait plus reculer.

— L'équipe a beaucoup travaillé sur les lieux des crimes. Les recherches que nous avons faites permettent de prouver que les monuments n'ont pas été choisis au hasard. Que le tueur voulait qu'on trouve les corps précisément à ces endroits.

— Pourquoi ? demanda le ministre.

— C'est en raison du fait que ces trois lieux ont tous un lien avec les francs-maçons, lâcha-t-il sans grosse conviction.

Le directeur de cabinet s'esclaffa.

— C'est une blague ?

Stanislas serra les mâchoires à en faire craquer les jointures.

— En comprenant sa motivation, nous nous rapprochons du coupable. Nous pourrons découvrir son identité et l'arrêter.

Henry Bernardin gribouilla sur sa feuille avant de lever la tête.

— Continuez, je vous en prie.

— Une grande partie des signes ésotériques que grave le tueur sur le corps de ses victimes sont maçonniques. J'ai donc rencontré Florentin Marcial, grand maître du Grand Orient de France, c'est lui qui m'a mis sur la piste en me parlant des colonnes de Buren qui présentaient plusieurs symboles maçonniques cachés. À partir de là, nous avons découvert que la pyramide du Louvre également, tout comme l'Arche de la Défense. L'assassin laisse un message.

— On ne sait toujours pas ce qu'il veut nous dire ? intervint Pierre Rachaud.

— Non... Mais on va trouver, jura Stanislas dans un souffle à peine audible.

— Je suis assez curieux de savoir ce que vous avez découvert, reprit le ministre.

— Monsieur, votre rendez-vous, insista le directeur de cabinet.

— Écoutez, Marc, si vous avez envie de vous remplir la panse avec des petits-fours au foie gras, vous pouvez y aller. Moi, je préfère écouter ce que le lieutenant Diamick a à nous dire... Nous avons trois morts en à peine soixante-douze heures et l'ambassadeur danois sur le dos. Je pense que c'est plus important de comprendre le cheminement intellectuel et criminel de cette histoire plutôt que de participer à une inauguration quelconque, vous ne pensez pas ?

Le directeur de cabinet approuva, tout penaud. Stanislas apprécia Henry Bernardin à cet instant à sa juste valeur.

— Allez-y, lieutenant. Nous vous écoutons.

Stanislas se racla la gorge avant de reprendre :

— Tout part du méridien de Paris.

— Cela a un rapport avec celui de Greenwich ?

— Oui, monsieur le ministre. Le méridien de Paris se situe à l'est de celui de Greenwich, qui, comme vous le savez, sert de référence internationale pour la longitude.

— Quel est le rapport avec les meurtres ? demanda le patron de la police judicaire.

— Nous avons découvert que l'axe parisien passe par le Louvre, les colonnes de Buren et l'Arche de la Défense.

Le ministre de l'Intérieur se massa les yeux.

— Je connais ce genre d'histoires, lieutenant, elles s'apparentent aux théories du complot, et sont généralement assez fumeuses. Mais à votre tête, j'imagine que c'est important pour l'enquête. Non ?

— Je pense que le meurtrier veut nous faire déchiffrer quelque chose. Je sais, vous allez me demander quoi ? Et je vais vous répondre que pour le moment je n'en sais rien. Mais le fait est que les trois monuments sont sur le méridien de Paris et que ces monuments présentent et renferment des symboles ésotériques, maçonniques et quelquefois sataniques. De cela, nous en sommes certains à 100 %.

— Quels sont les signes qui vous font penser cela ? demanda le ministre en griffonnant toujours sur sa feuille de papier.

Stanislas révéla ce qu'il avait appris sur la pyramide du Louvre, les colonnes de Buren et l'Arche de la Défense. Ses interlocuteurs étaient suspendus à ses lèvres. Il montra ensuite plusieurs photos et de nombreux plans… Plus Stanislas parlait, plus il voyait les morceaux d'un puzzle complexe. Il fallait maintenant qu'il trouve les pièces manquantes et qu'il les assemble. Et cela n'allait pas être une partie de plaisir.

Un silence s'installa dans la salle de conférences. Le ministre le rompit :

— Il y a réellement un zodiaque sur la dalle supérieure de l'Arche de la Défense ?

— Oui. À l'époque, il n'y avait pas de drone, ni Google Map. L'architecte devait penser que cela resterait secret. Généralement, les initiés maçonniques se réunissent en loge sous une voûte céleste, un zodiaque. De plus, pour Johan Otto von Spreckelsen, son architecte, l'Arche représente « un cube ouvert, qui est une fenêtre sur le monde ésotérique et céleste ». J'ai aussi appris que l'Arche avait été légèrement décalée de son axe de 6 degrés par rapport au parvis de la Défense lors de sa construction.

— Pourquoi ? demanda très intéressé le chef de cabinet qui avait complètement oublié sa petite sauterie.

— Pour être alignée avec le méridien de Paris et donc être dans le même axe que la pyramide du Louvre et les colonnes de Buren, et surtout l'astre solaire.

— C'est incroyable, lancèrent les trois hommes en même temps.

— L'axe est éclairé par la lumière du soleil, quand il se lève et quand il se couche. L'étoile de feu passe deux fois par jour au milieu de l'Arche.

— Incroyable, répéta le ministre. D'autres monuments passent par le méridien ?

— C'est là où le nœud de l'enquête peut se délier. L'Arc de triomphe, Nation, le Champ-de-Mars, récita-t-il. En postant des hommes autour de ces monuments, on peut choper notre gars. Ce sont ses prochaines scènes de crime. J'en suis certain.

Henry Bernardin sourit.

— Vous avez fait du bon boulot, lieutenant. Mettez en place cette surveillance avec le maximum d'effectifs.

— Il faudrait qu'on pointe tous les lieux à risques sur un plan et qu'on puisse...

Stan fut interrompu par les vibrations de son portable. « Numéro masqué. » Il leva les yeux vers les trois hommes en face de lui.

— Puis-je répondre ? Cela a peut-être un rapport avec notre affaire.

Après un hochement de tête du ministre, Stanislas répondit.

Son sang arrêta un instant d'irriguer son cœur quand il entendit la voix de son interlocutrice.

— *Bonsoir, Stan. C'est Marie-Jeanne.*

27

Justine tournait en rond dans son trois-pièces en vérifiant toutes les cinq minutes l'écran de son portable. Elle attendait impatiemment des nouvelles de Sonia. Faisait-elle le bon choix en y retournant ? Pouvait-elle faire confiance à cette femme qui l'attirait mais qui lui faisait, elle devait se l'avouer, un peu peur ? Elle regarda une nouvelle fois l'horloge au-dessus du frigo. 21 h 58. Stan était-il toujours avec le ministre ? Allait-il passer pour un hurluberlu ? Et elle ? N'était-elle pas folle de mener cette opération sans prévenir personne ? Son cœur vibra en même temps que son téléphone. Justine venait de recevoir un texto de Sonia.

« Pas de papiers, pas d'argent. RDV 76 rue de la verrerie. 23 h 15. »

Voilà.

La machine s'affolait sans qu'elle puisse l'arrêter. Non. Elle pouvait encore l'enrayer et ne pas se rendre au rendez-vous. Mais elle se mentait, bien sûr qu'elle irait. Pourquoi faisait-elle ça ? Était-ce réellement pour l'enquête ou était-elle attirée par autre chose ? Elle ne pouvait le nier : elle avait été envoûtée par cette Sonia Farki dès leur rencontre. Non, le mot juste était « ensorcelée ». Que possédait Sonia de plus que les autres pour que Justine se perde dans son regard ? Un nouveau SMS la sortit de ses pensées.

« Et sois provocante. »

*

— *On peut se parler ?*

— …

Stanislas s'excusa auprès de ses supérieurs et demanda s'il pouvait sortir cinq minutes. Le ministre les lui accorda d'un hochement de tête.

— Je vais aussi demander qu'on nous apporte une carte détaillée de la capitale, annonça le chef de cabinet en décrochant le téléphone posé sur la table.

— Parfait, et merci, dit Stan en quittant la salle.

— *Stan ?*

— Oui. Oui, on peut parler, répondit-il complètement sonné. Qu'est-ce que tu veux ?

Marie-Jeanne répondit d'une voix douce qui l'horripila.

— *Que tu arrêtes de passer tes nuits devant mon immeuble. Je ne voulais pas le faire, mais tu vas me pousser à en parler à la juge.*

— Mais pourquoi tu me fais ça ? Je suis leur père. J'ai le droit de les voir… Putain de merde.

— *Si tu commences à parler de cette manière… je raccroche.*

Il inspira profondément pour se calmer.

— OK ! Pardon. Je t'écoute.

— *Je veux qu'on fasse les choses à ma manière.* (Stanislas sentit ses mâchoires se crisper.) *On divorce et je garde les enfants.*

— Pourquoi tu me fais ça ? répéta-t-il.

— *Stan, tu voyais déjà à peine tes enfants bien avant que je te quitte, ça ne changera rien pour toi.*

Il récolta ces mots comme une gifle inattendue qui lui brûla virtuellement la joue et l'âme.

La porte de la salle de conférences s'ouvrit. Le directeur de cabinet passa la tête et montra à Stan sa montre de son index. Le flic articula silencieusement : « J'arrive. »

— Marie, on peut se parler plus tard ? Je suis au ministère de l'Intérieur, on est sur une affaire… Et je n'ai pas envie qu'on s'engueule, dit-il en prenant énormément sur lui.

— …

— Marie ?

— *Encore ton boulot*, souffla-t-elle dans l'appareil. *Toujours plus important que tes enfants.*

— Oui, mon boulot. Tu en as un, j'en ai un… mais, moi, je ne couche pas avec mes collègues, répondit-il un peu trop vite.

— *T'es vraiment qu'un putain de connard, Stanislas.*

Et elle raccrocha.

Stan frappa le mur de son poing. Il était furieux… et anéanti. Il tenta de reprendre contenance puis retourna en salle de réunion, dissimulant autant qu'il le pouvait sa main qui pissait le sang.

Stanislas était sorti de la Place Beauvau rassuré. Avant tout, humainement. Son ministre de tutelle était un homme agréable et à l'écoute. Henry Bernardin ne faisait pas semblant de s'intéresser aux autres. Quand il était retourné dans la pièce avec sa main en sang, il avait simplement dit la vérité : divorce compliqué.

Le ministre ne l'avait pas jugé. Il lui avait même souhaité : « Bon courage. » Puis, pour ne pas l'embarrasser plus, Henry Bernardin avait enchaîné sur le boulot, et ce qui les attendait était titanesque. Mettre en place la surveillance de lieux touristiques en peu de temps était quasi mission impossible.

Ils avaient sélectionné les cibles potentielles selon les indications de Stan. Consciencieusement, ce dernier avait punaisé certains endroits de la capitale situés sur l'axe de Paris. La tour Montparnasse, l'Observatoire, l'église Saint-Dominique et, pour finir, Nation. Pierre Rachaud avait commencé à mettre en place les patrouilles de police sur chaque lieu sélectionné par son lieutenant tout en organisant une cellule de crise. Ensuite, Stan avait enfin pu aller se coucher, pour une fois, sans ronchonner.

*

Justine attacha la chaîne de son scooter autour du panneau « sens interdit » qui se dressait au coin des rues Saint-Bon et de la Verrerie. Elle avait beaucoup réfléchi au dernier message de Sonia. « Sois provocante. » Elle avait passé du temps devant son dressing à choisir une tenue aguichante. Et puis, sur un coup de tête, elle avait enfilé un jean slim satiné de couleur noire, un chemisier cintré et des escarpins à talons hauts qu'elle n'avait portés qu'une seule fois lors du mariage de sa meilleure amie. Une vraie torture, s'était souvenue Justine en les enfilant.

Elle se releva pour regarder le bâtiment qui se trouvait à l'adresse de son rendez-vous. Justine fut étonnée de constater qu'elle était devant une église. Drôle d'endroit pour une rencontre… Surtout avec Satan, pensa Justine.

— T'es toujours à l'heure, toi.

Justine se retourna.

— Constamment. (Elle observa Sonia de haut en bas. Elle aussi portait un jean.) Tu n'es pas plus provocante que moi.

Sonia rigola.

— Je voulais voir si tu faisais tout ce que je te disais. Je suis heureuse que non.

Justine tourna la tête vers le bâtiment pour que Sonia ne se rende pas compte qu'elle rougissait.

— Une église ?

— Pas n'importe laquelle. Viens, je vais te montrer, dit-elle en traversant.

Justine la suivit et leva les yeux pour voir ce que Sonia pointait du doigt. Elle eut du mal à croire ce qu'elle voyait. Un petit démon sculpté dans la pierre accueillait les visiteurs avec un sourire maléfique juste au-dessus d'une porte rouge écarlate.

— Le diable veille sur nous, murmura Sonia au creux de son oreille. Il est partout. C'est ce qui fait son charme.

— Le charme de qui ? De l'église ou du diable ?

— De l'église, rétorqua Sonia.

Justine s'abîma un instant dans la contemplation de l'édifice. La voix de Sonia s'éleva dans son dos, la faisant frissonner :

— Tu es devant l'une des maisons du diable.

28

Justine et Sonia, assises côte à côte sur les bancs de l'église, patientaient. Le silence qui régnait prenait aux tripes. Justine n'aimait pas les lieux de culte. Elle faisait toujours son possible pour ne pas assister aux messes lors des mariages ou des baptêmes. Elle préférait attendre à l'extérieur en regardant le soleil plutôt que d'écouter des sermons barbants qui résonnaient dans la nef oblongue. Là, tout de suite, elle souhaitait sortir. L'immense porte rouge sang de l'édifice et le démon au-dessus l'avaient mise mal à l'aise. Elle avait un mauvais pressentiment et s'était tue depuis qu'elles étaient entrées.

— Respire. Il ne va rien t'arriver, lui dit Sonia en se penchant légèrement vers elle.

— Je suis mal à l'aise dans les églises.

— L'eau bénite te brûle, c'est ça ? se moqua Sonia.

— Lâche-moi un peu.

— OK.

Après quelques instants, elle reprit pourtant :

— Tu veux voir un truc incroyable ? lui demanda Sonia avec un sourire malicieux.

Justine hocha la tête. Sonia lui montra du doigt un vitrail.

— Regarde en haut.

La flic écouta son amie et laissa son regard se poser sur le haut de la fenêtre. Elle n'en crut pas ses yeux.

— C'est un pentagramme renversé ? s'étonna Justine.

— En effet, la pointe est vers le bas. Et tu sais ce que cela veut dire ?

— Que c'est l'emblème de la destruction et du diable. On l'utilise pour invoquer les forces du mal.

— Exactement. Et tu sais le plus beau ? C'est qu'il est sur la façade nord, qui donne sur la ruelle derrière.

— Et ?

— Et donc... Il ne reçoit jamais la lumière. Il est perpétuellement dans les ténèbres. C'est dingue ça, non ? annonça Sonia avec des étincelles dans les yeux.

Justine n'arrivait pas à quitter le vitrail des yeux. C'était incroyable. Que faisait cette étoile méphistophélique à cinq branches dans la maison du Seigneur ?

La voix de Sonia la ramena au présent.

— Ça va commencer, la prévint-elle en se retournant vers l'entrée de l'église.

Justine tourna la tête. Elle aperçut des gens, avec un look bien reconnaissable, pénétrer dans le lieu de culte. Justine dévisagea l'homme qui s'installa sur la chaise à côté d'elle. Il lui sourit. Ses dents étaient limées en pointe et ses yeux ressemblaient à ceux d'un serpent venimeux. Il portait une chemise à jabot et un pantalon noir et large sur des chaussures compensées avec une semelle de plus de 20 centimètres.

Des projecteurs s'allumèrent pour éclairer toute la nef d'une lumière rouge hémoglobine. Une musique sourde et saturée accompagnait l'illumination. Justine ferma les yeux pour essayer d'enrayer une migraine qui pointait le bout de son nez.

Elle les rouvrit en entendant une voix caverneuse éclater dans les haut-parleurs accrochés aux quatre coins de la pièce. Elle se redressa pour mieux voir la personne qui venait d'arriver au centre de l'autel, habituellement réservé au curé.

L'homme avait le crâne rasé et il semblait à Justine qu'il avait aussi deux petites cornes. Elle plissa les yeux pour mieux le contempler. L'individu portait des implants microdermaux. Des plaques de métal insérées sous la peau. Ça devenait intéressant. Qui était l'homme au long manteau rouge qui venait de déclarer gloire à Satan bien distinctement dans un lieu saint ? Les gens autour d'elle lui répondirent simultanément, comme pouvaient faire les catholiques lors d'une messe traditionnelle. Sonia se pencha vers Justine.

— C'est Baphomet. Notre pape noir.

— Mais il se passe quoi ?

— Tu vas assister à une véritable messe noire. Tu voulais un niveau supérieur… Le voilà.

Justine frissonna au contact de la peau de sa voisine. Baphomet leva les bras au ciel. La musique se faisait de plus en plus sourde. Les basses agrippaient les tempes de Justine comme un étau qui se renferme lentement. Elle avait l'impression que sa tête allait éclater comme une noix qu'on comprime. Derrière le pape noir, trois hommes arrivèrent en portant une femme totalement nue qui semblait être en transe.

— Voici notre sacrifice, annonça Baphomet les bras toujours en l'air.

— Gloire à Satan, répondirent en chœur les adeptes qui se trouvaient tout autour de Justine.

— L'enfer est notre Maison. Satan est notre Éternel. Nous allons distribuer notre sang et notre chair maléfique.

L'homme aux cornes frappa dans ses mains. Les disciples autour de lui passèrent dans les rangs verser le sang directement dans la bouche des aspirants et poser sur la langue les hosties pernicieuses. Justine, inquiète, dévisagea Sonia.

— Prends ce qu'on te donne. Tu es là pour ça... Sinon... (Elle montra les gens autour d'elles.) Ils vont mal le prendre et on aura des ennuis.

— Mais c'est réellement du sang ?

— On n'a jamais su, répondit l'auteure en haussant les épaules.

Sonia ouvrit la bouche, plaça la pastille sur sa langue et se laissa verser le liquide rouge sirupeux.

— Gloire à Satan, murmura-t-elle.

Justine fit la même chose que son amie. Elle n'ingéra pas immédiatement le liquide. Avec toute la décontraction dont elle était capable, elle se leva, bien décidée à aller recracher le breuvage discrètement quelque part... Mais elle vit alors la femme nue couchée sur le ventre contre l'autel en marbre blanc. Un homme s'approcha de Baphomet avec un pentagramme en acier rougi au feu. Le pape satanique s'empara du tison et l'enfonça dans le dos de la jeune femme. Justine hurla dans l'église... et tous les regards se tournèrent vers elle.

29

Justine ouvrit difficilement les yeux… et reconnut son appartement. Elle fut soulagée d'être couchée dans son lit. La jeune femme se massa les tempes pour apaiser son mal de crâne. Quelle heure était-il ? Elle jeta un vif coup d'œil à son radio-réveil. 7 h 23. *Putain de merde*, se dit-elle en essayant de se lever.

Assise au coin du lit, elle se remémora ce qui s'était passé dans l'église. Heureusement, cette fois-ci, elle se souvenait de tout. Les adeptes n'avaient pas prêté attention à son hurlement et, à la fin de la messe noire, ils avaient suivi Baphomet dans la crypte de l'église qui donnait accès à un souterrain. Après une dizaine de minutes de marche, Justine et les autres s'étaient retrouvés dans une pièce confortable, avec des bougies, de la musique et beaucoup d'alcool. La jeune femme nue n'avait pas arrêté d'exhiber son pentagramme comme un trophée. Elle était heureuse et resplendissante. Elle s'était approchée de Baphomet pour l'embrasser goulûment. Justine avait détourné le regard.

— T'es d'une pudeur ! avait ironisé le pape noir en la fixant. Sois contente pour elle. Elle vient de passer au niveau 5. Dans quelques heures, nous irons la souiller de notre semence, elle n'attend que ça. (Baphomet avait esquissé un rictus en se massant ses cornes, puis il demanda :) Pourquoi t'es là ? Tu veux devenir une adepte ?

Justine avait botté en touche en répondant par une autre question :

— Le clergé sait-il que vous vous rassemblez ici ?

— Bien sûr, et tu sais pourquoi ? Parce que c'est notre église autant que la sienne. Je suppose que Sonia t'a montré le démon au milieu des sculptures de l'entrée et le pentagramme sur le vitrail ? (Justine avait confirmé.) Nous avons investi cet endroit car il nous appartient.

— Mais le curé ne dit rien ?

Justine avait eu un mouvement de recul à peine perceptible quand Baphomet avait fait ressortir ses dents de vampire en souriant.

— Le curé était dans la salle, jeune fille.

Voilà qui mettait fin à ce sujet.

— Vous y croyez vraiment ? reprit-elle pourtant.

— Au diable ? avait demandé Baphomet en haussant les sourcils. Notre satanisme est théologique. Nous croyons en Satan, nous l'adorons, nous le vénérons… Nous ne jouons pas. Nous le vivons… Tu comprends ?

— Oui, avait murmuré la jeune flic.

— Je suis l'un des serviteurs du diable. Je donne des messes, je recrute de nouveaux adeptes. Je fais ce qu'il me demande, mieux, je fais ce qu'il m'ordonne.

— Et s'il vous ordonne de sacrifier des touristes en leur dessinant des signes sataniques sur le corps ? Quelle serait votre réaction ? avait demandé Justine.

Baphomet caressa ses cornes.

— Je viens de te répondre. Je fais ce qu'il m'ordonne. Sans réfléchir…

— Comme une secte ? avait osé rétorquer Justine.

— Exactement ! Et notre gourou, c'est Satan, Lucifer ou le diable, comme tu souhaites l'appeler. Il est venu sur terre pour nous guider. En chair et en os… Cela doit te rappeler quelqu'un, non ?

— Je voudrais le rencontrer. Aller jusqu'au niveau 6, avait lancé Justine en se demandant si l'homme qui se prenait pour le diable pouvait être celui qu'ils recherchaient depuis quelques jours.

Le pape noir s'était tourné vers Sonia pour la scruter de ses yeux de serpent.

— Je vois que tu lui en as beaucoup dit.

— Elle veut être ton prochain disciple au fer rouge. Fais-lui plaisir, se défendit la jeune auteure.

Justine était devenue pâle. *Fer rouge ?*

— Es-tu une disciple de Satan ? questionna-t-elle Sonia.

Cette dernière avait retiré son chemisier pour montrer son pentagramme. Justine avait la bouche sèche et ne parvint pas à parler pendant quelques secondes. Puis elle avait repris un souffle normal.

— T'es assez solide pour le niveau 6 ? lui avait demandé Baphomet en lui caressant la tête.

Justine n'avait pas osé enlever cette main poilue qui circulait dans ses cheveux.

— Je ne sais pas… avait-elle bafouillé.

— Je te laisse quarante-huit heures. Après… Cogite bien, ma jolie. Essaye de savoir où sont tes propres limites. Je dois te laisser, nous avons des choses à faire. Et ce n'est que pour les intimes, pas pour les petites prudes comme toi. Je ne te raccompagne pas, tu connais le chemin.

En quelques minutes, Justine s'était retrouvée sur son scooter en direction de son domicile. Sa tête s'était remplie de questions malheureusement sans réponses.

Elle n'était pas encore suffisamment intégrée pour découvrir leur secret. Mais aura-t-elle le courage d'aller jusqu'au bout ? Peut-être devait-elle laisser tomber pour se concentrer sur la piste des francs-maçons avec ses collègues ? Non, le tueur agissait beaucoup trop vite, ils devaient multiplier les pistes. Si elle se montrait assez forte, peut-être enfin trouverait-elle les réponses...

L'arrivée d'un texto l'arracha à ses souvenirs. Elle prit son téléphone et le lut.

« On se voit ce soir ? »

Que voulait vraiment Sonia ? se demanda Justine. Au départ, elle devait simplement lui expliquer ce qu'était le satanisme, mais petit à petit cela était devenu pernicieux. Elle ne la trouvait pas claire. Il fallait qu'elle réfléchisse à ce qu'elle devait faire.

Sa réponse fut claire :

« NON. »

30

Stanislas se réveilla du sommeil du juste. Il se sentait reposé et en pleine forme. Pour la première fois depuis des semaines, il posa le pied sur sa moquette en étant calme et détendu. Son karma s'était trouvé pas mal abîmé ces derniers temps, et Stan ne croyait pas à la rédemption. *Un truc va m'exploser à la gueule rapidement, ce n'est pas possible autrement*, pensa-t-il en incorporant une capsule de café dans sa machine. Le temps que le produit ambré coule dans son mug au logo du FBI, son esprit turbina. L'opération de surveillance des bâtiments était-elle suffisante ? Avaient-ils pensé à tout ? Il flippait, oui. Un petit accroc dans le filet, et il louperait leur cible. Avec un nouveau cadavre en prime.

— Croisons les doigts ! murmura-t-il en touillant son café sucré.

Ses pensées s'orientèrent vers Justine. La flic n'était peut-être pas aussi fiable qu'il l'avait imaginé. Version sobre : il s'était planté, elle était trop jeune et inexpérimentée, pas sérieuse… Version apocalypse : elle cachait un élément important dans l'enquête.

Son téléphone qui rechargeait sur la table du salon émit un petit BIP. Il regarda le message qui s'affichait sur son écran.

« Il faut que je vous parle. J'apporte des croissants à Khalid. On se retrouve là-bas ? Justine »

Il tapa avec dextérité sur son écran tactile :

« Je préfère un pain aux raisins. J'y suis dans 30 minutes. »

Stanislas appela ensuite la cellule de crise pour avoir un débriefing des dernières heures. On lui apprit que la nuit avait été calme. Rien à signaler. Il remercia l'agent avant de raccrocher et fila sous la douche en sifflant.

*

Justine arriva les bras chargés de viennoiseries quelques secondes avant que Khalid n'ouvre sa compote de pomme.

— C'est pour moi tout ça ? l'accueillit-il comme le Messie.

— Stan est en route, lui répondit Justine en lui donnant le sac en papier.

— Super. J'en ai marre du jus d'orange acide qui te fout en l'air le tube digestif. Je croyais que dans les hostos, ils te guérissaient. Quand on voit ce qu'ils te donnent à becter… c'est à en douter, plaisanta Khalid en croquant, avec un bonheur non feint, dans son croissant. Tu as des nouvelles de la réunion avec le ministre ?

Justine hocha la tête pour lui signifier que non.

— Je n'ai pas vu Stan depuis hier. J'ai bossé cette nuit.

Khalid s'arrêta de manger.

— Ah oui ? Et tu as retrouvé des trucs ?

Justine dodelina de la tête. Que pouvait-elle lui raconter ? Elle voulait en discuter avec Stanislas en privé. Justine allait lui répondre quand Stanislas poussa la porte avec un sourire qui faisait plaisir à voir.

— J'ai dormi comme un bébé. Je suis prêt pour une nouvelle journée, chanta-t-il en attrapant un pain aux raisins dans le sachet posé sur les genoux de son collègue convalescent.

— Et la réunion chez le ministre ? Ça s'est passé comment ? s'inquiéta Khalid.

— Super, répondit Stanislas, satisfait. On a mis en place une surveillance près des monuments se situant sur l'axe de Paris. Il ne peut pas nous échapper, il n'y aura pas de quatrième meurtre, il est coincé… enfin, j'espère. (Il se tourna vers Justine.) Et toi ? Quoi de neuf ?

La fliquette se gratta le genou à travers son jean. C'était le moment de vérité.

— J'ai vu des trucs troublants. J'ai assisté à une messe noire et j'ai rencontré le curé satanique. Il se fait appeler le pape noir.

— Charmant, siffla Khalid.

— Ouais, charmant, gueula Stan. Et tu y vas sans m'en parler ? Comment je fais s'il t'arrive une merde ? T'es inconsciente ou quoi ?

— Ça s'est fait rapidement… Je n'ai vraiment pas eu le temps de vous joindre.

— Mais tu penses que cela peut avoir un rapport avec notre enquête ? demanda Khalid pour calmer le jeu.

— Je ne sais pas. Mais les dévots de ce pape se font graver sur le corps des pentagrammes au fer rouge. Ils sont complètement tarés. Y a même un mec qui se fait appeler le Diable. Je veux aller au bout de cette enquête, voir ce qu'ils cachent.

— Cela mérite qu'on s'y intéresse, jugea Stanislas après avoir avalé sa bouchée.

Justine se tortilla.

— Je dois vous avouer quelque chose, Stanislas, dit-elle mal à l'aise.

— Je t'écoute, lui dit-il, suspicieux.

Justine respira profondément pour compléter le puzzle qui se dessinait dans sa tête afin d'être claire dans ses explications qui ressemblaient plus à des excuses.

— Hier matin, quand je suis arrivée avec un piercing à la lèvre. J'étais sortie avec cette fille, Sonia Farki. Elle m'a emmenée dans les catacombes et dans un ancien bunker utilisé par les Allemands pendant la Seconde Guerre mondiale. Là-bas, j'ai été droguée à mon insu… J'ai oublié 95 % de ce que j'ai vécu sous terre.

— Pourquoi tu ne m'as rien dit ? lui demanda Stanislas la voix douce.

— J'ai eu peur de votre réaction, grimaça-t-elle.

— Et cette Sonia ? Tu peux lui faire confiance ? demanda Khalid.

— Parfois, je le pense et parfois, elle me fait peur. Le plus désarçonnant, c'est qu'elle aussi, elle a des marques sur le corps.

— Ce qui est fait est fait. Tu veux faire quoi ?

— Comment ça ?

— Tous les membres de cette secte sont scarifiés. Il y a possiblement un rapport. Peut-être minime, mais il y en a un. Le mec qui se fait appeler le Diable pourrait être notre homme, selon toi ?

Justine secoua la tête.

— Je ne sais pas… Faut que je le voie.

— Fonce. Mais fais très attention. Et surtout, c'est le plus important, ne me mens plus… lâcha très sérieusement le lieutenant Diamick.

— Promis. Il y a une dernière chose… commença Justine la gorge serrée.

Le téléphone de Stan se mit à vibrer dans sa poche. Il leva le doigt pour demander à Justine de patienter un instant et décrocha. Il approuva de la tête de nombreuses fois sans parler, puis il raccrocha.

— On a un nouveau cadavre. Près de la place du Champ-de-Mars.

Khalid prit son cahier rapidement avant le départ des deux flics.

— À quel endroit exactement ?

— Au monument des Droits de l'homme. Tu savais que ça existait ce truc ? hurla-t-il à Khalid en sortant de la chambre d'hôpital suivi de très près par Justine.

La réponse du convalescent se perdit dans les couloirs froids et lactescents de l'hôpital.

31

— Putain ! Mais merde ! Vous n'aviez qu'une chose à faire et vous avez royalement merdé, cracha Stanislas à la figure des deux jeunes flics qui n'en menaient pas large.

— Qu'est-ce que vous voulez qu'on vous réponde ? risqua l'un des deux policiers. On a vu un mec pousser un fauteuil roulant qui arrivait du pont de Iéna. Il a pris l'allée Adrienne-Lecouvreur et a tourné sur l'avenue Charles-Risler. Il est resté quelques secondes et s'est barré en courant en laissant le fauteuil roulant. On n'est pas intervenus, parce qu'on ne savait pas que c'était lui.

Stanislas passa une main sur son visage. *Putain de merde*, répéta-t-il in petto, son karma s'était fait atomiser en quelques secondes.

— Un mec qui se barre en courant en laissant un fauteuil roulant, c'est suffisamment suspect, non ?! s'énerva-t-il en leur aboyant dessus comme un chien enragé. On a quatre meurtres sur le dos, on ne sait rien du coupable hormis des suppositions sur l'endroit où il frappera, on était à deux doigts de le choper, mais vous, vous restez dans votre bagnole à poster des photos sur Instagram de la tour Eiffel ou de votre cul ?!

Justine s'avança vers les deux policiers dont le teint devenait transparent.

— Avez-vous eu le temps de le voir ?

Les policiers baissèrent les yeux.

— Et merde, pesta Stanislas.

— Il avait une casquette et le col de son blouson remonté jusqu'aux oreilles. Tout ce que je peux vous dire, c'est qu'il est jeune. Genre 25, voire 30 ans, mais pas plus. Ça, j'en suis certain.

— Merci, répondit Justine. Vous pouvez disposer.

Les deux policiers s'en allèrent le dos courbé.

Cela faisait trente minutes qu'ils étaient arrivés.

Dans la voiture, Justine et Stanislas avaient repris leur conversation sur le groupuscule satanique. Stanislas avait exigé de sa jeune recrue qu'elle continue son enquête. Il lui avait expliqué qu'il fallait toujours mettre un point final à une investigation, même si cela ne menait à rien, il ne fallait jamais bâcler le boulot. En écoutant Stanislas monologuer, Justine tentait de trouver le courage de lui avouer ce qui rendait les choses encore plus complexes…

— Stan ? Je crois que j'en pince pour Sonia Farki… Je veux vraiment mener à bien cette affaire, mais mon cœur bat pour elle. Et c'est difficile. Je n'ai pas toute ma partialité.

Stanislas n'avait pas réagi. Il avait fixé la route sans sourciller d'un iota. Le silence s'était sournoisement immiscé dans l'habitacle de la veille BMW. Après quelques secondes de tension, le flic s'était tourné vers sa passagère.

— Mêler boulot et amour, ce n'est pas la bonne combinaison. Surtout si elle fait partie des suspects. (Il jeta un coup d'œil au rétroviseur en enclenchant son clignotant.) Mais on ne contrôle jamais l'amour. Va parler à cette Sonia. Tu l'interroges comme la bonne flic que tu es… Et tu verras bien ce qu'elle te dit. Tu feras ton choix. C'est la seule chose que tu puisses faire. Mais ce que je veux, c'est que tu rencontres le Diable. À toi de jouer. On doit boucler cette affaire. (Stanislas avait tiré le frein à main dans un geste brusque.) On est arrivés. Au boulot !

— Putain, je viens de croiser les deux pauvres auxiliaires. Je crois que tu les as traumatisés à vie, ricana Pierre Rachaud en s'approchant du duo de flics. Je rigole parce que c'est nerveux, Stan. Je croyais que le plan ORSEC allait mettre un terme à cette hécatombe. Bon ! Et sinon ? Qu'est-ce qu'on sait ? demanda-t-il en mettant un chewing-gum dans sa bouche.

Le lieutenant Diamick montra les flics de la scientifique à proximité de la scène de crime.

— Il a bien déposé sa victime sur un monument, mais celui des Droits de l'homme ne se trouve pas sur l'axe de Paris, répondit-il les lèvres pincées.

— Comment t'expliques ça ? C'était la pierre angulaire de ton enquête… Et les plantons ? Ils disent quoi ?

— Ils n'ont pas réagi car ils n'ont rien vu d'utile…

— Si, osa articuler Justine. On sait qu'il est jeune.

Le directeur la regarda froidement et, sans répondre, se tourna vers Stan :

— Que sait-on de la victime ?

— La scientifique n'a pas encore terminé. Ils vont nous faire leur débriefing dans quelques minutes, répondit-il en regardant sa montre.

— Je veux ton rapport dès que possible.

Pierre Rachaud tourna le dos aux deux flics. Il s'arrêta après deux pas.

— Au fait ! Le ministre t'a énormément apprécié, lâcha sans se retourner le patron de la police judiciaire. Mais avec ce nouveau macchabée, j'ai peur qu'il change d'avis.

Et il partit.

— On a terminé ! gueula la capote géante à l'intention de Stanislas.

32

L'hôtel de Crillon, coincé entre l'ambassade des États-Unis et la rue Royale, paradait sur la place de la Concorde comme un monument intemporel et historique. Stanislas et Justine entrèrent dans le hall marbré et boisé du palace. Le luxe suintait par tous les pores des murs. Stan s'avança vers la réception et déposa sa carte tricolore et une carte magnétique sur le comptoir en demandant d'une voix calme et basse s'il pouvait rencontrer la personne à qui appartenait la chambre. L'homme aux clés d'or brodées sur les revers de sa veste tapa sur son ordinateur et joua avec sa souris. Après quelques clics, il leva la tête.

— C'est la chambre 206, M. Novak. Il déjeune au restaurant de l'hôtel. Voulez-vous que je le prévienne ?

Stanislas récupéra sa carte de police et la clé magnétique.

— Oui, je veux bien. Auriez-vous un salon privé où nous pourrions discuter avec votre client ?

Le concierge posa une clé magnétique sur le desk en marbre rose lustré.

— La salle de réunion est libre. Je vous y accompagne et ensuite je vais chercher M. Novak. Cela vous va ?

— Parfait.

Justine et Stanislas suivirent le concierge dans les fabuleux couloirs feutrés de l'hôtel de luxe. Grâce à son passe-partout, le concierge ouvrit la porte aux deux policiers qui pénétrèrent dans l'immense salle.

— Il y a des jus de fruits dans le frigo, vous pouvez vous servir. C'est l'hôtel Crillon qui vous invite, proféra, en les abandonnant, l'homme aux clés dorées.

— Je te laisse mener le rendez-vous, annonça Stanislas en fouillant dans le réfrigérateur. Je te fais confiance pour être à l'écoute et professionnelle. Tu veux une boisson ? Oh… Y a même des cacahuètes.

— Non, merci.

Stanislas haussa les épaules avec fatalisme et ouvrit le paquet d'arachides qu'il engloutit en deux poignées. Il accompagna le tout avec une interminable rasade de soda américain.

On frappa à la porte.

— À toi de jouer, Justine, siffla Stanislas en s'asseyant dans un fauteuil en cuir ultraconfortable.

— Entrez ! cria-t-elle, la voix légèrement tremblante.

Un homme d'un certain âge qui semblait faire du sport et des UV quotidiennement les rejoignit.

— Vous parlez français ? commença Justine.

Otto Novak regarda avec dédain la jeune femme.

— *Plynně*. J'ai fait mes classes en France. HEC ? Vous connaissez ?

Justine ignora son ton condescendant et enchaîna :

— Prenez un siège. Police criminelle. Je souhaite vous poser quelques questions.

— Faites. (Il regarda sa montre.) J'ai un peu de temps avant de rejoindre ma femme pour faire du tourisme dans votre très belle ville.

— Voulez-vous un verre d'eau ?

— Non. Venez-en au fait, s'il vous plaît, somma-t-il en époussetant son pantalon de flanelle.

Justine regarda Stanislas qui lui faisait signe de continuer.

— Où se trouve votre femme en ce moment ?

— Je n'en sais rien. Je ne suis pas jaloux. On laisse l'autre respirer, vous voyez le genre de couple que nous sommes ? Tout ce que je sais, c'est que ma femme est partie dans la matinée faire son jogging quotidien et qu'ensuite, elle devait faire du shopping.

— Et vous ? Qu'avez-vous fait ?

— J'ai travaillé. J'avais un rendez-vous important avec des investisseurs. Notre *meeting* s'est terminé plus tôt, j'avais une faim de loup, alors je n'ai pas attendu et suis allé déjeuner. Pourquoi ?

— Qu'avez-vous fait depuis votre arrivée à l'aéroport ?

Otto Novak se redressa.

— Pourquoi ces questions ?

Justine se pinça les lèvres.

— Répondez… et je vous expliquerai notre présence ici, murmura la flic.

Le regard de compassion de Justine installa une anxiété dans la tête du vieux Tchèque.

— Il est arrivé quelque chose ?

Justine ne pouvait plus tourner autour du pot.

— Nous avons trouvé le portefeuille de votre femme à proximité d'une scène de crime, annonça-t-elle, glissant la carte de la chambre sur la table.

La respiration et les palpitations cardiaques d'Otto Novak s'accélérèrent.

— Qu'êtes-vous en train de me dire ? demanda le vieil homme, la gorge serrée.

Stanislas se leva et lui servit un verre d'eau fraîche. Justine enchaîna :

— Le corps d'une femme a été retrouvé ce matin, mais nous ne l'avons pas encore identifiée...

— Morte ? coupa le Tchèque dans un souffle. (Justine hocha la tête pour confirmer. Otto se décomposa.) Où est-elle ? Qu'est-ce qui s'est passé ?

— Je ne veux ni vous donner de faux espoirs ni vous inquiéter à tort, énonça Justine d'une voix douce pour essayer de le calmer.

— Arrêtez de me prendre pour un con. Je vois bien à votre regard que vous êtes convaincus de son identité. (Il prit un temps et lâcha d'une voix serrée de douleur :) Sans elle, je ne suis plus rien, gémit-il.

Otto se moucha dans la manche de sa chemise. Il avait perdu de sa superbe. On avait beau dire, l'être aimé restait le meilleur pilier pour vivre heureux et en bonne santé.

— Qu'avez-vous fait depuis que vous êtes à Paris ? intervint pour la première fois le lieutenant Diamick.

— Mais rien. On est arrivés il y a deux jours. On a atterri, on est montés dans le taxi que j'avais réservé et qui nous attendait, on est allés dans notre chambre, on a déjeuné au restaurant de l'hôtel et dîné sur les Champs-Élysées. Après, j'ai travaillé et Milena aussi, sanglota Otto.

Stanislas se redressa soudain, sans que Justine comprenne pourquoi. Il griffonna deux phrases sur son carnet et déchira la page qu'il tendit à Novak.

— Voici l'adresse de l'établissement où repose le corps. Ils vous attendent. Vous pouvez y aller quand vous le souhaitez. Prenez votre temps. Deux policiers arrivent pour vous aider à surmonter ce moment douloureux et vous y accompagner lorsque vous serez prêt.

Justine serra la main d'Otto qui pleurait toujours.

Quel drôle de métier, médita-t-elle en suivant Stan qui quittait précipitamment la salle de conférences. Dans le couloir, il croisa les deux officiers de police. Il leur demanda de ne pas lâcher un seul instant le mari de la défunte. Il se tourna vers Justine et saisit son avant-bras.

— Je crois que nous avons une piste sérieuse, murmura-t-il en souriant de toutes ses dents. Tu l'as aussi, j'espère ?

Justine ouvrit la bouche, mais aucun son n'en sortit. Avait-elle loupé un indice lors de l'entrevue avec le Tchèque ?

Sans attendre, Stanislas partit à grandes enjambées vers la sortie en passant quelques coups de téléphone.

— Mais… attendez ! Stan !

33

Après être passés chez Chérif pour récupérer le déjeuner, les deux policiers prirent la direction de l'hôpital pour retrouver Khalid. Stanislas n'avait pas voulu révéler à Justine ce que l'entretien avec Otto Novak lui avait appris. Il était certain que ça pouvait déboucher sur la découverte de l'identité du meurtrier. Son silence agaçait prodigieusement la jeune femme.

— Mais arrête de faire la gueule, rigola Stanislas en rétrogradant. On va débriefer avec Khalid. Je ne veux pas te donner une fausse joie. N'empêche, tu t'en es bien sortie avec Novak. Bravo ! Tu l'as laissé découvrir pourquoi nous voulions le voir. Jamais tu ne lui as annoncé que sa femme était morte. Encore bravo ! J'ai retrouvé la Justine qui m'avait impressionné la première fois que je t'ai vue et quand tu nous as accompagnés pour interroger les sœurs de la pauvre Maria à l'hôtel Pullman. (Il tourna la tête vers elle.) Cette Justine-là, je ne veux plus la perdre, je veux qu'elle soit à 100 % avec nous. OK ? (Justine fit oui de la tête. Stanislas continua :) Si j'ai un conseil à te donner, fais la même chose avec l'homme qui se fait appeler le Diable. Et surtout avec Sonia.

Justine se dérida. Elle ne pouvait pas cacher que les compliments qu'il venait de lui faire la touchaient.

— Merci, Stan, répondit Justine dans un murmure. N'empêche... Je repense à ce pauvre Otto Novak. Il a perdu sa femme et nous, on le laisse seul dans une salle de conférences.

— Nous ne sommes pas des assistants sociaux, Justine. On est là pour trouver le coupable. Il sera pris en charge par des gens compétents, ne t'inquiète pas.

Stanislas baissa sa fenêtre pour prendre un bol d'air. Sa journée avait bien commencé, mais s'était incontestablement gâtée. Était-il possible de vivre une journée sans problème ? se plaignit-il silencieusement. Une journée tranquille, sans mort, sans veuf, sans Diable et sans cogiter sur ses putains de problèmes familiaux ? IMPOSSIBLE. C'était son karma. Condamné, comme Atlas, à soutenir le monde sur son dos... Lui, ce n'était pas le globe terrestre qu'il devait porter sur ses épaules, mais toute la misère du monde. Au moins celle de la capitale, tempéra-t-il. Et c'était déjà énorme, rigola Stanislas tout seul sous le regard interloqué de Justine.

— Ouais, je sais ! Je parle tout seul, enfin, avec les voix dans ma tête, se justifia-t-il en se garant sur une place réservée aux ambulances. Je deviens fou ! Allez, on y va... Khalid doit avoir faim.

Ils sortirent de la voiture et se dirigèrent directement vers les ascenseurs. Quelques minutes plus tard, les deux flics entraient dans la chambre d'hôpital. Ils trouvèrent Khalid en train de ronfler paisiblement. Stanislas passa le sac sous son nez. Le convalescent se réveilla en un claquement de doigts.

— Ah là là ! Les kebabs de Chérif pourraient réveiller un mort, plaisanta Stanislas en distribuant les boîtes en polystyrène. Et tu sais quoi ? En plus, il en a fait un à la purée de pois chiches. Juste pour Justine, ce n'est pas un pote, ça ?

— Non, c'est un blasphème à sa cuisine, rétorqua Khalid en croquant un énorme bout de sa pita. Putain, qu'est-ce que c'est bon ! Et toi, Justine ? Cela te plaît ?

— Fabuleux ! répondit-elle en fermant les yeux.

Les trois collègues mangèrent sans prononcer le moindre mot. Cela faisait du bien après une matinée si mouvementée. Une fois les frites avalées, le Coca terminé et les sacs jetés, Stanislas revêtit son costume de chef et commença la réunion. Il préférait mille fois plus la chambre d'hôpital avec sa fibre et son wi-fi à haut débit que son bureau avec un réseau ADSL apathique. Pour commencer, Stanislas résuma la situation à ses deux collègues qui l'écoutaient comme les joueurs du Real Madrid en face de Zinédine Zidane. C'est-à-dire : comme le prophète. Lequel ? Ça, Stanislas s'en foutait. L'important, c'était qu'il soit entendu et compris.

— Bon ! Maintenant que nous avons résumé tous les faits connus, mettons les choses à plat pour tenter d'anticiper la prochaine action de ce cinglé.

Justine leva la main comme une élève bien sage. D'un mouvement de menton, Stanislas l'autorisa à parler.

— Vous aviez une piste… Pourquoi vous la gardez pour vous ?

— Parce que je voulais que tu trouves toi aussi…

Khalid frétilla dans son lit.

— Stan… T'as vraiment une piste ?

— Peut-être… Je ne sais pas… Faut qu'on en discute, pour savoir ce que vous en pensez, répondit-il mystérieusement pour faire enrager ses collègues.

— Tu nous fais quoi là ?

Stanislas les regarda, sourire aux lèvres.

— D'après vous, quel est le point commun entre les quatre victimes ?

— Ce sont des femmes ? répondit Justine avec hésitation.

— Oui. Mais ce n'est pas à ça que je pensais.

Khalid leva les yeux au ciel.

— Putain, Stan, ce n'est pas le moment de jouer à *Questions pour un champion.*

— Quatre femmes, quatre touristes, elles dormaient toutes dans des hôtels de luxe, balança Stanislas.

— C'est tellement évident ! Pourquoi n'y ai-je pas pensé ? C'est un mec qui bosse dans les palaces ? s'enthousiasma-t-elle.

Stanislas secoua la tête avec un rictus.

— Non. Outre le fait que les victimes étaient dans des hôtels différents, on a vérifié les alibis de tous les salariés et prestataires, ils sont clean, déclara-t-il.

— Alors qu'est-ce que cela nous apprend de plus ? s'énerva Khalid.

— Vous ne voyez rien ? Vous ne voyez pas le point commun entre toutes ces personnes ? demanda Stanislas redevenu sérieux.

Justine ferma les yeux pour cogiter.

— J'ai trouvé ! Ils ont tous fait appel à un taxi !

— Bingo ! lui répondit Stanislas avec un immense sourire.

— Mais on a déjà exploré cette piste et ça n'a rien donné. Ce sont tous des taxis différents. Idem pour les hôtels, ça ne tient pas, ton truc, rétorqua Khalid.

— Maria devait rejoindre ses sœurs au restaurant, elle a dû prendre un taxi, la romancière devait se rendre à sa dédicace en taxi et la dernière victime partait faire du shopping.

— Et la Japonaise ? intervint Justine.

— Elle a pu se perdre dans Montmartre et prendre un taxi pour rentrer à son hôtel. C'est plus que plausible, non ?

— C'est jouable, grimaça Khalid. Mais je te signale qu'il y a plus de 17 000 taxis dans Paris, sans compter les VTC. Comment tu veux faire pour retrouver le mec ? C'est impossible.

Stan ricana malicieusement. Il n'avait pas encore sorti la dernière carte cachée dans sa manche.

34

L'ambulance fonça toute sirène hurlante dans les rues de Paris. À l'arrière, Khalid ordonnait à Stanislas de ralentir, il ne voulait pas refaire plusieurs tonneaux et se retrouver les bras dans le plâtre. Stanislas freina en tournant la tête.

— Tu voulais voir le monument des Droits de l'homme, on va voir le monument des Droits de l'homme et on ne va pas voir ta mère, fredonna Stanislas en imitant Jacques Brel avec l'air de *Vesoul*.

— Je veux le voir vivant et entier... Enfin... Pas plus abîmé.

Stanislas gara l'ambulance qu'il avait réquisitionnée à l'hôpital pour faire le trajet avec son collègue. Il sortit de la voiture médicale et aida Khalid à s'asseoir dans le fauteuil roulant qu'il venait de déplier sur le trottoir.

— Allez, l'homme de fer, on va mettre un terme à cette enquête, plaisanta Stanislas en le poussant vers le monument.

— Qu'est-ce que tu peux être con quand tu dors correctement, lança Khalid.

— Je suis peut-être con, mais j'ai trouvé une piste sérieuse.

— C'est clair. Et découvrir que c'est la G7 VIP qui s'est occupée des quatre victimes lors de leur arrivée à Paris, bravo !

— Cela m'a été confirmé par l'interprète, les Marseillaises, l'éditrice et le mari. Ils ont tous réservé via cette société. C'est la seule grosse piste tangible que nous avons. C'était devant nos yeux. Pourquoi je n'y ai pas pensé avant ?

— Le plus important, c'est que tu as mis le doigt dessus. Tu crois que Justine saura interroger le patron ?

— Je lui fais confiance. Voilà, nous sommes arrivés. Alors, vas-y, demanda Stanislas à Khalid. Je t'écoute, parce que ce n'était pas très compréhensible quand tu en parlais tout à l'heure dans ton lit.

— Merci de m'avoir fait prendre l'air. J'en pouvais plus de cette chambre frelatée.

Stan leva la tête.

— Je ne m'étais pas aperçu qu'il était aussi froid et moche ce monument, ce matin.

— C'est ce que je te disais. Ce n'est pas un endroit touristique. Il est rarement noté dans les guides et si tu cherches bien, tu ne trouveras pas de panneaux fléchés comme tu peux en voir pour l'Arc de triomphe ou le musée du Louvre et tout le reste du Paris pittoresque.

— T'es sûr ?

— Certain. Et tu peux regarder tout autour de cette place, absence totale d'indications et d'explications. Comme si tout cela était un mystère et que ça n'existait pas.

— Pourquoi le cacher ? C'est un monument qui célèbre le bicentenaire de la Révolution française…

— Pour ne pas qu'il soit souillé par les non-initiés. La connaissance est réservée à ceux qui savent. Tu ne viens pas là par hasard. Tu viens ici pour te recueillir.

— Alors pourquoi ne pas le mettre dans un endroit discret ? Ce serait plus simple, non ? rebondit Stanislas complètement perdu.

— Tout simplement parce que le monument en face de nous célèbre les vertus des Lumières et l'esprit de la liberté. C'est à cet endroit précis qu'eut lieu, le 14 juillet 1790, la première Fête de la Fédération inspirée par La Fayette, et les célébrations de l'Être suprême souhaitées par Robespierre. L'édifice comporte de nombreuses références à l'iconographie révolutionnaire et de nombreux symboles francs-maçons. On y trouve aussi, comme son nom l'indique, la Déclaration des droits de l'homme et du citoyen.

— Toi, tu vas devenir franc-maçon après cette enquête, plaisanta Stanislas. (Khalid ne répondit pas. Il était complètement subjugué par ce qu'il voyait. Stanislas redevint, lui aussi, sérieux.) On se croirait plus dans un temple que dans un monument célébrant le bicentenaire de la Révolution française, dit-il doucement.

— C'est ça. C'est une loge maçonnique à ciel ouvert.

— Quoi ?

— Fais-moi rouler jusqu'en haut. Tu vas voir.

Stan attrapa le fauteuil et le poussa de quelques mètres. Khalid fit un signe de la main pour qu'il stoppe.

— C'est incroyable. On dirait un livre, mais intelligible que pour les initiés sachant le déchiffrer, annonça-t-il comme un homme hypnotisé.

— Ça, tu me l'as déjà dit et je ne comprends toujours rien. Sois clair.

— Regarde en haut.

Stanislas leva la tête et aperçut un triangle gravé dans la pierre avec en son milieu un autre trigone qui formait une cavité.

— Un triangle. Cette forme est présente partout depuis le début de l'enquête. Cela représente quoi ?

— Une pyramide, l'Égypte et la connaissance divine… Comme celle du Louvre. Mais approche-toi et regarde dans le creux formé par le triangle du milieu.

Stanislas s'approcha et posa son œil droit dans l'œilleton.

— Qu'est-ce que tu vois ?

— Y a des dessins. Pourquoi ? Qu'est-ce que cela veut dire ?

— Cela signifie qu'il y a un autre monde derrière le mur, un autre cosmos après le trépas. Pour être plus concret, les initiés te montrent qu'il y a une connaissance non divulguée aux profanes…

— Je ne comprends rien, souffla Stanislas en se frottant énergiquement l'arrière de son crâne.

— C'est fait exprès, Stan. Ils jouent avec ta frustration. Ils nous montrent que la connaissance absolue est présente, mais inaccessible pour la majorité des hommes. Eux ont la compréhension totale. Pas nous.

Stan retira son œil du triangle et se tourna vers son collègue.

— Quel est le rapport avec les meurtres ?

— Je n'ai pas encore trouvé. Que veut nous dire le tueur ? Pourquoi déposer une femme assassinée à cet endroit ? C'est sûrement un maçon, ou un ancien… ou quelqu'un qui voulait en être et qui a été refoulé. (Khalid secoua la tête.) Mais ils sont plus de 100 000 frères… C'est chercher un grain de sable sur une plage. Non, il faut se concentrer sur les signes que le tueur laisse sur les scènes de crime et les corps… Il y a probablement un lien que je n'arrive pas à piger et ça me rend fou. Viens, on va voir de l'autre côté.

Les deux hommes firent le tour du monument. Khalid s'arrêta devant la porte d'entrée.

— Il y a quoi encore de bizarre ici ? interrogea Stanislas.

— C'est un accès vers l'intérieur du bâtiment.

— Et ?

— Tu ne remarques rien ? La porte est fermée et il n'y a pas de serrure, l'informa Khalid. Étrange, non ?

— Mais encore ?

— Je te répète juste ce que j'ai lu, mais je ne pige pas grand-chose non plus, répondit Khalid en rigolant.

— Que sais-tu sur cette porte ? s'impatienta Stanislas.

— Qu'elle s'ouvre seulement si tu es un initié.

— Comment c'est possible ?

— Rapproche-toi.

Stanislas s'avança et posa son regard sur la plaque de bronze.

— Il y a aussi des dessins, comme dans le trou du triangle.

— Ces gravures décrivent une énigme. Si tu arrives à la résoudre, tu peux entrer dans le temple et à l'intérieur de ta conscience. (Khalid fit une pause.) Maintenant, regarde en haut.

— Ça représente quoi ? demanda Stan, la tête levée vers le ciel.

— Un tombeau sous une pyramide. Et si tu baisses les yeux, tu verras une plaque. Tu peux la lire à haute voix, s'il te plaît ? lui demanda-t-il comme un professeur avec un élève.

Stan s'exécuta.

— « Le peuple français reconnaît l'Être suprême et l'immortalité de l'âme. » Mais c'est dingue. Je ne comprends rien, mais je trouve quand même ça dingue.

— Je suis d'accord avec toi, mon pote. Ce bâtiment est baigné dans l'ésotérisme et l'occultisme. Viens, je vais te montrer la Déclaration des droits de l'homme qui figure sur l'un des côtés de cet édifice.

— Ah bah oui, c'est quand même son monument, plaisanta Stanislas.

— Regarde, dit Khalid, il y a le triangle maçonnique et l'œil omniscient en haut.

— Comme sur le dollar américain, il est partout celui-là…

— Ouais.

— Ça veut dire que… Non, ce n'est pas possible, tu ne vas pas me dire que la Déclaration des droits de l'homme a été conçue par des maçons ?

— Si ! Et sais-tu de quand elle est ?

— Le serment du Jeu de paume ?

Khalid lâcha un énorme rire.

— J'aimerais bien voir tes notes en histoire quand tu étais à l'école. Le serment du Jeu de paume, ça n'a rien à voir. C'est l'acte fondateur de la démocratie française. Mais il y avait un piège, là je te parle de la Déclaration *universelle* des droits de l'homme moderne. Celle de 1789 ne comportait que dix-sept articles, alors que celle du 10 décembre 1948 adoptée par cinquante-huit États membres en comprend trente.

— Quelles sont les différences entre les deux ?

— Après les horreurs de la Seconde Guerre mondiale, l'Organisation des Nations unies a voulu une charte, plutôt un fondement du droit international relatif aux droits de l'homme. (Khalid prit un temps pour que Stanislas ingurgite tout ce qu'il venait de lui dire, puis il demanda :) Sais-tu qui est le père des trente articles ? (Stan secoua la tête. Il n'arrivait plus à imprimer ce que lui racontait son collègue. Trop d'informations tuaient l'information, pensa-t-il.) Il se prénommait Henri Laugier. Et… c'était un membre important des francs-maçons, annonça-t-il fièrement, content de son petit effet.

— Ils sont partout.

Khalid se pinça les lèvres en hochant la tête. Stanislas recula pour contempler le monument qui lui faisait face.

— Mais comment est-ce possible d'avoir un truc comme ça dans Paris ? s'étonna-t-il.

— La supervision des travaux, fin des années 1980, a été confiée à Michel Baroin, qui, à l'époque, était le grand maître du Grand Orient de France.

— Il a dû s'en donner à cœur joie.

— C'est ce que je pense aussi. Il a dû se mettre en tête d'offrir un monument pour les initiés et non pour les touristes. Il a voulu rendre hommage à ses frères qui ont participé à la Révolution française et à la création des Droits de l'homme. (Khalid fit tourner son fauteuil pour regarder Stanislas.) Tu ne veux pas qu'on retourne voir le grand manitou des maçons ? J'aimerais bien lui poser quelques questions…

— Mais t'es en fauteuil…

— Et alors ? C'est quoi ces préjugés ? se vexa-t-il.

— Non, je voulais dire : on va se balader, comme ça, en ambulance toute la journée ?

Khalid sourit de toutes ses dents.

— C'est une proposition qui m'intéresse. Mais avant, j'ai un truc à te demander.

Stanislas écouta avec le sourire la demande prévisible du lieutenant Khalid Harouche.

35

Justine quitta le tramway T3B à la station Diane-Arbus et remonta la rue des Poissonniers sur 300 mètres, puis elle tourna à gauche pour s'avancer dans la rue Eugène-Berthoud qui se trouvait dans la commune de Saint-Ouen. Elle entra au numéro 48 et présenta sa carte de police à l'accueil.

— J'ai rendez-vous avec M. Jean Poulet. Il est au courant, je l'ai eu au téléphone il y a une petite demi-heure, dit-elle en regardant sa montre.

La femme derrière le comptoir posa ses lunettes sur son nez et composa un numéro sur son clavier.

— Je vous invite à prendre un café au distributeur avant qu'il n'arrive. C'est en libre-service, proposa-t-elle calmement.

Justine remercia la dame et appuya, une fois arrivée à la machine, sur la touche cappuccino. L'appareil se mit à ronronner. En quelques secondes la boisson chimique et chaude se déversa dans un gobelet en plastique. Justine attrapa le récipient des deux mains et souffla dessus pour refroidir le liquide marronnasse.

— Inspectrice Liemans ?

Justine se tourna. Elle tomba nez à nez avec un homme se présentant comme Jean Poulet.

— Lieutenante, rectifia-t-elle sans révéler son grade réel.

La policière lui serra la main, puis jeta son gobelet encore plein dans la poubelle. Jean Poulet lui proposa d'aller discuter dans un endroit plus calme. Elle accepta et suivit le directeur du planning dans son bureau situé au deuxième étage.

— On peut faire ça rapidement ? demanda Jean Poulet. J'ai une réunion importante dans une demi-heure, lui dit-il en fermant la porte.

Il était 11 h 30. Elle comprenait pourquoi son ventre gargouillait.

— Je ferai au mieux, la rassura la flic.

— Super. Alors ? Que voulez-vous savoir ?

— Vous avez écouté les informations ces derniers jours ?

Jean haussa les épaules.

— Oui et non. Pourquoi ? demanda-t-il étonné.

— Êtes-vous au courant des assassinats qui ont lieu en ce moment dans Paris ?

— Ah ça… Oui. J'écoute la radio le matin pour venir ici, dit-il. C'est affreux. Surtout pour Kristen Jensen, ma femme aimait bien ses livres. Mais quel est le rapport avec la G7 ?

— Nous avons découvert que les quatre femmes assassinées ont fait appel à votre service VIP, dit-elle avec un sourire.

Jean Poulet devint blanc.

— Impossible. Enfin, si, c'est possible, mais… Nous avons une politique de recrutement très sérieuse. Vous avez besoin de connaître l'emploi du temps des chauffeurs ?

— Nous apprécierions grandement votre entière collaboration, monsieur Poulet.

Le directeur du planning décrocha son téléphone en fixant Justine.

— Je vais appeler François Miradel. Il est responsable des réservations VIP. Il pourra vous renseigner. (Il appuya sur une touche.) François, tu peux venir dans mon bureau ? Oui ! Tout de suite. (Il raccrocha.) Il arrive. C'est atroce…

Trente-six secondes plus tard, François Miradel entra dans le bureau sans frapper.

— Qu'est-ce que tu avais de si urgent pour me faire chier ? gueula-t-il en mâchouillant bruyamment un chewing-gum.

— Vous devriez vous calmer, l'accueillit Justine qui le jugea immédiatement désagréable et totalement antinomique avec un service de *Very Important Person.*

François la regarda avec condescendance et se tourna vers son collègue.

— C'est qui elle ? La nouvelle DRH ? rigola-t-il en grattant son bide qui ressortait de sa chemise délavée.

— Police. J'ai deux questions à vous poser.

— Des gonzesses dans la police ? Ça, c'est une bonne idée…

— La gonzesse peut vous verbaliser pour outrage à agent. Une petite garde à vue, ça vous intéresse ?

Jean Poulet abattit son poing sur son bureau.

— Bon, François ! Tu arrêtes de jouer au con. L'inspectrice est sur une affaire d'homicide. C'est du sérieux.

François Miradel se calma en une fraction de seconde.

— OK. Vous voulez quoi ? lui demanda-t-il sans la regarder.

Justine sortit une feuille de papier de la poche de son jean.

— Je veux connaître le nom des chauffeurs de ces clients.

François arracha la feuille des mains de Justine.

— Fastoche ! Vous pouvez me laisser deux minutes ? dit-il en sortant du bureau en faisant une bulle avec sa pâte à mâcher.

— Désolé pour son comportement, annonça Jean Poulet, mais il s'est fait cambrioler la semaine dernière. Il est un peu à cran.

Justine leva les yeux au ciel.

36

— Je ne sais pas pourquoi, mais je savais que j'allais vous retrouver ici, ricana Justine en entrant dans le restaurant de Chérif.

— Ah ouais ? rétorqua Khalid.

— Quand je vous ai vus partir en ambulance... Je me suis dit, ils ne vont pas s'arrêter en si bon chemin. Mais ce n'est pas pour ça que je suis venue. J'ai du nouveau.

— Le taxi ? demanda Stanislas.

Justine hocha la tête.

— Raconte.

François Miradel était revenu cent vingt secondes plus tard avec le planning des chauffeurs. Justine lui avait arraché la feuille des mains, exactement comme il l'avait fait deux minutes auparavant. Elle avait scruté les horaires et les noms. Rien ne lui avait sauté aux yeux. Elle avait demandé comment cela se passait pour réserver un taxi VIP. Jean Poulet lui avait expliqué qu'il fallait un abonnement hebdomadaire ou annuel. Cela dépendait des besoins de chacun.

— Le client réserve une voiture par téléphone ou via l'application avec leur code client VIP.

— Et que signifie être un client VIP ?

— La qualité du service. Chauffeur avec costume-cravate, bouteille d'eau à l'arrière, wi-fi illimité, berline aux vitres teintées sans borne sur le toit, ce genre de choses. Vous voyez ?

Justine voyait bien.

— Ce sont toujours les mêmes chauffeurs ? avait-elle demandé sans se laisser distraire.

— Non. C'est le hasard. À moins que l'on nous fasse une demande bien spécifique, mais c'est assez rare. On tourne avec 87 voitures VIP. On a de la marge. Aucun client n'attend plus de quatre minutes son chauffeur. C'est un point d'honneur, sinon, on perd notre statut, vous voyez ?

Justine avait fixé une nouvelle fois la feuille sans répondre. Il y avait un truc qui la perturbait, mais elle n'arrivait pas à savoir quoi.

— Comment Kristen Jensen a pu se tromper de taxi ? avait-elle demandé.

— Je n'arrive pas à vous suivre.

— Le concierge de l'hôtel nous a certifié qu'elle était montée dans un taxi pour se rendre à sa dédicace, expliqua Justine. Mais nous savons maintenant que ce n'était pas dans la voiture réservée par son éditrice.

Jean avait demandé à François s'il savait pourquoi.

— Elle s'est trompée de bagnole, je n'en sais rien moi ! Une Danoise dans Paris, c'est comme un Indien dans la ville, non ? Elle s'est gourée de tacot, c'est tout.

François Miradel sortit son téléphone portable et passa un bref coup de fil à l'écart.

— Je viens d'avoir le chauffeur de Mme Jensen. Il a annulé la course quand le portier de l'hôtel lui a annoncé qu'elle était partie dans un autre véhicule. Voilà pourquoi je n'ai pas eu de remontée. Il a pensé qu'elle s'était gourée en réservant sur l'application. Cela arrive souvent.

— Quelle était la marque de la voiture pour la cliente ? avait demandé Jean Poulet.

— Une Mercedes Classe S berline noire, c'était la course de Rémy Flochon, avait répondu François sans réfléchir. C'est le modèle qu'on préconise pour les VIP. Les quatre chauffeurs sur la liste ont la même.

Les yeux de Justine s'étaient reportés immédiatement sur la feuille.

— Si cela se trouve, la personne qui a kidnappé Kristen Jensen savait qu'elle était attendue par une Classe S. (Justine se tourna vers l'homme à la chemise délavée.) C'est faisable ?

— Tout est possible. Mais je ne sais pas comment il aurait pu savoir…

— Et prendre une voiture VIP sans passer par l'application ?

— Bien sûr. Quand les chauffeurs n'ont pas de courses réservées, ils ont l'autorisation de faire le pied de grue devant les hôtels de luxe et les restaurants 3 étoiles.

Tout commençait à prendre forme. Justine devait en parler rapidement à ses collègues.

— Je peux vous demander un service ?

M. Poulet avait accepté.

— Pouvez-vous me commander un taxi ? Le modèle pour les VIP ? Mon scooter est en panne…

— Pas de souci. Je vous l'offre même, avait répondu Jean Poulet.

Justine avait remercié les deux hommes de la G7 et s'était engouffrée quelques minutes plus tard dans le taxi.

— Bon boulot, Justine, la complimenta Stanislas. Le tueur est peut-être au courant des courses des autres taxis. Et il se fait passer pour un collègue ou un remplaçant, il se place devant les palaces et il attend ? C'est jouable, non ? C'est la même voiture, donc les clientes sont en confiance, et il n'y a pas de raison pour qu'elles se méfient. Ce n'est pas con, quand on y pense... On va faire des vérifications sur les propriétaires de ce genre de véhicule dans toute l'Île-de-France et convoquer les chauffeurs de la liste pour ne rien laisser au hasard.

Khalid félicita également Justine qui rougissait comme la tomate dans son sandwich à la purée de pois chiches.

Les flics commençaient à assembler des pièces, mais le casse-tête était loin d'être résolu. Il manquait plus de 80 % des morceaux pour reconstituer le puzzle. Pourquoi l'assassin déposait-il les corps près des monuments ? Combien de victimes prévoyait-il de faire ? Pourquoi des touristes ? Pourquoi les scarifications ? Pourquoi les édifices où l'on trouvait les victimes étaient toujours marqués de symboles ésotériques et maçonniques ? Pourquoi la dernière victime n'avait pas été déposée sur l'axe de Paris ? Ils n'avaient aucune certitude dans cette histoire.

Justine partagea son sentiment.

— Tu sais, une enquête, c'est un peu comme un bon bœuf bourguignon, répliqua Stan.

— Ah non ! s'injuria Khalid. Tu ne vas pas me farcir une nouvelle fois la tête avec cette fumeuse comparaison.

— Pourquoi pas ? Justine ne l'a jamais entendue. Il faut qu'elle comprenne. (Le lieutenant Diamick posa son chawarma dans son assiette.) Le bœuf bourguignon se fait par étapes, doucement, délicatement et séparément. Tu coupes les oignons, les lardons, tu fais cuire à feu doux les jolis morceaux de viande. À part, les ingrédients ne servent à rien, mais après les avoir fait mijoter indépendamment pendant des heures, tu les mélanges, et là, tu as un plat absolument incroyable qui ravit les papilles. Une enquête, c'est pareil... Au début, tu as des indices qui ne servent à rien, mais si tu arrives à assembler le tout... tu la résous. Tu comprends ?

Justine fit oui de la tête.

— Elle est gentille avec toi, la petite. Moi, ça fait trente fois que j'entends cette théorie, et je la trouve capillotractée, plaisanta Khalid.

— Mais concrètement, on fait quoi maintenant ? insista Justine.

— On coupe les oignons et on fait frémir les lardons.

— C'est-à-dire ? insista la jeune flic.

— Nous, on a rendez-vous avec le Grand Orient dans moins d'une demi-heure... Toi, tu retournes au bureau et tu mets en route la recherche des propriétaires des Mercedes et la convocation des chauffeurs. Après, je ramène Khalid, et toi, tu as ta soirée de libre.

— Je vois Sonia, ce soir. On va dîner ensemble.

— Fais attention à toi. Mais reviens avec des morceaux à mettre dans le bourguignon. C'est primordial. Si jamais tu rencontres le Diable, tu me laisses un message à n'importe quelle heure. Je ne veux pas ne pas savoir où tu te trouves. OK ?

— Promis. (Elle regarda Khalid.) Au fait, je peux te demander un service ?

37

Stanislas gara l'ambulance sur une place livraison, puis descendit consciencieusement le fauteuil roulant.

— Heureusement que tes plâtres s'arrêtent aux genoux, tu aurais été malin avec tes jambes à l'horizontale, se marra Stanislas.

— Le jour où je vais mieux, je te frappe. Je te jure, je te frappe.

Stanislas continua à rigoler tout en poussant son ami vers leur destination. Khalid leva la tête pour découvrir la façade du Grand Orient. Elle était moderne et magnifique. Stanislas sentit un bourdonnement dans son encéphale. Un truc venait de lui titiller l'esprit. Il fixa le fronton et lâcha un tonitruant :

— PUTAIN !!!

— Qu'est-ce qui te prend ?

Stanislas sortit son calepin et feuilleta plusieurs pages, en tremblant.

— Regarde ! dit-il en posant son carnet sur les genoux de son coéquipier.

— Oh putain ! lâcha Khalid. Ce sont les mêmes.

— Oui, les symboles bizarres qu'on a retrouvés sur les reins des victimes ressemblent étrangement à ceux inscrits sur la devanture du Grand Orient de France.

— Je crois effectivement que le grand gourou a des trucs à nous dire, s'enthousiasma Khalid.

Stanislas empoigna le fauteuil et monta la passerelle. Les deux hommes entrèrent dans le hall. Ce fut la même chanson que la première fois. Stanislas annonça qu'il avait rendez-vous en montrant sa carte tricolore et la femme de l'accueil les fit patienter dans le hall le temps que Florentin Marcial descende de son bureau. En trois minutes chrono, le grand maître du Grand Orient de France s'avança vers les deux hommes la mine crispée.

— Comme je vous le disais tout à l'heure au téléphone, je n'ai vraiment pas beaucoup de temps à vous consacrer aujourd'hui, dit-il en serrant les mains des deux policiers. J'ai deux réunions importantes.

Khalid le regarda intensément.

— Vous devriez les annuler. Je pense que nous sommes ici pour un bon moment.

— Pourquoi ? demanda le grand gourou la mine grave et inquiète.

— Les questions, ce sont nous qui les posons, monsieur Marcial, répondit Khalid.

La formation *bad cop-good cop* venait de se reconstituer.

Florentin Marcial avala sa salive avant d'orienter les deux hommes vers l'ascenseur. En silence, le trio attendit que la machine élévatrice fasse sa corvée journalière. Une fois dans son bureau, Florentin se décontracta un peu.

— Vous voulez un café ? demanda-t-il en enlevant sa cravate.

Les deux policiers acceptèrent. Florentin inséra la capsule en aluminium dans la machine, appuya sur le bouton et se tourna vers Stanislas.

— Des avancées dans votre enquête ?

— Nous sommes ici pour ça justement. À quoi correspondent les signes sur le devant de votre immeuble ? intervint Khalid.

Stanislas était heureux de retrouver la fougue de son collègue. Il se recula confortablement dans son siège pour assister au spectacle et sortit un paquet de M&M's. Florentin distribua les cafés tout en répondant à la question de Khalid Harouche.

— Nous avons notre propre alphabet. Les signes représentent des lettres qui forment des mots et qui se terminent en phrase. Celle sur la façade veut dire « Grand Orient de France ».

— Votre alphabet est secret ou on peut le trouver facilement ?

— Ça fait des années et des années qu'il n'est plus confidentiel. Et depuis Internet, il est visible de tous, rigola Florentin.

— Pourrais-je le voir ?

Le grand gourou ouvrit un tiroir et sortit un livre dont le titre évocateur était : *Les Secrets maçonniques*. Il le tendit à Khalid.

— Je vous en fais cadeau, vous allez avoir toutes les réponses à vos questions. Permettez-moi de vous en poser quand même une. (Khalid fit oui de la tête.) Pourquoi êtes-vous si intéressés par notre écriture ?

— Nous pensons que le tueur laisse un message sur les corps des victimes en utilisant votre charabia.

Florentin grimaça mais ne releva pas.

Khalid passa le livre à Stanislas qui ouvrit son carnet à la page souhaitée.

Il trouva rapidement les quatre signes.

— M – A – R – T, traduisit-il.

— Ça vous inspire quelque chose ? demanda Khalid à Florentin.

— Non, absolument pas.

— Il y aura forcément d'autres meurtres pour compléter le message…

Khalid respira à fond avant de reprendre, le temps était précieux…

— Quel véhicule conduisez-vous ?

— Une Mercedes… Pourquoi ?

Les deux flics se regardèrent avant de reporter leur attention simultanément sur leur hôte. Florentin Marcial blêmit.

38

— Vous pouvez prendre un peu d'eau si vous avez soif.

La Mercedes filait à toute allure sur l'autoroute A1. Il n'y avait pas eu beaucoup de circulation depuis l'aéroport Roissy-Charles-de-Gaulle. Le chauffeur avait attendu sa passagère avec une pancarte à la main. Augustina Rojas lui avait fait signe en sortant des douanes. Le conducteur l'avait accompagnée, tout sourire, jusqu'à sa berline. Il avait déposé la valise dans le coffre et fermé les portes arrière mécaniquement. Augustina avait un peu travaillé sur son iPad avant de prendre la bouteille d'eau en évidence dans l'accoudoir qui séparait la banquette en deux. Le chauffeur avait passé son temps à la mater. *Ouvre cette putain de bouteille*, s'était-il énervé dans sa tête. Il avait fini par pousser le chauffage à fond. Mais rien. Elle ne buvait pas. Il allait devoir s'armer de patience, s'était-il dit avec flegme. Il ne pouvait pas reproduire ce qui était arrivé avec la Danoise. De toute façon, il était content. Tout se passait comme prévu. Même son plan de déplacer la Tchèque de son sous-sol au Champ-de-Mars en fauteuil roulant avait été génial. Il était passé à la barbe et au nez des flics qui tournaient dans le quartier. Non, mais vraiment ? Qui pouvait se douter que la bonne femme qu'il poussait était morte ?

Une fois passé devant le Stade de France, son esprit s'était recentré sur sa prochaine proie. Le chauffeur avait jeté un coup d'œil dans le rétroviseur. Elle n'avait toujours pas touché à sa bouteille d'eau. N'en pouvant plus, l'homme avait proposé :

— Vous pouvez prendre un peu d'eau si vous avez soif.

Augustina leva la tête vers le rétroviseur et lui répondit dans sa langue natale que le conducteur ne comprit pas. Quelques secondes plus tard, l'Uruguayenne colla la bouteille à sa bouche pour avaler trois gorgées désaltérantes. Au volant, l'homme se détendit, remit un peu la climatisation et sortit porte de la Chapelle. Le temps qu'il retrouve le sous-sol dans lequel il avait fait ses repérages, le flunitrazépam qu'il avait versé dans la bouteille aura fait son boulot. Augustina Rojas sera complètement à sa merci. Il pourra, alors, faire ce qu'il voudra d'elle. Et il n'allait pas s'en priver.

Cela avait été un coup de chance qu'il tombe sur cette Uruguayenne. Les taxis parlaient toujours trop fort, se dit-il, surtout les chauffeurs VIP qui n'arrêtaient pas de pavoiser. Il n'en avait pas cru ses oreilles, il avait pensé que trouver une Uruguayenne dans Paris serait impossible. Sa bonne étoile était toujours là.

Alors, quand le chauffeur avait fièrement annoncé à ses potes qu'il allait conduire la célèbre archéologue Augustina Rojas, la voix dans sa tête avait immédiatement élaboré un plan… Elle lui avait conseillé de voler la voiture sans plus attendre et d'aller lui-même chercher la Sud-Américaine… Et c'était ce qu'il avait fait.

Sa « cliente » commençait à s'évanouir quand la Mercedes disparut dans un box au quatrième sous-sol d'un parking parisien proche de la porte de Clignancourt.

*

— Une Classe A tout simplement. Pourquoi ? répéta calmement le grand maître.

— Vous n'avez pas de berline ? insista Khalid.

— Mais non, enfin, perdit patience Florentin. Que cherchez-vous ? Je suis désolé, mais vos questions ne mènent nulle part.

— Poursuivons alors. Les francs-maçons, ça sert à quoi au juste ? reprit Khalid.

— J'ai l'impression que votre collègue n'a pas compris ce que je lui ai expliqué. Je recommence…

— Je ne veux pas de votre théorie de la lumière et de la connaissance visible par certains, les initiés bla-bla-bla, le coupa le flic. Cela, nous l'avons très bien compris. Ce que nous voulons savoir, c'est à quoi ça sert ?

— Vaste question qui me hante tous les jours… Commençons par le début. En France, nous sommes aux alentours de cent cinquante mille frères. Nous avons quintuplé notre capacité en cinquante ans. Notre confrérie comporte, aujourd'hui, une vingtaine d'obédiences avec plus de mille trois cents loges dans lesquelles vous pouvez trouver des artistes, des juges, des politiques, des boulangers, des policiers, des gens de la classe moyenne, des médecins, des avocats et aussi des enseignants. Et j'en oublie. Pour une cotisation annuelle avoisinant les 350 euros, la franc-maçonnerie est ouverte à tout le monde.

— Les gens qui y entrent… Pourquoi le font-ils ?

— Il y a autant de raisons que de francs-maçons. C'est intimement lié à l'envie de chaque frère. Nous recherchons, individuellement, la paix intérieure et la lumière qui pourrait éclairer notre âme.

— Soyez plus clair, Florentin, souffla Stanislas.

— Mais je suis très clair. C'est une chose qu'on sent au plus profond de nous-même. C'est un besoin de perfectionnement intérieur, un chemin pour aller à la rencontre de soi-même. C'est un processus initiatique qui repose sur nos envies personnelles et nos recherches intimes. Je ne peux pas vous le dire autrement. C'est un besoin qui vient d'ailleurs, d'une force spirituelle et intellectuelle.

— Et vos motivations personnelles ? C'est quoi ? interrogea Khalid qui n'arrêtait pas d'écrire sur son cahier.

— Mes motivations ? (Le grand maître se pinça les lèvres et ferma les yeux pour se concentrer.) Je dirais qu'elles sont métaphoriques et humanistes. (Il rouvrit les yeux.) Pour d'autres, ça peut être l'envie de rencontrer des personnes influentes, pour favoriser leur carrière. (Il sourit de ses pleines dents blanches.) Mais celle-ci est de plus en plus rare. Et j'en suis soulagé.

— Et si je veux être franc-maçon ? Que dois-je faire ? demanda Stanislas.

— Tout commence par plusieurs entretiens. On vous interroge sur votre envie, votre recherche spirituelle, savoir si la franc-maçonnerie est bien ce qu'il vous faut pour votre paix personnelle et intellectuelle. Ensuite, on en débat en loge et cela se termine par un vote. Si vous correspondez à notre vision du monde, vous pouvez être accepté. Sinon, vous serez refusé ou ajourné, et il vous sera possible de repasser un entretien…

— Et dans vos loges ? On parle de quoi ?

— De tout. De philosophie, de politique et de problèmes sociétaux.

— Avec vos tabliers ? ironisa Stanislas.

— Toujours, répondit Florentin sans relever la blague du lieutenant Diamick. Nous sommes avant tout des maçons. Nous construisons le monde. Mais je ne sais pas quoi vous dire de plus… On ne fait rien d'illégal. On débat de la vie politique, des lois que le gouvernement et les députés nous imposent… C'est tout.

— OK, répondit Khalid. Mais expliquez-moi pourquoi plusieurs monuments dans Paris ont un rapport avec la maçonnerie.

— Vous parlez de quoi précisément ?

— Les colonnes de Buren, la pyramide du Louvre, le monument des Droits de l'homme, l'Arche de la Défense… Endroits, où l'on a trouvé des femmes assassinées.

Troublé par cette dernière information, Florentin eut du mal à reprendre la parole.

— Je ne peux pas vous dire grand-chose. Ces monuments ont été réalisés bien avant mon arrivée au Grand Orient de France. Il faut se replonger à une époque lointaine. (Florentin se leva et attrapa un livre dans sa bibliothèque. Il le posa sur son bureau.) 1789.

— La Révolution française ? s'étonna Khalid.

— Exactement. Les francs-maçons de 1789 aspiraient à une liberté économique, à l'abolition des privilèges et à une monarchie constitutionnelle. Bien entendu, personne ne voulait couper des têtes mais plutôt semer l'idée d'un changement de régime dans l'esprit de leurs concitoyens. Sauf que les frères ont été débordés par les événements.

— Comment ça ?

— Toutes les loges de France ont joué un rôle dans ce qui se produisit. Les frères de cette époque voulaient que la France adopte une charte intelligente, mesurée et prude. Celle que des maçons comme La Fayette ont offerte une décennie plus tôt à la jeune République des États-Unis. Malheureusement, comme je vous le disais, le mouvement leur a échappé... Vous connaissez la suite, la Terreur, la guillotine et tout ce sang versé...

— Quel est le rapport avec notre affaire et les monuments modernes ? demanda Khalid.

— Le rapport, c'est que la franc-maçonnerie est présente partout. Depuis cette époque, les initiés veulent toujours mettre des symboles ésotériques dans leurs ouvrages. Regardez par exemple la Déclaration des droits de l'homme et du citoyen, le dollar américain, le George Washington Monument et beaucoup d'autres... Vous y trouverez souvent la pyramide tronquée, l'œil et, bien entendu, le triangle.

— Tout ce qu'on retrouve sur le corps des victimes, lâcha Khalid.

— Effectivement.

Un ange passa dans le bureau.

— Car depuis la nuit des temps, les initiés veulent symboliser leur appartenance. C'est bien cela ? demanda Khalid.

— Oui. Il y a eu une période où, à chaque nouvelle construction coordonnée par un frère, on y superposait des signes maçonniques. Ça se fait moins à notre époque. Les temps changent… et ce n'est pas un mal.

— Et j'imagine qu'il y avait beaucoup d'architectes francs-maçons ? C'est pour cela que Paris est baigné dans les symboles ?

— Tout à fait. Et pas mal d'hommes politiques aussi. (Il tourna les pages de son livre.) La tour Eiffel, par exemple, a été terminée en 1889. Cent ans après la Révolution. Ce n'est pas un hasard. Gustave Eiffel n'était pas maçon, mais les frères ont tout fait pour financer et pousser les politiques à accepter le projet de cet architecte. Ils ont utilisé leur réseau pour arriver à leurs fins. Par la tour Eiffel, les maçons voulaient répondre de façon gigantesque à la construction de la basilique du Sacré-Cœur qui devait débuter le 6 juin 1889. Deux mois après l'ouverture au public de la dame de fer.

— Pourquoi faire ça ? s'étonna Stanislas.

— Par pur anticléricalisme. Il ne faut pas chercher plus loin, répondit Florentin Marcial en haussant les épaules. Les frères trouvaient inacceptable qu'un monument religieux soit l'édifice le plus haut de Paris.

— Est-ce que toutes les structures près desquelles nous avons trouvé les victimes ont un rapport avec votre confrérie ?

— Oui, répondit le grand maître sans réfléchir.

Florentin se gratta le crâne. Il hésitait à tout dire… Khalid le sentit.

— Si vous nous parliez de ce que vous avez sur le cœur, monsieur Marcial ? Cela fait un quart d'heure que vous tournez autour du pot.

— Ce qui me chiffonne depuis que vous m'avez parlé de cette affaire, ce sont les lieux…

— C'est-à-dire ? l'encouragea Khalid.

— Vous allez croire que je suis fou, mais la pyramide du Louvre, les colonnes de Buren, le monument des Droits de l'homme, l'Arche de la Défense... Ce sont des constructions qui ont été réalisées entre 1981 et 1995. Vous voyez où je veux en venir ? (Les deux flics firent non de la tête, alors il dit :) Ce sont toutes des constructions commencées pendant les deux septennats de François Mitterrand.

39

Augustina Rojas était complètement nue, couchée sur une couverture élimée. L'homme, à quelques mètres d'elle, préparait son nouveau sacrifice en installant ses nombreux scalpels sur le capot de la voiture. L'Uruguayenne prenait conscience de ce qui se passait autour d'elle, mais n'arrivait pas à bouger.

Après avoir bu une lampée d'eau, elle s'était sentie fébrile et très fatiguée. Elle avait vu la voiture s'immiscer dans un parking souterrain sans qu'elle puisse réagir. Ensuite, le chauffeur l'avait sortie de la voiture en la tirant par les cheveux. Il avait arraché méticuleusement tous ses vêtements. Augustina avait frissonné. Elle avait pensé que l'homme allait la violer. Mais non ! Il ne l'avait pas touchée. Il l'avait simplement posée sur une couverture, puis il avait commencé à parler tout seul en tournant en rond.

L'homme s'avança en tenant dans ses mains des ustensiles qui effrayèrent Augustina. Il se pencha lentement vers elle avec un sourire carnassier. Il plaça son scalpel sur son torse et dessina une pyramide entre ses deux seins. Elle se mit à hurler comme un loup une nuit de pleine lune. L'homme prit tout son temps pour dessiner sur le corps de l'archéologue qui s'était évanouie après la première incision.

*

Justine luttait de toutes ses forces pour que ses paupières, qui pesaient autant que deux sacs remplis de billes de plomb, ne se ferment pas. Cela faisait deux heures qu'elle passait en revue la base des immatriculations des berlines Mercedes. Elle comprit pourquoi Stanislas préférait travailler dans sa voiture. L'ordinateur ramait comme Gérard d'Aboville et le wi-fi fonctionnait comme bon lui semblait. Et il était assez capricieux, surtout quand les collègues au bout du couloir visionnaient en même temps des vidéos de chats sur YouTube. Elle n'en pouvait plus d'attendre les yeux fixés sur son écran que la page se charge.

La flic sursauta quand son téléphone vibra sur son bureau. Elle décrocha.

— Oui ?

— Madame Liemans ?

— Oui, monsieur Poulet, dit-elle, reconnaissant son interlocuteur. C'est bien moi.

— Il s'est passé un truc ce midi. Je ne sais pas si cela a un rapport avec votre affaire, mais je préférais quand même vous avertir. J'ai un chauffeur qui s'est fait voler sa Mercedes Classe S.

Justine sentit une irradiation effleurer sa nuque.

— Il avait une course ?

— Oui. Une jeune femme. Une étrangère… répondit-il dans un souffle.

— Oh putain ! balança sans pudeur Justine. Merci. Vous avez porté plainte ?

— Oui. Je vous envoie tout de suite les documents par mail.

— Heu non ! Par MMS, grimaça l'inspectrice. C'est plus prudent... Et envoyez-moi aussi l'identité de la cliente et les détails du vol. Merci.

Elle raccrocha et, en attendant l'arrivée des documents sur son téléphone, Justine lança une nouvelle recherche : la liste des véhicules dérobés dans la capitale depuis une semaine.

Une fois le nom de la cliente du G7 en main, elle passa un coup de fil à Stanislas.

— Oui, entendit-elle dès la première sonnerie.

— Vous êtes où ?

— Je raccompagne l'estropié à l'Ehpad, plaisanta-t-il.

Pas le temps de rire, il y avait urgence.

— Ce midi, un chauffeur VIP de la G7 s'est fait voler sa voiture. Il devait, après sa pause déjeuner, faire une course à l'aéroport de Roissy.

— Une étrangère ?

— Oui, et pas n'importe qui, une archéologue assez réputée dans son domaine.

— Tu mets tout de suite en route un avis de recherche, tu le balances dans tous les commissariats de Paris et ses alentours. Ensuite, tu joins la cellule de crise et tu mets un tas de flics sur tous les monuments possibles. Et qu'ils ouvrent l'œil. Tu peux t'en occuper ?

— Je le fais tout de suite. Et vous ?

— Je file au ministère de l'Intérieur. On s'y rejoint ?

— Je ne peux pas. Je vois Sonia.

— OK. Encore une fois, sois prudente. Et on se tient au courant.

Justine raccrocha et Stanislas enclencha sa sirène.

*

La lune commençait à pointer le bout de son nez quand la BMW entra dans la cour de la Place Beauvau. Comme la première fois, Stanislas monta les trois marches et se présenta à l'accueil. Il attendit à peine trente secondes avant qu'Henry Bernardin vienne lui-même à sa rencontre.

— Monsieur le ministre, dit Stanislas avec un sourire.

— Venez dans mon bureau, on sera plus tranquilles.

— Nous ne sommes que tous les deux ?

— Oui. Inutile de rameuter tout le monde. Ce qui m'intéresse, c'est ce que vous pensez. Pas ce que pensent les gens qui ne sont jamais sur le terrain, lui expliqua le ministre en montant les escaliers.

Stanislas aimait de plus en plus cet homme. Henry Bernardin ouvrit la porte de son bureau.

— Voulez-vous boire un café ?

— Plutôt un soda si vous avez… avec des glaçons.

Bernardin prit son téléphone et demanda la boisson américaine et une eau gazeuse.

— On en est où ? enchaîna-t-il sans préambule.

Stanislas commença par expliquer qu'une touriste uruguayenne avait été enlevée ce midi à son arrivée en France.

— Elle devait aller directement au Palais des congrès de la porte Maillot pour une conférence, et elle n'est jamais arrivée. Le chauffeur qui devait l'accueillir à Roissy s'est fait voler sa voiture…

Stanislas précisa que l'alerte était donnée à toutes les unités, puis il raconta sa rencontre avec le Grand Orient de France ainsi que la visite du monument des Droits de l'homme. Il fit un point aussi sur l'omniprésence des symboles maçonniques dans la République française. Le ministre leva les sourcils.

— Vous surfez dangereusement sur les théories du complot, Diamick, non ?

— C'est purement factuel. On vit avec ces signes sans les voir et surtout sans le savoir. (Le ministre fit une moue. Il n'était absolument pas convaincu par ce que lui disait l'homme en face de lui.) Vous connaissez le triangle pyramidal qui figure sur le dollar américain ? lui demanda Stanislas.

— Oui, sourit le ministre de l'Intérieur.

— Savez-vous que ce triangle, symbole maçonnique, est sur le fronton de l'Élysée ?

— … Impossible.

— Au début, je pensais comme vous, monsieur le ministre. Mais j'ai vérifié. Le triangle apparaît aussi sur le Panthéon et sur la façade du palais de justice.

— OK ! Admettons, dit Henry Bernardin calmement. (Puis il ajouta :) Mais cela peut-il vraiment nous permettre de sauver cette pauvre femme ?

— C'est notre seule piste tangible et, pour la sauver, il faut qu'on comprenne les motivations du tueur. Chaque fois que nous grattons, les francs-maçons ne sont pas loin.

— Ça, je suis d'accord avec vous… Mais cela n'en fait pas des coupables…

— Non. Mais le meurtrier veut, sûrement, nous emmener vers un chemin bien défini.

Stanislas raconta aussi les petits signes dessinés sur les reins des victimes correspondant aux lettres de l'alphabet maçonnique.

— Mais concrètement… On a quoi ?

— Nous avons la certitude que l'homme vole des voitures ressemblant aux taxis VIP pour se faire passer pour l'un d'eux afin de kidnapper ses victimes.

— C'est plus tangible. Il faut tout faire pour retrouver l'archéologue… en vie.

— On a mis en place un plan Épervier, on est tous sur le pont. On a aussi une autre piste, reprit Stanislas. C'est le Grand Orient de France qui nous a fait remarquer cette concordance…

Stanislas expliqua que les lieux des meurtres avaient tous été bâtis sous François Mitterrand. Le ministre se mit à rire tandis que Stanislas avalait une énorme gorgée de soda bien frais.

— Et quoi ? C'est l'ancien président qui revient d'entre les morts pour tuer des femmes ? rétorqua le ministre de l'Intérieur, un poil sarcastique.

— Non. Mais c'est un indice supplémentaire. Et à un moment ou un autre ça va mordre.

Henry Bernardin dodelina de la tête.

— Très bien. Mais pour l'heure, concentrez-vous sur l'opération en cours.

— Oui, monsieur. Toutefois, je dois vous avouer que je doute de nos chances de la retrouver avant qu'il ne passe à l'action, précisa-t-il en baissant les yeux vers le tapis.

— … Je comprends. Faisons en sorte qu'elle soit sa dernière victime dans ce cas. Vous faites du bon boulot. Vraiment. Mais la prochaine fois, je ne veux pas de suppositions. Je veux un nom, un visage, un coupable sous les barreaux. OK ? Je peux vous faire confiance ? (Le lieutenant acquiesça et se leva pour prendre congé.) Stan ! l'arrêta Henry Bernardin. (Le flic se retourna.) Je ne vous ai pas fait venir ici ce soir pour ne parler que de l'enquête. (Le ministre de l'Intérieur ouvrit un tiroir en face de lui et en sortit une feuille de papier, pliée en quatre, puis se leva en s'avançant vers le lieutenant Diamick.) Vous savez qu'ici vous êtes au centre névralgique de la sécurité des Français. (Stanislas hocha la tête. Le ministre enchaîna :) Rien ne reste secret dans cette maison. Surtout pas les numéros des personnes qui nous joignent. (Stanislas ne comprit pas du tout où voulait en venir le locataire de la Place Beauvau.) J'ai demandé à mes équipes de remonter jusqu'à l'appel masqué qui vous a perturbé lors de notre première rencontre.

Stanislas devint blanc comme la neige éternelle au-dessus du mont Blanc. Henry Bernardin lui tendit la feuille.

— Mes hommes ont trouvé le nouveau numéro de téléphone de votre femme. Le voici.

Les mains de Stan tremblèrent vigoureusement quand il attrapa la feuille avant de l'enfouir dans sa poche de pantalon.

— Merci, arriva-t-il à prononcer dans un murmure.

— Je sais qu'en ce moment vous vivez une période familiale compliquée. J'ai moi-même vécu ce genre de situation, il y a quelques années. C'est douloureux pour les enfants, pour le couple… pour tout le monde. Je n'ai pas l'habitude de faire ce genre de chose, mais il y a un deuxième numéro sur ce papier. (Il prit un léger temps.) C'est le téléphone d'une très bonne amie à moi. Elle est juge aux affaires familiales. C'est elle qui s'occupe de votre affaire. Je la connais depuis le lycée et je sais qu'elle peut, si vous me le demandez, vous aider. C'est à vous de choisir…

Stan ne répondit rien. Les deux hommes se saluèrent. Stanislas quitta le bureau du ministre complètement sonné. L'homme politique lui proposait un passe-droit. Que devait-il faire ? Il s'engouffra dans sa voiture en fixant le numéro de la juge griffonné sur un bout de papier. Il sortit son téléphone de sa poche. Devait-il passer cet appel ? Allait-il pouvoir récupérer ses enfants ? Le ciel s'éclaircissait-il enfin ? Marie-Jeanne pouvait aller se faire foutre.

Il sursauta quand son iPhone se mit à vibrer dans sa main.

— Oui, Justine ? dit-il le sourire aux lèvres.

40

Le lieutenant Diamick faisait cliquer son stylo tout en écoutant Laurent Arfi qui lui racontait comment on lui avait volé son outil de travail. Stanislas se trouvait depuis un petit quart d'heure dans les locaux de la G7. Il avait pris le relais pour que Justine puisse se rendre à son rendez-vous. À ce moment précis, il regrettait fortement de lui avoir accordé cette faveur.

— J'étais en pause déjeuner au restaurant de la porte de Saint-Cloud…

— Quel restau ? coupa-t-il.

— Le Taxi jaune. C'est le repaire de tous les taxis, et pas que de la G7. Donc, je dégustais mon steak-frites quand je reçois une notification de François Miradel pour une nouvelle course. Le temps que je finisse mon plat et mon dessert, que je rigole avec les copains et que j'aille pisser… on m'avait piqué ma bagnole.

— Les clés étaient où ?

— Dans ma veste sur le portemanteau qui se trouve derrière le bar. Je le mets toujours là, tout le monde pose ses affaires à cet endroit. Ça ne risque rien habituellement.

— C'est toujours ce que disent les victimes de vol, *habituellement*, commenta Stanislas.

— Ça vous fait rire ?

— Pas plus que ça. D'après vous, qu'est-ce qui s'est passé ? demanda-t-il pour recentrer la discussion.

— Bah, on m'a volé mes clés.

— Oui, j'ai compris. Mais la question que je vous pose c'est : qui a pu faire le coup ?

— Mais c'est vous l'inspecteur. J'en sais rien, moi, qui a pu me piquer mon trousseau, vous en avez de bonnes, vous…

— Y a pas un marqueur GPS sur ces voitures de luxe ?

— Si. Mais tout a été débranché… Ça doit être un mec qui s'y connaît. Un garagiste ou je ne sais pas quoi.

— Ah ! Vous voyez que vous savez quand même des trucs… Bien joué, Columbo, siffla Stanislas avec un regard loin d'être sympathique.

— Non, mais sérieusement, ça peut être n'importe qui. Un collègue jaloux, un voleur de voitures de luxe qui passait par là, le débile qui fait la plonge dans le restau… J'en sais strictement rien et en même temps, ce n'est pas à moi de faire votre boulot. Je paye des impôts pour que vous retrouviez ma bagnole. Donc retrouvez-la !

— On va la retrouver, ne vous inquiétez pas. Qui savait que vous alliez chercher l'archéologue à l'aéroport ?

Laurent Arfi haussa les épaules.

— Quelques copains.

— Combien ?

— Je sais plus… (Il dodelina du chef.) On a un jeu avec les collègues. On se donne des points par rapport à la notoriété de la personne qu'on transporte. Là, c'était un 6 points. J'ai offert l'apéro, et j'ai un peu fait mon kakou.

— Et vous avez fait votre kakou devant combien de personnes ? insista Stanislas les lèvres pincées tant il était irrité.

Le chauffeur leva les yeux, cherchant au fin fond de sa mémoire.

— Pas mal de monde. Les gens du restaurant et tous les taxis… je dirais une grosse vingtaine.

— Ah oui… quand même. On n'est pas sorti de l'auberge, siffla Stan.

— Ouais ! Mais c'est votre métier les interrogatoires à coups de Bottin dans le dos, non ? plaisanta Laurent.

— Non, répondit fermement Stanislas. Vous étiez où ces trois nuits précédentes ? Vous avez le même modèle de voiture que le tueur que nous recherchons et, comme par hasard, juste au moment où l'on recherche les conducteurs des Mercedes Classe S… on vous la vole.

— Qu'est-ce que vous êtes en train d'insinuer ? s'étrangla le chauffeur.

— Je ne fais que mon boulot. Je pose des questions, je rassemble des faits… C'est ce que vous voulez que la police fasse, non ?

Stanislas savait très bien que le taxi n'était pas suspect, il avait déjà vérifié son emploi du temps avec son patron, et il avait des alibis en béton armé. Mais il faut bien s'amuser un peu, non ?

— Je n'aime vraiment pas votre humour ! dit le chauffeur, courroucé.

— Pouvez-vous me donner l'adresse du Taxi jaune ? J'irai y faire un tour demain matin.

— C'est au 80, avenue Georges-Lafont, dans le XVIe.

— Merci. Vous pouvez aller vous coucher.

— Et pour ma voiture, vous allez faire quelque chose ?

— Notre priorité, c'est de retrouver Augustina Rojas vivante, alors, votre voiture… on s'en tape un peu, non ?

Que pouvait répondre Laurent ?

— J'espère que vous la retrouverez.

Il salua Stanislas et sortit de la salle de repos de la société G7. Le lieutenant monta dans sa voiture et passa un coup de fil à Justine. Il tomba sur son répondeur après quatre sonneries. Il lui laissa un message. Puis il démarra sa vieille BMW et fila à toute vitesse vers la porte de périph la plus proche.

Oui, la disparue était une priorité… mais un autre sujet ne voulait pas quitter ses pensées. Et il hésitait. Que devait-il faire ? Appeler la juge ou essayer une dernière fois de parler à son ex-femme pour régler toute cette merde à l'amiable ? Il pesa une nouvelle fois le pour et le contre. Après une rapide réflexion, il décida de téléphoner à Marie-Jeanne. Mais comment réagira-t-elle quand elle comprendra qu'il avait *stalké* son numéro ?

— Lieutenant Stanislas Diamick, tu as vraiment une vie de merde, bougonna-t-il en appuyant un peu plus fort sur l'accélérateur.

*

— J'ai le sentiment d'être en plein *date*. Pas toi ? demanda Sonia en savourant une gorgée de son Americano.

Justine ne répondit rien. Que pouvait-elle dire ? Alors, oui, effectivement, c'était un rencard pour elle aussi. Mais ce que la flic désirait le plus, c'était connaître le côté obscur de cette femme qui l'attirait énormément mais qui en même temps la déstabilisait étrangement.

— C'est juste un dîner entre amies, mentit-elle en fourrant son nez dans le menu du restaurant pour éviter le regard de la jolie femme assise en face d'elle.

Son téléphone posé sur la table se mit à vibrer. « Inspecteur Derrick » s'affichait à l'écran.

— C'est important ? demanda Sonia.

— C'est le boulot. Mon boss... Tu as choisi ce que tu voulais manger ? demanda-t-elle pour passer à autre chose.

— Je le sais depuis longtemps... lui dit Sonia avec un regard qui voulait en dire beaucoup. (Justine rougit.) Je vais prendre la dégustation de mozzarella avec sa tomate verte. Et toi ?

— Pas encore choisi. J'hésite... (Son téléphone émit un bip pour l'alerter d'un nouveau message vocal. Justine montra son iPhone du menton.) Ça te dérange si je l'écoute ? (Sonia fit non de la tête.)

« C'est Stan. Je sors de la G7. Le mec n'a rien à se reprocher. J'irai faire un tour demain matin à l'endroit où il s'est fait piquer ses clés. Le plan Épervier est mis en place et des barrages sont postés aux alentours des monuments. Je suis certain qu'on va le choper... Et avant qu'il ne tue l'archéologue j'espère. Fais attention à toi ce soir. Si tu as le moindre problème, tu me tel. Je rentre. À plus. »

Justine rangea son téléphone dans son sac et passa une main dans ses cheveux nerveusement.

— Vous avez fait votre choix ? demanda le serveur.

Sonia commanda son plat. Justine prit la même chose que son amie. Le garçon nota le tout sur son carnet et les laissa tranquilles. L'auteure fixa la fliquette intensément.

— Allez. Vas-y…

— Quoi ?

— Si tu voulais me voir dans un endroit neutre, c'est que tu voulais qu'on discute. Alors, vas-y… Je t'écoute. Que veux-tu savoir ?

— Qui êtes-vous, mademoiselle Sonia Farki ?

La jeune femme rigola.

— Vaste question, dit-elle en remuant les glaçons dans son verre à l'aide de sa fourchette. Je suis née en 1985, le 2 mai. J'ai grandi dans une famille unie. J'ai fait des études d'histoire de l'art. À la fac, j'ai rencontré un garçon qui travaillait sur une thèse dédiée au diable… Je les ai trouvés très intéressants. La thèse et le garçon. Malheureusement, il est mort quelques mois plus tard d'une overdose de somnifères, et cela n'avait rien à voir avec le satanisme. Il luttait contre son insomnie et il a dépassé la posologie. J'ai repris ses travaux pour mes études supérieures. J'ai travaillé sur le diable dans l'histoire, les œuvres et les monuments… J'ai été très bien notée. À la suite de ça, un éditeur m'a proposé d'écrire un livre sur Satan et ses adeptes. J'ai accepté avec une envie énorme de m'immerger, comme une vraie journaliste, dans ce monde secret et sulfureux.

— Comment tout a débuté ? intervint Justine.

— Comme toutes les belles histoires : par hasard.

Le serveur arriva avec les plats. Il déposa les deux assiettes devant les femmes et leur souhaita un bon appétit avant de se retirer sans un bruit. Sonia morcela une tomate avec sa fourchette sans la porter à la bouche.

— Un lecteur de ma thèse est venu à ma rencontre. Il voulait me féliciter pour mes travaux et me proposer d'aller encore plus loin dans le monde du satanisme. Il est arrivé au bon moment de ma vie. Je l'ai suivi, pour mon bien et le bien de mon livre… Il a été mon initiateur pendant deux ans. J'ai tout fait avec lui. J'étais devenue sa chose… mais j'en étais consciente et je le voulais.

— Pourquoi as-tu fait ça ?

— Pour découvrir un autre monde. Un monde qui ne m'étouffait pas. Un monde dans lequel je pouvais être moi-même. Un monde sans limites et sans devoirs. Un monde sans tabous et sans carcans.

— Et tu l'as trouvé ?

— Oui. J'ai trouvé ma philosophie de vie, et plus je me noyais dans ce monde, plus mon livre devenait secondaire. (Sonia s'interrompit quelques instants.) Satan est pour moi le symbole de la liberté et de l'individualisme. Ce n'est pas une secte avec des pratiques déviantes et marginales, comme énormément de personnes peuvent le penser.

— Vous vous faites tatouer au fer rouge un pentagramme sur la peau. Si cela n'est pas une pratique déviante, c'est quoi ? lâcha Justine, consternée.

— Je viens de te le dire. Nous acceptons de le faire. On ne nous y oblige pas. On le veut, on le souhaite, répondit l'auteure avec des flammes dans le regard.

— C'est exactement ce qu'on appelle de l'endoctrinement, Sonia. Croire qu'on veut le faire alors qu'on est sous emprise.

Sonia prit une bouchée avant de contre-argumenter.

— Tu ne comprends pas. On est là pour notre plaisir charnel et spirituel. On ne doit rien à personne. Nous n'avons pas de gourous. Juste des guides pour nous accompagner jusqu'à nos limites personnelles.

Justine secoua la tête. Malgré les paroles de Sonia, elle ne pouvait pas arrêter de penser que ce que son interlocutrice vivait ressemblait étrangement à de l'intoxication intellectuelle et psychologique. La flic préféra changer d'angle.

— Qu'est-ce qui te plaît autant dans ce mouvement ?

— Tout, s'esclaffa Sonia. J'ai passé, pendant près de six ans, toutes mes nuits avec eux, tu entends ? TOUTES. Et je ne regrette absolument rien.

— Alors pourquoi avoir arrêté ?

— Parce qu'il faut toujours garder le meilleur pour les souvenirs. J'y retourne de temps en temps… Mais ces dernières nuits avec toi étaient exceptionnelles. J'ai retrouvé le plaisir que j'avais, je revivais une nouvelle fois… L'enfer avec toi, c'est le paradis, dit-elle avec son sourire qui faisait craquer Justine.

— Qu'as-tu fais pendant toutes ces années avec eux ? Jusqu'où es-tu allée ?

Sonia leur servit de l'eau et s'empara d'un bout de pain pour saucer l'huile d'olive au basilic qui aromatisait son assiette.

— Je suis allée jusqu'à Pandémonium. Et ce n'est pas une allégorie, répondit Sonia en la fixant de ses beaux yeux.

*

Stanislas se trouvait immergé dans un bain chaud. Il venait de déguster une pizza et fixait lamentablement son téléphone. Il avait encore changé d'avis. Il avait composé le numéro de Marie-Jeanne mais n'avait toujours pas appuyé sur « appel ». Pour quoi faire ? Elle le prendra mal de toute façon. Dès qu'elle verrait son numéro s'afficher, Marie-Jeanne deviendrait folle de rage et répondrait en hurlant, il en était absolument certain. De toute façon, leur vie de couple était atomisée. Leur dernière conversation le prouvait, ils n'arrivaient pas à discuter.

Il posa l'appareil sur le carrelage et ferma les yeux pour faire un point. Il voulait revoir ses enfants, c'était la chose primordiale, cela devenait viscéral. Il pouvait vivre sans sa femme, mais sans ses enfants, non. Il voulait se battre pour les récupérer... C'était décidé.

Il sortit de son bain, se sécha et s'habilla. Ensuite, il récupéra son smartphone, ses clefs et quitta l'appartement

Et si Marie-Jeanne avait raison ? pensa Stanislas en attendant l'ascenseur. Vivait-il uniquement pour son boulot ? Avait-il réellement été présent pour ses mômes ? À ce moment précis, il penserait que oui... Il entra dans la cabine élévatrice et appuya sur le bouton du parking. Il se faisait tard et il était une nouvelle fois hors de chez lui. Est-ce que ça arrivait souvent quand les Diamick étaient encore une vraie famille ? Il devait se l'avouer, qu'effectivement, il n'avait pas été beaucoup à la maison... Tout changera quand il aura récupéré ses enfants.

Il était bien conscient en montant dans sa voiture que c'était un vœu pieux. Le flic quitta le parking en faisant crisser les pneus de sa BMW sur le sol lisse. Il tourna à droite et prit la direction du 2, voie Mazas, dans le XIIe arrondissement de Paris.

*

— Et pourquoi traverser les rives du Styx te plaît-il autant ? poursuivit Justine.

— Je n'en sais rien. C'est surnaturel ! Pourquoi les chrétiens vont prier Dieu et veulent aller au paradis ? Parce que c'est dans leurs tripes, leurs âmes. Moi, c'est pareil...

— Dieu est le bien et le diable est le mal. C'est le fondement de notre monde. Les gens préfèrent aller au paradis.

— Il ne faut pas voir notre religion comme le mal. Pourquoi Satan serait-il le maléfique ? Parce qu'il a été désigné comme tel ? Non, Justine, c'est beaucoup plus complexe que ça... (Sonia but une gorgée d'eau pétillante.) Satan est l'incarnation d'une conscience supérieure, libérée du joug de la morale et de la religion. Il nous permet de vivre pleinement nos envies et nos fantasmes sans avoir peur du regard des autres...

— Alors pourquoi est-il décrit comme un être déviant depuis la nuit des temps ?

Sonia avait tellement expliqué et défendu les prémices de sa religion qu'elle ne s'offusqua pas des questions de Justine. Elle se lança dans une histoire qu'elle avait racontée des dizaines, voire des centaines de fois :

— Il faut remonter aux alentours de 1647, quand une vingtaine de personnes, initiées par l'abbé Guibourg, voulurent donner naissance à une religion qui deviendrait une antithèse de Dieu et de Jésus-Christ.

— Un abbé ?

— Oui. C'est l'un des hommes les plus respectés dans notre milieu. Il a été le sujet de mon deuxième livre. C'est l'un des premiers satanistes modernes. Il a commencé à faire des messes noires complètement nu dans des églises dont les murs étaient drapés de noir. Il est devenu, petit à petit, pour un certain nombre d'adeptes, le prêtre défroqué. (Justine sourit.) Je ne plaisante pas. Cet homme est le pilier de notre mouvement, de notre religion. La nudité lui permettait d'entrer en communion avec Lucifer. À chaque nouvelle messe, l'abbé trouvait des idées originales pour attirer de nouveaux adeptes. Au fil des semaines, les églises se retrouvaient emplies de satanistes, comme on s'est mis à les appeler. L'abbé, désormais, faisait ses messes devant une femme couchée sur l'autel, complètement nue elle aussi. Il remplaça le mot Dieu par Satan et le mot Bien par Mal. Puis, comme toujours, ça a dégénéré. D'autres fidèles ont voulu, eux aussi, organiser des messes en ajoutant leur touche personnelle.

— Lesquelles ? demanda Justine, curieuse.

— Des pratiques sexuelles douteuses, des sacrifices d'enfants ou de vierges, dont le sang était versé dans des calices d'or et que les disciples buvaient goulûment. Ils voulaient faire une offrande aux démons Asmodée et Astaroth, tous deux réputés pour faire apparaître le diable… Mais seulement si on les supplie et qu'on leur offre un enfant.

— Oh, nom de Dieu ! s'écria Justine. Et l'abbé Guibourg ? Il est devenu quoi ? demanda-t-elle pour penser à autre chose.

— Il a été arrêté en 1660 pour célébration de messes noires et suspecté d'être à la tête d'un complot pour empoisonner Colbert. Il avouera tout après un interrogatoire musclé. Il a déclaré qu'il utilisait le poison *Avium rifus* depuis des années dans le sang qu'il faisait boire à certains de ses adeptes. Un venin qui faisait mourir de rire les victimes. Une hilarité satanique. Il est mort en prison en 1686. Il avait 76 ans…

— Celui que vous surnommez le Diable aujourd'hui, celui de chair et de sang, c'est un peu son héritier, non ? Tu penses qu'il peut avoir un lien avec mon affaire ? demanda-t-elle pour aller droit au but.

— N'allons pas trop vite. Le Diable… c'est une autre histoire. Tu veux un dessert ? lui proposa Sonia pour éluder la question.

Justine fit oui de la tête. L'auteure leva le bras pour solliciter le garçon. Après avoir vidé son cocktail d'une traite, Sonia prit appui sur la table pour se rapprocher au plus près de la policière qui la fixait de ses yeux ronds.

— Tu sais que j'ai très envie de t'embrasser ? lui murmura-t-elle dans un souffle aux saveurs d'orange amère.

*

Stanislas sortit de la voiture en attrapant ses deux sacs posés sur le siège passager. Il traversa la rue et s'engouffra dans le hall froid et sombre. Comme il le faisait depuis plusieurs soirs, il descendit les escaliers pour se rendre au sous-sol. Il pénétra dans le bureau de Maximilien sans frapper.

— Je t'ai apporté le dîner, annonça-il, tout sourire, en posant ses cabas en papier recyclable sur le bureau. McDonald's, cela te va ?

Maximilien fixa Stanislas avec des étoiles dans les yeux.

— Carrément. Mais toi, tu veux me faire divorcer avant mon mariage ?

— Ce n'est pas quelques nuggets ou un double cheese qui vont te faire grossir. Regarde. (Stanislas se tapa le bide.) J'ai toujours un ventre plat.

— Tu as un bon métabolisme, répondit Maximilien. Le mien, il est tout pourri, même avec un concombre, je prends deux kilos, dit-il en trempant un beignet de poulet dans la sauce barbecue.

— Prenons le temps du dîner pour parler un peu de notre affaire, tu veux bien ?

— J'allais t'envoyer mon rapport sur la Tchèque. J'ai accompagné Otto Novak pour la reconnaissance du corps. Et comme tu le prévoyais, c'était bien sa femme. Il était dans un sale état. Ça m'a fait mal au cœur. Tu verras dans le rapport, c'est le même mode opératoire. Du flunitrazépam dans le sang et toujours pas de traces d'ADN. (Maximilien grimaça.) Et elle a été étouffée avec un sac plastique. En même temps, il n'y a pas de source d'eau aux alentours du monument où on l'a trouvée.

— Et les scarifications ?

— Rien à voir avec celles de la Danoise. Il a pris tout son temps cette fois-ci. Les entailles sont, si je peux me permettre, une œuvre d'art.

Maximilien tourna le moniteur vers le policier et joua de la souris pour afficher quelques photos. Stanislas s'avança pour mieux observer.

— Et toujours les mêmes symboles. L'équerre, le pentagramme, la pyramide et les petits signes dans le bas du dos, nota le flic. C'est de l'alphabet maçonnique. On va pouvoir ajouter une lettre à notre rébus.

— Les maçons ont un rapport avec les meurtres ?

— Je n'en sais rien. Peut-être. Ou pas. Pour le moment, nous avons quatre lettres qui ne veulent rien dire. M – A – R –T.

— C'est incroyable cette histoire, siffla Maximilien. En parlant d'incroyable, tu vois la pyramide ? Elle est bien faite, non ? demanda-t-il en désignant de son doigt l'écran de l'ordinateur.

Stanislas fit oui de la tête en cherchant son deuxième hamburger dans le sac.

— Eh ben, j'ai poussé un peu mes recherches. Je ne sais pas ce qui m'est passé par la tête, mais j'ai mesuré les angles… Et tu sais quoi ?

— Non. Mais je suppose que tu vas me le dire.

— Les trois angles font six degrés chacun, annonça avec un sourire le légiste.

— 6 6 6 ? demanda Stanislas sans trop y croire.

— Exactement. Ça ne peut qu'être volontaire.

Le coupable avait décidément un grain, ne put s'empêcher de penser Stanislas.

— J'ai un peu bossé sur ce chiffre, reprit le légiste. (Stanislas leva les yeux au ciel. Focalisé sur les signes maçonniques, ils n'avaient pas pensé à se pencher sur le chiffre de la bête.) Dans l'Apocalypse de saint Jean, continua Maximilien, il met en lumière le nombre 666 en expliquant que c'est le nombre d'hommes qui vénèrent Satan. Jean raconte « que celui qui a l'intelligence, calcule le nombre de la bête. Car c'est un nombre d'hommes et son nombre est six cent soixante-six ». Cet extrait se trouve au XVIIIe verset.

— Et donc ?

— 18 = 3 × 6.

— On peut faire dire n'importe quoi avec les chiffres, répondit Stan, pas du tout convaincu.

— Mmmm. (Le médecin passa à autre chose.) Tu connais le carré magique ?

— Non, répondit Stan en levant à nouveau les yeux au ciel.

Maximilien prit un stylo et une feuille de papier, et commença à dessiner tout en expliquant ce qu'il faisait.

— C'est un carré qui est composé de 36 cases. Avec 6 cases horizontales et 6 verticales. Et si tu additionnes les six chiffres qui sont situés sur la même ligne, le résultat sera de 111, toujours. Tu peux vérifier, dit-il en donnant le papier à Stanislas.

6	32	3	34	35	1
7	11	27	28	8	30
19	14	16	15	23	24
18	20	22	21	17	13
25	29	10	9	26	12
36	5	33	4	2	31

— Effectivement, confirma le lieutenant après trois minutes de calculs. Et donc ?

— Additionne tous les chiffres du tableau, sourit Maximilien.

— Ça fait 666, lâcha Stanislas Diamick quelques instants plus tard. Ça veut dire quoi ?

Maximilien éclata de rire.

— Je ne sais pas. Mais c'est troublant que le chiffre de la bête puisse être trouvé comme ça, un peu partout, non ? Et tu sais où trouver aussi le résultat 666 ? (Stan secoua la tête.) En additionnant les chiffres romains.

— Qu'est-ce que tu racontes encore ?

Maximilien nota sur une feuille les six chiffres romains et la montra au flic.

— I V X L C D, lut Stanislas, et alors ?

— Tu connais les valeurs de chaque lettre ?

— 1-5-10-50-100-500, j'ai juste ? (Le légiste fit oui de la tête en lui demandant de les additionner.) Encore 666.

— Exact. Au temps où l'Apocalypse fut écrite, on pensait que l'Antéchrist devait être l'un des empereurs romains car l'addition de six des sept chiffres romains donnait 666. Peut-être que le tueur est un mathématicien ? proposa Maximilien.

— J'en sais foutre rien. On accumule des éléments, mais ça ne nous mène nulle part. Tu entends ? On n'a strictement rien, même pas un poil de cul… À part, peut-être, un voleur de bagnoles. Et je ne suis pas sûr qu'on aille très loin avec cette piste.

— Le diable est dans les détails. Et je te fais confiance pour les trouver.

— J'espère que tu as raison… Il tient une autre femme.

— …

— Et on attend comme des cons de retrouver le corps parce qu'on est dans le flou le plus total.

Les deux hommes restèrent à se regarder sans oser briser ce silence qui leur faisait du bien.

*

Justine ne savait plus où se mettre. Sonia venait de l'embrasser, un court baiser furtif, en plein milieu d'un restaurant. La flic avait l'impression que toute la salle les regardait, alors qu'en fait personne n'avait fait attention à elles et, surtout, tout le monde s'en foutait. Justine lui dit doucement qu'elle était folle, ce à quoi Sonia répondit :

— C'est vrai… je suis folle de toi.

Justine rougit encore et encore, tout en se répétant mentalement de rester concentrée. Elle avala son verre d'eau cul sec.

— Depuis l'abbé, vous avez eu d'autres guides, j'imagine… non ?

— Effectivement. On en a eu quelques-uns. Mais le plus important est celui qui a fait du satanisme une religion moderne avec une colonne vertébrale solide et des préceptes bien définis.

— Qui est-il ?

— Était. Il est mort en 1997. Je n'ai pas eu la chance de le rencontrer. C'est ma plus grande faille. Il s'appelait Anton Szandor LaVey. Il est né à Chicago et fut le premier fils de Satan de notre ère moderne.

— Qu'a-t-il fait ? demanda Justine d'une voix blanche et sans émotion.

— Tout. Il a tout fait pour que notre culte soit le plus beau. Il a donné naissance à la doctrine satanique qui persiste encore. Une conception moderne et novatrice du culte de Lucifer. (Elle récita :) « La loi des plus forts : C'est notre loi et la loi du monde. Tout homme et toute femme est une étoile. Il n'y a pas d'autre Dieu que l'homme. L'homme a le droit de vivre selon sa propre Loi. De vivre comme il veut, de travailler comme il veut, de jouer comme il veut, de se reposer comme il veut, de mourir quand et comme il veut. L'homme a le droit de tuer ceux qui pourraient frustrer ces droits. L'amour est la Loi. Aime avec désir. »

— Mais c'est horrible comme doctrine, ne put s'empêcher de dire Justine.

— C'est vrai, t'es flic. L'ordre et la loi, c'est ça qui t'excite.

— Oui, je suis flic. Et je ne peux pas permettre à qui que ce soit d'avoir la possibilité de tuer ceux qui pourraient frustrer les droits sataniques. (Justine expira pour retrouver son calme.) Tu es au courant que je recherche un tueur ? Tu sais qu'il scarifie des femmes avec des pentagrammes et des 666 ? Et je vais être franche avec toi. Je commence à être convaincue qu'il appartient à ta putain de secte et qu'il a un rôle très important dans votre hiérarchie. Alors, je vais te le demander une dernière fois. Qui est le mec qui se fait appeler le Diable ?

— Et pourquoi tout de suite un mec ? la surprit Sonia. Mais c'est un autre sujet. Je ne peux rien te dire. Il viendra à toi s'il le souhaite. On ne force pas le Diable.

— Cela fait trois jours que tu me balades, Sonia. Même si tu me plais, même si j'aime passer du temps avec toi, je n'ai pas le temps pour ça. Si tu veux me revoir, tu sais ce qu'il te reste à faire.

Elle prit son sac et sortit du restaurant sans un regard vers Sonia qui, restée à sa place, souriait avec une réelle délectation.

41

— D'habitude, quand tu viens à l'improviste, tu rapportes le dîner. Tout se perd et ce n'est pas très cool, plaisanta Khalid en voyant entrer Justine dans sa chambre d'hôpital.

Paola toisa la jeune femme de haut en bas.

— C'est la nouvelle ? demanda-t-elle à son mari.

— Oui ! Elle est coriace et très douée, se justifia Khalid.

— Et très mignonne surtout. Stanislas ne m'avait pas menti, souffla-t-elle en prenant son sac. Bon. J'y vais. Et il est hors de question, lui dit-elle en levant bien haut son doigt, que tu ressortes faire la grande vadrouille avec ton copain. Tu as entendu l'infirmière ? Tu as besoin de repos. (Paola apposa un baiser sur le front de son mari.) Je t'aime, mon chéri, mais j'ai quand même l'impression d'avoir un adolescent à surveiller. (Elle regarda Justine.) Je vous souhaite une bonne soirée et, s'il vous plaît... ne le laissez pas s'endormir trop tard. Après, il est ronchon et c'est moi qui ramasse les pots cassés.

Paola sortit en faisant un signe d'au revoir de la main.

— Elle est gentille ta femme.

— Elle est aussi adorable que protectrice… tu vois le genre. Qu'est-ce que tu viens faire ici ?

Quand elle avait quitté Sonia au restaurant, Justine était sacrément secouée. Son scooter lui manquait. Sonia lui manquait. Et ses deux collègues lui manquaient aussi. Elle était donc venue ici directement.

— J'attends le dépanneur pour mon scooter, mentit-elle.

— Ah… Ça tombe bien que tu sois là, dit-il en prenant son cahier. J'ai fait les recherches que tu m'avais demandées. Et le plan Épervier, c'en est où ?

— J'ai fait un point avec les agents de terrain avant d'arriver. Ils ont arrêté et contrôlé une trentaine de Mercedes correspondant au modèle du suspect, mais rien de bien concluant. On n'a toujours aucune trace de l'archéologue…

— Merde… Comment ça se fait qu'on n'a rien sur ce tueur ? Même pas la moindre minime de chez minime trace ADN ! Aucune empreinte. RIEN. Il est fort quand même cette ordure.

Justine grimaça.

— J'ai l'impression qu'il prend toutes ses précautions et qu'il sait parfaitement comment on fonctionne. Je suppose aussi qu'il doit suivre un plan méticuleusement élaboré. Il ne laisse rien au hasard. Il sait ce qu'il fait et surtout, il sait où il va.

— C'est sûrement pour ça qu'il a deux coups d'avance sur nous. (Khalid se massa la jambe.) Je suis sûr que Stan va trouver… Pour ça, je lui fais une confiance aveugle. Il a l'air un peu bourru et pas très concentré, mais je le connais depuis longtemps. Je sais qu'il n'arrête pas d'y penser et qu'un jour il aura un flash.

C'est un grand flic et je te parie qu'il lui mettra les menottes.

— C'est aussi ce que je pense.

Ils se sourirent pendant une fraction de seconde.

— Revenons à tes moutons ! Tu m'as demandé de chercher des trucs croustillants sur l'église Saint-Merry que tu as appelée « la maison du diable », c'est bien cela ?

— Tu as trouvé des choses intéressantes ? l'encouragea-t-elle en s'approchant du lit.

— Plein. Déjà, j'ai trouvé que l'église avait le même plan que la cathédrale Notre-Dame. Bien sûr, sans les dimensions gigantesques, mais son côté gothique est très intéressant. Mais bon, ce n'est pas le sujet. L'église est, au XIVe siècle, un haut lieu de la prostitution et le quartier qui l'entoure est un vrai coupe-gorge. Plus tard, durant la Révolution, le bâtiment est réquisitionné pour devenir une fabrique de nitrate de potassium.

— C'est quoi ce truc ?

— Du salpêtre. Du sel de mur… si tu traduis littéralement du latin, lui apprit Khalid.

— Et ?

— Et donc, quand tu grattes le mur pour le récolter, il y a une forte odeur d'ammoniaque. À cette époque, une émanation de soufre parfumait entièrement l'église.

— Oh je vois… La maison du diable est faite de feu et de soufre.

— C'est exactement ça. Tout a commencé comme cela. Avec une odeur qui embaumait le quartier et qui, pour les habitants, venait obligatoirement de l'enfer. C'est le début de toutes les rumeurs et de tous les mystères. Chaque fois qu'il se passait un événement bizarre dans le quartier, c'était à cause de la maison du diable. Et avec le temps, cette église est devenue « maudite » dans l'esprit des gens.

— Tu sais aussi pourquoi il y a un démon sur la façade ?

Khalid acquiesça en souriant.

— L'église ne se trouve pas loin du quartier des alchimistes. Ces occultistes ont pris d'assaut ce lieu de culte pour leurs cérémonies et leurs réunions secrètes. Ils ont lancé quelques travaux pour changer la façade et les vitraux. Ils voulaient, grâce à ce diable sculpté et à la porte couleur sang, éloigner les regards indiscrets. Plus tard, ils ont rajouté un pentagramme sur l'un des vitraux. Avec le temps et à cause de ces changements, Saint-Merry devint la maison du diable pour tous les Parisiens qui, pour la majorité, évitent ce quartier, car ils ont peur de se faire attraper par le démon qui y habite.

— Et une idée de pourquoi le curé accepte ce genre de messe noire dans son église ?

— Aucune... Mais cela fait des années qu'il permet ce genre de cérémonie. Peut-être est-il payé ?

— J'ai faim ! T'as rien à manger ? demanda Stanislas en entrant dans la chambre sans frapper. Tiens ! T'es là toi ? dit-il en regardant Justine. Ton dîner est déjà terminé ?

— Oui. Je vais pouvoir vous faire mon rapport. Mais ne vous emballez pas. Je n'ai rien de concluant. Et j'ai l'impression qu'on a fait fausse route.

— Ce sont des choses qui arrivent, on va se concentrer sur les monuments et les propriétaires de berlines Mercedes. Je vais commander rapidement parce qu'il est déjà tard, annonça Stanislas en sortant son téléphone de sa poche.

— Je suis content que tu sois là. Je pense avoir compris comment le tueur choisissait ses victimes, dit Khalid d'un air grave.

42

Natalia Blajgnov luttait pour tenir le coup. Il était minuit passé de treize minutes et cela faisait trois heures qu'elle dansait non-stop sur la scène de l'Opéra Bastille. Elle n'en pouvait plus. En face d'elle, assis dans la salle, Al Talyrne orchestrait, d'une main de maître, la mise en scène. Leur première de *La Bayadère* était programmée pour dans deux semaines et la tension montait graduellement. Le chorégraphe tapa dans ses mains et annonça la pause repas qui ne devait pas dépasser quarante-cinq minutes. Natalia courut vers Juan Polto, l'homme de sa vie, qui faisait des étirements dans les coulisses. Elle se jeta dans ses bras. Elle n'en pouvait plus. Elle voulait prendre un bon bain chaud et dormir une semaine entière. Son fiancé la réconforta en la serrant le plus fort possible. L'éclairage de la scène baissa d'intensité progressivement. Les amoureux restèrent cachés derrière les pendrillons qui entouraient les côtés du plateau de danse. Juan susurra des mots d'amour à Natalia. Elle sourit et l'embrassa. Son fiancé lui proposa de la retrouver dans les loges costumes, juste pour se reposer quelques minutes.

Natalia, après une courte réflexion, accepta. Elle se faufila dans les coulisses, escortée par le regard amoureux de Juan.

*

— Est-ce que c'est une théorie foireuse comme tu peux en avoir souvent ? Comme l'axe de Paris, par exemple, dit-il mi-figue, mi-raisin. Ou tu penses vraiment que, cette fois-ci, tu tiens quelque chose ? demanda Stanislas en grimaçant.

— Quand t'as faim, mon pote, t'es vraiment désagréable, râla Khalid. Si je te dis que j'ai un truc, c'est que j'ai un truc.

— N'y a pas que moi qui suis désagréable quand mon estomac est vide. Mais t'inquiète, le livreur est en route. Vas-y, épate-moi.

— Buren est français et a beaucoup exposé à Marseille. Johan Otto est un architecte danois et a supervisé les travaux de l'Arche de la Défense. Le monument des Droits de l'homme a été créé par Ivan Theimer, né en Tchécoslovaquie.

— Oh putain ! lâchèrent Justine et Stanislas conjointement.

— Et le Louvre ? ajouta la policière.

— Là, ça m'emmerde un peu. Parce que Ieoh Ming Pei n'est pas japonais mais chinois…

— Tu crois que le tueur est assez con pour s'être trompé ?

— C'est possible, grimaça Khalid. Mais je ne peux pas le confirmer.

— Tu peux chercher si un architecte uruguayen a réalisé un monument à Paris, et si oui, lequel ?

— Oh mais bien sûr ! Que je suis con, pourquoi je n'y avais pas pensé ? s'agita Khalid en attrapant son ordinateur. L'Uruguayen Carlos Ott a supervisé la construction de… (Justine et Stanislas se trouvaient suspendus aux lèvres de Khalid) l'Opéra Bastille.

— Justine, on y va ! Khalid, téléphone à Pierre Rachaud. On va le choper ! Et garde notre dîner au chaud !

— Non, mais je viens avec vous…

— J'ai eu un message de Paola, je tiens à la vie, moi !!!! cria Stanislas qui sortit de la chambre en courant, Justine sur les talons.

Une fois dans la BMW, Stanislas fonça, toutes sirènes hurlantes. Les rues baignées dans l'obscurité faisaient ressembler Paris aux profondeurs de l'enfer.

*

Natalia descendit les escaliers qui donnaient accès aux loges. L'Opéra Bastille était un édifice moderne avec des accès multiples pour les pompiers, les décors et les livreurs. Le silence qui régnait dans les entrailles du bâtiment fit frissonner la danseuse. Elle connaissait ce labyrinthe de béton mais c'était la première fois qu'elle trouvait cet endroit lugubre et angoissant. Pourquoi ? Natalia n'en savait rien.

Au loin, la danseuse aperçut une ombre. Elle s'avança à pas de loup en plissant les yeux pour mieux voir.

Son cri strident de terreur se répercuta dans tous les recoins de l'Opéra Bastille.

43

La police scientifique prenait possession des lieux. Certains flics en tenue réconfortaient les artistes choqués, pendant que d'autres, à l'extérieur, installaient un périmètre de sécurité. Sur un des sièges de la salle, Natalia tremblait de tout son corps. Elle s'agrippait à l'épaisse couverture posée sur ses épaules. Justine se trouvait avec elle.

Stanislas et elle étaient arrivés onze minutes plus tôt et avaient entendu le cri qui avait résonné dans tout le quartier. Stan avait donné un coup de pied dans la porte vitrée pour entrer.

— Il ne faut pas perdre une minute, avait-il crié à Justine en s'engouffrant dans le bâtiment.

Puis les deux flics s'étaient retrouvés dans la salle de spectacle. Stanislas avait montré sa carte tricolore en demandant qui avait hurlé. Avant que quiconque ne puisse répondre, ils virent Natalia émerger côté jardin, en pleurs. Elle avait baragouiné qu'un homme avait déposé un corps dans les coulisses. Stanislas s'était précipité en hurlant à Justine d'appeler des renforts afin de boucler le périmètre.

Mais le tueur avait mis les voiles. En reconnaissant l'archéologue Augustina Rojas, le lieutenant Diamick s'était insulté intérieurement. Il était arrivé trop tard. *Il arrivait toujours trop tard*, avait-il pensé en s'asseyant sur les marches extérieures de l'Opéra pour attendre les secours.

Justine proposa un verre d'eau à la danseuse russe pour qu'elle reprenne ses esprits et raconte ce qu'elle avait vu. Après une gorgée et quelques reniflements, la danseuse raconta dans un français quasi parfait ce qui s'était passé.

— Je voulais me reposer. J'étais fatiguée. Parfois, on se réfugie avec d'autres danseurs dans les loges costumes en dessous de la scène pour pouvoir dormir un peu. On installe des couvertures, des habits et on se fait un lit de fortune. Pour y accéder, il faut soit descendre par les loges des artistes et faire le tour, soit prendre l'escalier qui se trouve derrière la scène et se faufiler entre le matériel informatique et les projecteurs. C'est ce que j'ai fait. J'aime bien être seule à cet endroit. C'est calme et j'en ai besoin pour ma concentration. La lumière est toujours allumée sauf cette nuit. Les couloirs étaient baignés dans les halos des sorties de secours… Ils éclairent assez bien. Je me suis avancée, et j'ai aperçu une ombre. Je me suis arrêtée, et j'ai vu un homme déposer un corps. J'ai crié. L'homme s'est retourné et m'a fixée quelques secondes, puis il s'est enfui.

— Et vous avez eu le temps de voir son visage ?

Natalia réfléchit.

— Quand il a posé le corps, il s'est relevé juste en dessous de la veilleuse. Je n'ai pas vraiment vu sa figure, mais j'ai vu son regard… et il m'a donné des frissons.

J'ai eu l'impression de dévisager le diable. Tout ce que je peux vous dire, c'est qu'il n'avait pas les yeux de la même couleur.

*

Oui ! Oui ! je sais… On m'a vu… Mais j'étais dans la pénombre. Avec ma casquette, mon col relevé et ma combinaison hermétique, je te jure que personne ne peut me reconnaître. Je suis comme un fantôme, je me déplace sans qu'on me voie, qu'on me remarque, cela fait des années que c'est comme cela. Oui ! Oui ! je sais… J'ai fait des erreurs, mais qui n'en ferait pas ? Je ne peux pas penser à tout ! Oui ! Oui ! Je devrais penser à tout… Ne m'en veux pas. Tout cela sera bientôt terminé et je te retrouverai. Il ne me reste qu'une chose à faire et après je pourrai dire adieu à cette enveloppe corporelle qui ne me convient pas… Je suis un être de particule légère. Oui ! Oui ! Je sais… La fin est proche. Je suis impatient de percevoir la connaissance et la vie éternelle. Je suis impatient de te rencontrer et d'être ton apprenti. C'est toi l'Homme providentiel que j'ai tant attendu. C'est pour toi que je fais tout ça, c'est pour toi que je taille ma peau comme un talisman céleste… Je vais te laisser, je suis fatigué. Oui ! Oui ! Je sais… le plus difficile reste à faire. Mais ne t'inquiète pas, je me suis préparé, je ne te décevrai pas. Je te suivrais jusqu'au-delà du ciel. Oui ! Oui ! Je sais… Je n'ai pas encore trouvé une nouvelle victime, mais je m'y attelle. Oui ! Oui ! Je sais…

44

Les entrailles de l'Opéra Bastille étaient envahies par les nombreux services de la préfecture de police comme des métastases sur un corps malade.

Les deux lieutenants de la police judicaire faisaient un débriefing avec Pierre Rachaud.

— Il semblerait que le tueur ait les yeux vairons. Nous avons un témoin.

— Donc, on peut ajouter au tableau qu'il assassine des femmes de la même origine que l'architecte du monument où il les dépose, et que la construction de ces mêmes monuments a été lancée par l'ancien président Mitterrand et, pour terminer, qu'il a les iris de différentes couleurs. Rien d'autre ? interrogea le patron de la PJ.

— On s'approche de lui.

— Il faudrait faire plus que s'en approcher.

— Puis-je me permettre de vous dire ce que je pense ? demanda Justine timidement.

Les deux hommes se tournèrent vers elle.

— Allez-y, l'autorisa Pierre.

— Le dernier monument du deuxième septennat de M. Mitterrand, c'est la Grande Bibliothèque. Il me semble que ce sera la dernière scène de crime.

— Nom de Dieu ! Mais bien sûr ! s'exclama Stanislas.

— Alertez toutes les équipes. Quelle est l'origine de l'architecte ?

Justine chercha sur son iPhone. Les deux flics attendirent le résultat avec impatience. La jeune femme leva la tête.

— Dominique Perrault est né en 1953 à Clermont-Ferrand.

— On ne va pas pouvoir mettre sous surveillance tous les Auvergnats de Paris ! fulmina Pierre. On va mettre en place des centaines d'hommes, que ce soit dans la rue, dans les sous-sols, n'importe où… Je vais en foutre partout, il est coincé, annonça Pierre Rachaud en sortant son téléphone. Au fait… (Il montra la salle de spectacle d'un geste de la main.) Y a un rapport entre les francs-maçons et l'Opéra ?

— Je vais demander à Khalid.

— OK ! Vous me tenez au courant. Et très bon travail, mademoiselle.

Pierre Rachaud s'éloigna tandis que Justine rougissait de plaisir.

— Je peux vous parler ? demanda Jérôme en s'approchant d'eux.

— Si tu as de bonnes nouvelles, oui, l'accueillit Stanislas.

— Tu vas être déçu. On n'a rien pour l'instant.

— Ça ne m'étonne pas. Le témoin a vu notre homme, il avait le même genre de combinaison que toi.

— Tu crois que c'est un flic ? demanda le scientifique à Stanislas.

— J'espère pas… Tu as vu un dessin en bas de ses reins ?

Jérôme fit défiler des photos sur son iPad et lui montra un L majuscule.

— Tu parles de ça ?

Stanislas fit oui de la tête tout en regardant l'alphabet maçonnique.

— M – A – R – T – E... Je ne comprends toujours pas. Sinon, à part n'avoir rien trouvé... Tu peux me dire quoi ?

— Rien de plus. La scène de crime est vierge. Comme d'habitude, nous avons retrouvé du sang, mais c'est sûrement celui de la victime. (La capote géante secoua la tête.) Aucune trace de salive, aucune trace de sueur. Ce mec est un génie imberbe...

— OK. Merci, dit Stanislas amèrement.

Les deux flics regardèrent Jérôme s'en aller.

— On fait quoi, maintenant ? s'inquiéta Justine.

— On attend... répondit-il en sortant de la salle de spectacle le dos voûté, la tête dans les épaules et le moral dans les chaussettes.

45

— Mais… Tu as vu l'heure ? Et comment as-tu obtenu mon numéro de téléphone ?

Bien sûr que Stanislas avait vu l'heure. Il était rentré directement chez lui après être parti de l'Opéra Bastille. Il avait envie de s'enfermer dans son appartement et sentir le parfum de ses enfants. Il s'était glissé dans leur chambre… vide. Seul, à genoux sur le tapis en forme de marelle, il s'était mis à pleurer.

Même si l'horloge affichait 2 h 58, il avait composé le numéro de Marie-Jeanne.

— En fait… Je ne pensais pas… Je ne pensais pas que tu allais décrocher, lui avoua difficilement Stan. Je voulais juste te laisser un message pour te dire que mes enfants me manquaient.

— T'es un grand malade.

Et elle raccrocha.

*

Stanislas entra dans le bar-restaurant de l'avenue Georges-Lafont, les yeux remplis de sommeil. Plus tôt dans la matinée, il avait appelé Justine pour lui demander de se rendre à la bibliothèque François-Mitterrand et de briefer le mieux possible les flics qui protégeaient le site. Ensuite, il avait pris la direction du XVIe arrondissement pour rencontrer le patron du Taxi jaune.

— Qu'est-ce que je vous sers ? demanda l'homme derrière son comptoir au moment où Stanislas pénétrait dans le bistrot.

— Un café, deux croissants, heu… non, trois croissants et une dizaine de minutes de votre temps.

Le patron du bar posa son torchon et effectua la commande en discutant comme il le faisait avec tous les clients.

— Il fait un temps de chien, vous ne trouvez pas ?

— Si, carrément. Vous êtes le patron ? accéléra Stanislas.

— Ouais ! Y en a qu'un ici. Romain Bartiga. Et vous ?

— Lieutenant Diamick, police judiciaire.

— Et il veut quoi, le condé ?

— Vous étiez présent quand Laurent Arfi s'est fait voler sa voiture ?

— Ah ! Parce que pour un vol de bagnole, on fait venir un flic de la judiciaire ? Vous n'avez pas autre chose à foutre ?

— Cinq meurtres, ça vous suffit pour justifier ma présence ?

Romain posa la tasse à café devant Stanislas.

— Je suis désolé. Je ne savais pas. (Le patron se radoucit.) Oui, j'étais là. Ça n'arrive jamais un vol de clé dans mon restau. Là, je ne sais pas ce qui s'est passé…

— Justement… Racontez-moi l'ambiance, demanda Stan en touillant son expresso.

— C'était un jour comme les autres. Les taxis déjeunaient. Ça rigolait, ça se mêlait de politique et comme d'habitude ça s'engueulait… Ça conversait aussi des courses, que ce soit de chevaux ou de taxis… Rien de bien neuf et rien de vraiment spécial.

— Paraît-il que Laurent a offert l'apéro ? Vous vous en souvenez ?

— Oui, très bien même ! Les chauffeurs de maître font des paris à la con toute l'année. Laurent Arfi avait décroché le pompon avec sa cliente hyper VIP, alors, comme d'habitude, il a fait son frimeur. Mais c'est tout. Rien qui ne vienne perturber notre routine quotidienne.

Stanislas croqua avec plaisir dans un croissant croustillant.

— Vous connaissez quelqu'un avec les yeux vairons ? tenta-t-il.

— Pardon ?

Stanislas posa son croissant et s'essuya le coin de la bouche avec une serviette en papier.

— Vous savez, un œil vert et un œil bleu, enfin, deux yeux avec des couleurs différentes.

— Ah oui ! Mais non. Enfin si… Enfin je ne sais pas.

Stanislas se raidit sur son tabouret de bar. D'un geste du menton, il encouragea le restaurateur à parler.

— J'ai mon plongeur qui a un œil poché. Si vous voyez ce que je veux dire. (Non, Stanislas ne voyait pas, et il voulait que le restaurateur soit plus précis dans ses explications.) Il a un œil blanc abîmé qui part en couille… Je crois qu'il ne voit pas très bien du côté gauche. Je ne sais pas trop ce qui lui est arrivé. Ce n'est pas vraiment vairon, mais ses yeux sont différents.

— Et votre plongeur ? Il est là maintenant ? dit-il en se levant calmement de son tabouret.

— Non… Maintenant que j'y pense, il s'est plaint d'un mal de ventre le jour où on a volé la bagnole et je lui ai donné sa journée. Je ne l'ai pas revu depuis…

— Comment il s'appelle votre gars à la plonge ? exigea Stanislas en sortant son carnet et son stylo. (Stanislas cessa d'écrire en entendant le nom de famille du plongeur, trop surpris.) Vous… vous pouvez recommencer… Lentement… vous… pouvez épeler… les lettres… Les lettres de son nom ? bégaya-t-il.

Romain Bartiga débita les six lettres lentement :

— M – A – R – T – E – L.

*

Justine s'essuyait les mains contre son jean. Elle les avait moites depuis qu'elle était arrivée à la Bibliothèque nationale de France. Elle se sentait nerveuse, car elle avait en face d'elle plusieurs hommes de son ancien commissariat qui la fixaient d'un regard narquois. Justine devait se reprendre si elle voulait passer outre les railleries et les plaisanteries vaseuses. Elle leva le menton et planta ses prunelles en direction des hommes et des femmes qui se tenaient en uniforme à quelques mètres d'elle.

— Ouvrez vos écoutilles et notez bien ce que je vais vous dire.

— Que t'as sucé le divisionnaire pour devenir lieutenante ? hurla une voix masculine au loin.

Justine serra la mâchoire pour ne pas s'énerver.

— T'avais qu'à sucer quand on te l'a proposé ! Maintenant qu'on a bien rigolé, je voudrais que vous m'écoutiez tous attentivement.

Justine relata tout ce que les forces de l'ordre devaient savoir de leur mission. C'est-à-dire, faire un barrage autour de la bibliothèque, contrôler les identités de TOUT LE MONDE, passer au fichier les gens qui sembleraient suspects. ARRÊTER toutes les personnes qui ont des yeux de différentes couleurs. Se concentrer sur les jeunes de 25 à 35 ans, fouiller les Mercedes noires de Classe S et, si on a un doute, TOUTES les voitures de luxe.

Elle fut interrompue par un texto. Elle y jeta un rapide regard pour ne pas perdre le fil de sa pensée. Justine ouvrit la bouche sans rien dire. Elle leva la tête, scruta tous les policiers en face d'elle et cria :

— J'ai peut-être l'identité de la personne que nous recherchons ! Je veux que vous arrêtiez aujourd'hui tous les individus qui se prénomment Frédéric Martel, après on fera le tri… C'est bien compris ?

— Oui ! braillèrent quelques flics.

Justine dispersa les équipes des forces de l'ordre et, avant qu'elle ne puisse répondre à Stanislas, elle reçut un nouveau texto.

« Rendez-vous ce soir avec qui tu sais ! Partante ou pas ? »

Elle trembla en lisant le message de Sonia. Que devait-elle répondre ? Et si le Diable s'appelait Frédéric Martel ? Dans un frisson, elle répondit :

« OUI. »

46

— Non, mais tu te rends compte ? Cet enculé a sciemment tatoué son nom sur le dos de ses victimes ! Il faut absolument lui mettre la main dessus.

Cela faisait dix minutes que Stanislas tournait comme un fauve en cage autour du lit d'hôpital de Khalid en vociférant toujours les mêmes choses.

— Stan, tu es en boucle. Et tu me donnes le tournis. Et puis, tu te jettes tête baissée sur cette proie sans savoir si c'est vraiment notre suspect.

— C'est trop gros, ça ne peut être que lui.

— Tes preuves ?

— En plus de son nom sur les corps ? Tu as vraiment besoin de plus ? Bien : son œil, son âge, les clés de la Mercedes, qui a servi au crime, volées sur son lieu de travail…

— C'est accablant, je te l'accorde. Mais n'est-ce pas trop gros justement ?

— Qu'est-ce que tu veux dire ? demanda Stanislas en se figeant sur place.

— Le mec, s'il écrit son nom sur les victimes, c'est qu'il veut qu'on sache qui il est… Et comme depuis le début, on n'a aucune piste, c'est bizarre quand même, non ?

— Il arrive au bout de son œuvre, alors il veut qu'on le chope, c'est aussi simple que ça, trancha Stanislas en s'écroulant dans le fauteuil au coin de la chambre. (Il se massa les tempes un court instant avant de continuer de parler.) Le patron du Taxi jaune ne connaissait ni son adresse ni son téléphone. Comment tu peux embaucher un mec comme ça, juste parce qu'il te semblait paumé ?

— Parce qu'il a sans doute le cœur sur la main…

— Mon cul. C'est surtout qu'il voulait le payer au lance-pierre et ne pas s'acquitter de toutes ses charges. J'ai demandé aux pontes de l'informatique de nous rechercher un Frédéric Martel d'une petite trentaine d'années. Et toi ? demanda-t-il à Khalid. Tu as trouvé des trucs sur l'Opéra Bastille ? Au point où l'on est, j'ai besoin d'occuper mon esprit en attendant des résultats.

— C'est encore Mitterrand qui est à l'initiative de cette construction, et sa forme en escargot ou en spirale représente l'évolution d'une énergie. Elle symbolise aussi le recommencement.

— C'est ma vie. Coincé dans une spirale infernale. (Il soupira.) Je suis fatigué. Je n'ai qu'une envie : qu'on chope ce psychopathe et que je puisse dormir pendant une semaine.

Khalid se pinça les lèvres en s'agitant sur son lit.

— Je vais te dire un truc qui ne va sûrement pas te faire plaisir.

— Au point où j'en suis… Vas-y.

— Je crois qu'on fait erreur sur la BNF, lâcha Khalid.

— Pourquoi ?

— Rien ne concorde. La bibliothèque n'est pas sur l'axe de Paris, bon, ce n'est pas une preuve, je te l'accorde, mais surtout, et pour une fois, elle n'a rien de maçonnique.

— C'est tout ?

— Quand même. Il n'y a aucun point commun avec les scènes de crime précédentes.

— Mettons que tu aies raison, où va-t-il se pointer ?

Khalid secoua la tête.

— Je ne sais pas.

Stanislas se mit à rire nerveusement.

— Super ! Alors, tu proposes quoi ?

Il fut interrompu par la sonnerie de son portable.

— Oui ?... Putain, t'en es certain ?... OK. Merci, Julius, t'es un génie ! Envoie-moi l'adresse complète par texto. (Il raccrocha.) Ils ont trouvé notre gars. (Il regarda le texto qu'il venait de recevoir.) Bazemont, un trou paumé au fin fond du 78. (Stanislas attrapa son blouson.) Je te tiens au courant dès que...

— Je viens avec toi. Comme au bon vieux temps.

— Le bon vieux temps, c'était il y a quelques jours, s'esclaffa Stanislas de bon cœur. OK. J'accepte, même si je vais encore me faire engueuler par ta femme.

*

Cela faisait plus de cinq minutes que l'homme se tapait la tête contre le mur de son 20 mètres carrés. Il vivait depuis des années dans cette chambre de bonne, sous les combles, dans un immeuble du XVIe arrondissement. Son père la lui avait offerte à ses 18 ans pour qu'il n'ait jamais de problèmes de logement. L'homme aimait se faire mal, ça l'aidait à réfléchir. Et en ce moment, il en avait besoin. Il allait finir sa mission dans quelques heures et après il retrouverait son maître dans la voûte céleste. Il avait hâte d'y être, mais avant, il devait trouver sa prochaine victime. Il n'avait pas encore trouvé et il n'avait plus l'avantage des courses de taxis. Quelle merde, pensa-t-il en se tapant la tête une nouvelle fois sur la cloison... Mais surtout ne pas désespérer, se répéta-t-il en se cognant la tête contre le mur. Après sa douche, il irait à la chasse, il fallait qu'il attrape la bonne nationalité, pas comme la première... Une Japonaise à la place d'une Chinoise, quel con, se remémora-t-il en se frappant la tête contre la porte de l'armoire. Il ne fallait pas qu'il panique et qu'il se précipite comme avec la Danoise. Il avait mal fait ses repérages et s'était retrouvé coincé dans un parking avec du passage. Il avait dû la badigeonner de Javel pour effacer ses traces. Il s'en voulait tellement... Maintenant, il devait se calmer et se concentrer. Il avait, par chance, encore un peu de temps devant lui. Même si les flics étaient, il en était certain, à ses trousses, il mènerait à bien sa dernière tâche. Il donna, une nouvelle fois, un énorme coup de tête dans le mur en plâtre qui se fissura sur plusieurs centimètres, puis partit se doucher en riant comme un possédé.

47

Que c'est joli la campagne française, jugea Khalid en regardant le paysage. Les deux hommes étaient partis de l'hôpital une grosse demi-heure auparavant. Stanislas avait dû signer une décharge et promettre de ramener le malade et la voiture médicale avant la nuit. Khalid avait grogné qu'il n'était pas en prison, qu'il était juste blessé, et qu'il se sentait vachement mieux depuis la veille. L'infirmière en chef avait haussé les épaules et les avait laissés sortir en les regardant avec des yeux réprobateurs. Stanislas avait noté l'adresse sur le GPS et s'était laissé guider par l'intelligence artificielle. Les deux hommes n'avaient aucune idée de ce qu'ils allaient trouver à Bazemont. Mais qui ne tente rien n'a rien.

— J'ai la dalle. Il est plus de 14 heures et je n'ai toujours pas bouffé.

— Moi non plus, je te signale. Et tu sais quoi ? J'ai pas l'impression qu'on va trouver un truc à becter dans ce patelin. C'est la rase campagne.

Stanislas enclencha son clignotant et tourna à droite sur la rue de Maule. Il s'arrêta au numéro 18, devant une grande maison en pierre. Il descendit de la voiture et sortit Khalid. Les deux hommes s'avancèrent vers un portail en fer forgé. Le nom sur la boîte aux lettres ne leur disait rien, mais Stanislas appuya quand même sur le bouton. Une femme sexagénaire en pleine forme apparut.

— Tu me laisses gérer, prévint Stanislas entre ses dents en voyant la maîtresse de maison s'avancer vers eux.

Stanislas sortit sa carte de police.

— Lieutenants Diamick et Harouche, dit-il en souriant.

— Faustine Montella, se présenta-t-elle. Que voulez-vous ?

— Juste vous poser quelques questions.

Ses lèvres se mirent à trembler.

— C'est mon fils ? demanda-t-elle, fataliste.

Les deux flics se regardèrent mais ne répondirent pas.

— Venez à l'intérieur, on sera plus à l'aise pour discuter, proposa Faustine en marchant vers la maison la tête courbée.

Stanislas la suivit en poussant Khalid sur l'allée gravillonnée. Une fois à l'intérieur, Faustine proposa un thé avec des biscuits. Les deux hommes acceptèrent sans réfléchir. Leurs ventres parlaient pour eux. Une fois assis, Stanislas lança la conversation.

— Pourquoi pensez-vous que nous venons pour votre fils ?

— C'est une évidence. J'étais certaine que ce jour arriverait. Je l'attends patiemment depuis des années. Mon fils est gravement malade. Il souffre de schizophrénie dysthymique. Il a disparu il y a plus de dix ans… Je savais qu'un jour il lui arriverait malheur.

Stanislas prit sa voix la plus douce possible.

— Qu'est-ce que la schizophrénie dysthymique ?

— C'est une forme périodique qui associe des éléments schizophréniques – dissociation de la personnalité, délire – à des éléments thymiques, maniaques, dépressifs et j'en passe, dit-elle les yeux dans le vague.

— Et comment s'appelle votre fils ?

— Frédéric Martel, répondit-elle dans un chuchotement à peine audible.

— Auriez-vous des photos ?

*

— Ferme ta gueule, ordonna l'homme à la jeune femme qui n'arrêtait pas de hurler à la mort dans ses oreilles.

— Que me voulez-vous ? gémissait-elle.

— Je vais t'emmener voir la voûte céleste. Je vais te montrer la vérité de l'autre côté du miroir.

L'homme avait trouvé sa nouvelle proie. Elle était belle, elle était jeune et, surtout, elle était égyptienne. Tout ce qu'il souhaitait. Il l'avait repérée devant l'ambassade d'Égypte au 56, rue de Iéna, dans XVIe arrondissement de Paris. L'homme l'avait suivie pendant sa pause déjeuner et lui avait sauté dessus dans la petite rue de Chaillot pour l'emporter dans la Kangoo qu'il avait volée quelques heures plus tôt.

— Tu t'appelles comment ? lui demanda-t-il.

— Inaya. Je suis juste une secrétaire, je ne sais rien. Laissez-moi partir et je ne dirai rien. Je ne porterai pas plainte, je vous le jure, pleura-t-elle.

L'homme s'était éloigné de la jeune femme pour fouiller dans le coffre de sa voiture. Le sous-sol désaffecté dans lequel il l'avait conduite était d'un calme apaisant. Personne ne venait ici depuis des années.

— Déshabille-toi !

Elle trembla.

— Déshabille-toi ! hurla une nouvelle fois l'homme de toutes ses forces.

Lentement, elle obéit. Il s'approcha alors avec son scalpel.

— Tu as de la chance. D'habitude, j'endors mes partenaires... Mais là, je vais te sanctifier sans t'anesthésier, dit-il avec un regard qui comportait une folie infinie. Tu verras... Tu vas aimer.

— Non ! Non... S'il vous plaît ! supplia-t-elle.

L'homme n'écoutait déjà plus, il était dans son monde. Il se pencha vers Inaya et commença à lui taillader la peau des cuisses. La jeune femme se débattit en hurlant. L'homme n'arrivait pas à dessiner comme il fallait, alors, d'un geste bref, il lui éclata la tête contre le sol en béton.

Il put enfin prendre son temps. Il s'appliqua à reproduire une pyramide, un œil, un pentagramme, un 666, des lignes horizontales sur tout l'abdomen, et il termina par écrire, en haut des reins de l'Égyptienne, un carré avec un point au milieu. Une fois terminé, il se leva pour contempler son œuvre. Il en était très fier.

L'homme prit dans ses bras le corps inerte de la jeune femme et le plaça dans le coffre de sa Kangoo. Son esprit vagabonda, comme toujours quand il ne prenait pas ses médicaments.

Voilà, nous y sommes. Je vais bientôt te retrouver. Je vais bientôt être à côté de toi. Je vais bientôt connaître la vérité. J'ai hâte. J'ai fait tout ce que tu me demandais. Je suis content. J'espère que tu l'es ! Mon corps va devenir une matière céleste, mon esprit rejoindra Heka. Je viens bientôt vers toi. Attends-moi… Ce soir, on sera réunis pour l'éternité. Nos esprits resteront unis jusqu'à la fin des temps. Comme tu le souhaitais.

48

— Le voici, dit Faustine en montrant quelques photos de son fils qu'elle avait sorties d'une vieille boîte à chaussures toute déformée.

Les souvenirs de son rejeton tenaient dans un carton de 21 centimètres sur 36… Toute une vie sur papier argentique, toute une vie refoulée dans un placard d'une chambre inoccupée depuis des années. *Nous ne sommes que passage*, se dit Stanislas en saisissant les vieux clichés. Il les scruta avec minutie.

— Est-ce que votre fils a un problème à un œil ?

— Vous savez, cela fait des années que je ne l'ai pas vu, mais effectivement… j'ai entendu dire qu'il avait eu un accident.

Khalid et Stanislas se regardèrent furtivement.

— Je ne vais pas y aller par quatre chemins, madame Montella. Nous recherchons activement votre fils. Auriez-vous la moindre idée de l'endroit où il se trouve ? demanda Khalid.

Faustine secoua la tête.

— Malheureusement, non. (Elle leva le regard vers Stanislas. Ses yeux étaient emplis de larmes.) Pourquoi le recherchez-vous ?

— Nous le suspectons de meurtre… lui annonça le lieutenant Diamick.

Faustine s'arrêta de respirer pendant une petite seconde.

— Vous parlez des crimes révélés à la télévision ?

Stanislas acquiesça. Faustine gémit.

— Je… Je ne suis pas surprise…

— Pourquoi dites-vous ça ? l'interrogea Khalid.

— C'est une longue histoire.

— Nous avons besoin de savoir.

Faustine prit une profonde respiration.

— Pour comprendre tout ce qui se passe en ce moment, il faut remonter à 1926. Quand Félix Martel, le grand-père de mon ex-mari, vivait à Jarnac, en Charente. Il était le voisin de François Mitterrand. Oui, le futur président. Vers l'âge de 10 ans, les deux hommes devinrent inséparables. Les deux hommes se passionnaient pour l'histoire, la littérature et l'Égypte. Ils avaient une seule envie à cette époque, découvrir de leurs propres yeux les immortelles pyramides. Félix s'intéressait aussi aux sociétés secrètes. Il passait son temps à fouiner chez les bouquinistes, recherchant de la documentation sur les francs-maçons, les Illuminati, les Templiers… ce genre de choses. C'était pour lui une vraie passion, que dis-je, c'était son Graal.

» En 1924, à ses 18 ans, Félix décida de réaliser son rêve : devenir franc-maçon. Malheureusement, il n'a pas réussi. Cela a été, pendant toute son existence, une marque rouge indélébile dans son cœur. Pour le réconforter, François Mitterrand lui proposa de créer leur propre société ésotérique basée sur l'humanité et les cultes égyptiens. Cette proposition était, pour Mitterrand, une idée en l'air, sans fondement, une idée qui ne tenait pas la route mais qui pouvait aider Félix à passer à autre chose… Seulement, son ami prit cette histoire très au sérieux. Il n'avait plus que ça en tête. C'était devenu sa marotte. En 1925, Félix resta à Jarnac tandis que François partait à Angoulême faire ses études à l'école privée Saint-Paul. L'amitié entre les deux hommes commença à se fendiller. Félix s'en foutait, il était concentré sur sa mission.

— Créer son organisation occulte ? demanda Khalid.

Faustine fit oui de la tête.

— Il a travaillé d'arrache-pied pour former la Fraternité Mondiale dont il rêvait tant.

— Fraternité Mondiale ? FM ? Comme François Mitterrand ?

— Bravo, lieutenant !

— Félix Martel, Frédéric Martel, continua à lister lentement Khalid.

Ils avaient résolu l'un des nombreux mystères de cette affaire.

*

La Kangoo restait bien tranquillement sur la voie de droite de l'autoroute A13. L'homme ne pouvait pas se faire arrêter maintenant. Il avait une dernière chose à faire avant le bouquet final. Il jeta un coup d'œil dans le rétroviseur. Inaya reposait dans son coffre sous une couverture. Il n'avait pas voulu la tuer, mais merde, elle n'avait pas arrêté de bouger, qu'aurait-il dû faire ? Il ne pouvait pas se permettre, pour l'achèvement de sa mission, d'offrir aux astres un brouillon. Non, il fallait des sillons à la limite de la perfection. L'homme prit la sortie A12 en direction de Dreux/Rambouillet/Saint-Quentin, dans le département des Yvelines. Son rythme cardiaque s'accéléra. Il allait enfin pouvoir mettre un point final à son projet.

49

— Excusez-moi, je suis peut-être un imbécile, mais je ne comprends pas ce que tout cela signifie. De quoi parlez-vous ? demanda Stanislas à Faustine.

— Le mystère des initiales pour pouvoir entrer dans la Fraternité Mondiale ? essaya Khalid.

— Presque, répondit Faustine. Au début, tout le monde était accepté, Félix devait se constituer une base de fidèles. Puis il imposa une règle stricte et non négociable. Il fallait choisir le prénom de ses enfants pour que leurs initiales fassent F.M. Beaucoup de gens ont changé leurs noms de famille pour entrer ou rester dans la confrérie.

— Faustine Montella…

— Effectivement. Filip Martel, mon ex-mari, m'a choisie parce que j'avais ces initiales.

— Je ne veux pas être désobligeant, mais quel est le rapport avec votre fils ? intervint le lieutenant Diamick.

— J'y viens. Félix s'est, tout naturellement, autoproclamé premier grand maître de la Fraternité Mondiale. Et tout aurait pu être parfait, si son ami François Mitterrand avait adhéré. Toutefois, le futur président a toujours refusé avec véhémence.

— Pourquoi ? demanda Khalid.

— Il savait que cela pouvait se retourner contre lui. Il avait déjà très envie d'entreprendre une carrière politique, et si on apprenait son appartenance à une secte…

— Qu'est-ce qui s'est passé ensuite ? relança Khalid.

— La confrérie de Félix a grandi. Quasiment tous les notables de Charente se rassemblaient une fois par mois pour des réunions. Ils parlaient de théologie, d'ésotérisme. Ils planchaient aussi sur l'avenir de la région. C'était plus un think tank qu'une société secrète. Les fidèles voulaient, en entrant dans la Fraternité Mondiale, trouver une vie plus apaisante et culturelle. Félix a passé sa vie à faire fonctionner son consortium. L'une des dernières fois où il a rencontré François Mitterrand, Félix lui a exposé ses envies, ses idées et les travaux qu'il aimerait mener à bien. Félix voulait rendre hommage aux pharaons, aux dieux égyptiens, à l'ésotérisme. Il voulait concevoir des monuments pour révéler au monde la beauté et l'importance des esprits des dieux égyptiens. Il voulait rendre la capitale française aussi belle que Louxor… Mitterrand a beaucoup aimé les idées de son ami. Mais il a une nouvelle fois refusé catégoriquement d'intégrer sa confrérie. C'est ce jour-là que Félix se mit à mépriser François au plus profond de son âme. Il s'est senti profondément trahi. Les chemins des deux copains se sont séparés définitivement.

— Je suppose que tout ne s'arrête pas là ? demanda Stanislas.

— Vous avez raison. Après, il y a eu la Seconde Guerre mondiale. Félix a été arrêté par les Allemands. Il faisait partie de la Résistance. Il a été sévèrement torturé.

— Il en est mort ?

— Non. Sa femme l'a retrouvé dans les bois. Il était dans un sale état. Il n'a rien dit à la Gestapo. Ni sur son réseau ni sur sa confrérie. Et de ça, il en était très fier. À la fin de la guerre, il devint papa d'un petit Fabien qu'il éduqua pour qu'il devienne le prochain grand maître de la fraternité. À partir de 1945, son réseau et les adeptes de sa confrérie se sont réduits comme peau de chagrin, mais il continua à la faire fonctionner. (Faustine but une gorgée de thé.) Le 10 mai 1981, Félix est mort dans son sommeil. Il avait 65 ans.

— Le jour de l'élection de François Mitterrand ? s'étonna Khalid.

— Eh oui. Et pour Fabien, le nouveau locataire du palais de l'Élysée était responsable de la mort de Félix Martel.

— Là, cela devient n'importe quoi ! se permit Stanislas.

— Je suis d'accord avec vous, c'est à partir de ce moment que tout est parti en cacahuète, grimaça Faustine en croquant dans un biscuit sec. Mais c'est maintenant que cela devient intéressant.

*

Justine passait en revue les hommes en faction. Elle était inquiète car elle ne parvenait pas à joindre Stanislas ou Khalid. Elle leur avait laissé plusieurs messages et toujours aucune réponse. Elle avait aussi téléphoné à l'hôpital où une infirmière lui avait appris que les deux hommes étaient partis en début d'après-midi. Il était déjà 17 h 30. Où étaient-ils ? Chez Chérif ? Non. Ils auraient laissé leurs téléphones allumés. En planque ? Possible, mais pourquoi ne pas l'avoir tenue au courant ? Au loin, elle aperçut Pierre Rachaud qui venait à sa rencontre.

— Ah, mademoiselle Liemans ! Je viens aux nouvelles. (Il tourna la tête de droite à gauche.) Où est Stan ?

— Je n'en sais rien. Je n'arrive pas à le joindre.

— C'est fâcheux. Il est sur une piste ?

Justine grimaça. Elle n'avait aucune info.

— On a fait quelques vérifications d'identité et d'immatriculations. Mais pour le moment, rien.

— Le ministre voudrait apporter des éléments aux journalistes avant 20 heures.

— Il est un peu tôt pour communiquer sur Frédéric Martel, monsieur. Pour le moment, rien ne prouve qu'il viendra ici ce soir ou que c'est vraiment lui que nous recherchons.

— Je n'ai pas réquisitionné tous les agents de police de la préfecture pour rentrer bredouille, Justine. Il me faut cet homme ce soir, coupable ou pas ! C'est bien compris ? dit-il en retournant vers sa voiture.

Justine n'eut pas le loisir de répondre.

Son portable vibra dans sa poche. Elle le sortit en espérant que cela soit un message de Stanislas.

« `Toujours OK pour cette nuit ? Si oui, j'ai hâte.` »

Sonia avait toujours le chic pour venir s'interférer dans son enquête, pensa la flic en lisant le SMS. Sans nouvelles de Stanislas, elle n'avait plus qu'à suivre sa propre voie. Le tueur était-il le Diable ? Elle le verrait tout de suite en le rencontrant ce soir.

Le stress montait. Et si Sonia cherchait à l'éloigner afin de laisser libre champ au Diable ? Et si, depuis le début, elle se faisait berner ? Elle n'avait plus le temps de se poser tant de questions.

« Ton heure sera la mienne ! »

50

L'homme fumait assis sur le capot de sa Kangoo en admirant le soleil qui se couchait sereinement. Pour lui, c'était un peu la cigarette du condamné. Il savait que tout allait s'arrêter ce soir. Qu'il ne pouvait plus revenir en arrière, qu'il avait procédé par étapes, des étapes bien établies par la voix dans sa tête, mais, surtout, par celui qui l'avait élevé. Il était l'Élu. C'était ce que son père lui avait toujours enseigné. Qu'il avait été choisi par l'architecte de l'Univers pour accomplir une mission. L'homme l'avait toujours cru, depuis le commencement de toute cette entreprise. Il se souvint de la réaction de sa mère. Il y avait eu des pleurs, des engueulades et des menaces. Mais il ne l'avait pas écoutée. Il avait suivi son père jusqu'au bout. Le jour de ses 16 ans. Il n'avait jamais revu sa maman, et il s'en foutait. Elle n'avait jamais été là pour lui. Alors que son papa avait tout fait pour qu'il puisse vivre comme étant le Messager des astres et de l'esprit suprême.

Je suis heureux d'être ici aujourd'hui. Le temps de partir avec toi est arrivé. Me parleras-tu aussi souvent quand nous serons réunis ? Lorsque nos esprits seront ensemble ? J'ai peur. J'ai peur de te décevoir. Toi qui as tant fait pour nous et pour l'humanité. Tu es avec moi depuis que je suis bébé. Tu me parles depuis que je suis un fœtus. Tu es né avec moi. J'aime entendre ta voix, j'aime recevoir tes idées, tes envies et souffrir de tes colères. Aujourd'hui, c'est le début d'une nouvelle dimension. Les étoiles changeront dans le ciel ce soir. J'en suis certain. Attends-moi... J'arrive... Râ est toujours là. Il patiente. Il m'a attendu tout ce temps. Ce n'est pas maintenant que je vais tout gâcher. Je viens... J'arrive... Attends-moi...

Je viens à travers la lumière céleste te rejoindre grâce à la barque solaire.

Tout avait été trop facile, se dit-il, empli de satisfaction. Il pensa à cette Asiatique complètement perdue, la première, qui s'était fait voler son téléphone et qui était à la recherche de ses parents. Il était arrivé au bon moment au volant de cette voiture de luxe. Il lui avait simplement dit que c'était son père qui lui avait demandé de venir la chercher. En quelques minutes, il s'était retrouvé dans un parking souterrain. Ensuite, il l'avait emmenée dans les tréfonds du Louvre jusqu'au local technique des bassins. Et à la vue de tous, il l'avait noyée rapidement. Ce soir-là, les astres étaient encore à ses côtés. Comme avec la Tchèque. Elle revenait de son footing et lui avait demandé de l'attendre le temps qu'elle se change pour la conduire boulevard Haussmann. Il n'avait rien eu à faire. La chance lui avait, une nouvelle fois, souri. Rien ne pouvait lui arriver, pensa-t-il en se levant du capot de la voiture. Il fallait faire vite. Le propriétaire du véhicule avait déjà dû porter plainte pour le vol de sa Kangoo. Même si les flics n'étaient bons à rien, il ne fallait pas tenter le diable et se faire arrêter avec une morte dans le coffre. Il se mit derrière le volant et commença à rouler à travers les chemins forestiers qu'il connaissait trop bien. Il avait passé tellement de temps dans cet endroit avec son père qu'il pouvait conduire les yeux fermés jusqu'à sa destination finale. Son rythme cardiaque s'accélérait à chaque mètre parcouru.

Enfin, il allait le rejoindre.

51

— Fabien, le père de mon mari, mit un point d'honneur à ce que François Mitterrand rende hommage à son ami d'enfance, continua de raconter Faustine. Il voulait aussi que le président reconnaisse la Fraternité Mondiale. Mais le chef d'État fit le mort. Il ne répondit jamais aux lettres et invectives de Fabien qui, entre-temps, continua de faire fonctionner sa confrérie en collaboration avec son fils Filip. Ce dernier fêtait ses 16 ans en 1981.

— Si on pouvait aller droit au but, madame Montella, supplia calmement Khalid.

— Patience est mère de vertu, répondit-elle simplement avant de reprendre. Les deux hommes se mirent en tête de se venger de l'ancien camarade de Félix. Mais ils n'avaient aucune marge de manœuvre.

— Mais se venger de quoi ?

— De sa défection. Fabien avait tout fait pour que le président revienne sur sa décision et qu'il intègre la Fraternité Mondiale. Il lui avait même envoyé un dossier sur ce qui pourrait être mis en place afin de sensibiliser les Français à la beauté de l'égyptologie et aux astres de l'Univers. Le président a pris quelques idées architecturales envoyées par Fabien : la pyramide du Louvre, les colonnes de Buren… Ce n'était pas une initiative de Mitterrand, mais de mon ex-mari et de son père. Ils se sont sentis floués, volés et surtout humiliés. Cela peut paraître fou, mais c'est la vérité. J'en ai pour preuve que Filip est devenu en 1987 le directeur général du patrimoine français au sein du ministère de la Culture. Tout le monde pense que la fonction a été créée en 2010, mais elle est plus ancienne. Mon mari travaillait déjà sur la conservation, la réparation, les vérifications et les expertises du patrimoine. Enfin bref. Tout cela pour vous dire que Fabien était furieux d'apprendre que son fils Filip avait accepté le poste, après tout ce que leur avait fait le président. Sa colère était si grande qu'il en est mort quelques mois plus tard d'un arrêt cardiaque en plein déjeuner.

— Votre ex-mari a donc rencontré Mitterrand ?

— Quelques fois, répondit Faustine en souriant. Et jamais ils n'ont parlé de Félix Martel. C'était un sujet tabou entre les deux hommes. C'est à cette époque que j'ai rencontré Filip. Nous nous sommes mariés en 1992. J'ai su assez vite qu'il vouait un culte indécent au président. Il ne parlait que de lui, le trouvait brillant… Il le prenait pour un être supérieur qui connaissait les secrets de l'Univers. Il était devenu, si l'on peut dire, fétichiste de Mitterrand. Quand j'ai accouché le 8 janvier 1996 de Frédéric, Filip y a vu un signe.

— Pourquoi ? demanda Stanislas.

— Parce que c'est la date de la mort de François Mitterrand, répondit Khalid qui commençait à assembler toutes les pièces du puzzle.

— Il est devenu fou, continua Faustine avec une petite voix serrée et remplie de tristesse. Au début, il pensait que notre fils avait volé l'âme de François Mitterrand et l'avait tué. Puis il s'est mis en tête une chose incroyable et inexplicable. Il était convaincu que François Mitterrand s'était réincarné dans le corps de notre fils. Il est devenu invivable. Il a voulu élever Frédéric dans le but de faire revenir le président. Filip lui a farci la tête dès son plus jeune âge. Mon fils a commencé à développer des troubles de la personnalité. Des troubles psychiques et psychiatriques. Nous avons divorcé en 2006. J'ai eu le droit de le voir pendant les vacances scolaires. Et un jour, il ne m'a plus donné de nouvelles. Mon ex-mari est mort en 2017 à 52 ans dans un accident de voiture. Il a laissé mon fils seul, démuni et complètement perturbé. Frédéric n'a jamais voulu me revoir. J'ai tout fait pour qu'il revienne vivre ici. Il n'a jamais accepté.

Faustine laissa planer un silence qu'aucun des deux flics n'osa briser immédiatement. Finalement, Stanislas se lança :

— Pourquoi ne pas avoir appelé la police quand vous avez eu les premiers doutes ?

— Parce que c'est mon fils. Et même s'il ne veut plus me voir, cela reste mon fils, la chair de ma chair. Jamais je ne lui tournerai le dos… répondit-elle en se levant.

Pour les deux hommes, c'était le signal que l'entrevue était terminée.

Stanislas ne pouvait rien dire. Qu'aurait-il fait s'il avait été à sa place ? Si son fils Charlie avait tué des femmes ? Il le protégerait, il en était sûr. Même si son métier était d'arrêter des assassins, l'amour pour ses enfants était plus fort que la loi, jugea Stanislas.

52

— Que puis-je pour vous ? demanda Fanny Montégu en remettant ses lunettes sur l'arête de son nez.

Stanislas posa les deux mains sur le bureau de la psychiatre.

— Parlez-nous de Frédéric Martel, dit-il, menaçant.

— Oui… C'est un ancien patient. Mais vous connaissez le secret professionnel ? Je ne peux rien vous dire, répondit-elle.

Les deux lieutenants étaient arrivés cinq minutes plus tôt après que Faustine Montella leur avait conseillé de parler à Fanny Montégu, la psychiatre qui s'était occupée de son fils.

Les deux hommes étaient certains que le casse-tête meurtrier allait être résolu rapidement. Ils avaient fait un bond de géant depuis vingt-quatre heures. Ils espéraient seulement que la psy pourrait les aider. Stanislas avait garé l'ambulance n'importe comment et avait poussé le fauteuil roulant dans lequel se trouvait Khalid vers le cabinet de la docteure Montégu situé dans une petite ruelle du XVIIe arrondissement. Sans frapper, ni sonner, les deux hommes avaient pénétré dans le bureau de la médecin comme deux flics en plein flag.

Khalid s'avança pour prendre les commandes de l'interrogatoire. Stanislas ne lui paraissait pas suffisamment calme pour la convaincre.

— Comme vous avez pu l'apercevoir, nous sommes un peu à cran en ce moment, docteure. Il faut nous comprendre. Vous avez sans doute vu les infos, et vous savez que nous avons un tueur qui officie en ce moment même dans les rues de Paris. Et tout nous laisse à penser que l'homme que nous recherchons serait Frédéric Martel. Nous ne demandons pas des éléments de son dossier, uniquement une adresse et des informations utiles.

— Je n'ai que l'adresse de son père. Mais, comme vous le savez, il est décédé et son appartement a été vendu depuis.

— Pas d'autres coordonnées ? Peut-être sauriez-vous où votre patient aimait aller, se réfugier ?

— Écoutez, dit-elle d'une voix lasse. J'ai soigné Frédéric quelques années. Quatre... De 11 à 15 ans, ou un peu plus, je ne m'en souviens pas très bien. Tout ce que je sais, c'est qu'après ces séances, il n'est plus jamais revenu.

— Pour quelle maladie l'avez-vous soigné ?

— Pour une psychopathie schizophrénique.

— Quels en sont les symptômes ? demanda Khalid qui voulait voir si cela corroborait ce que leur avait expliqué la mère de Frédéric.

— Cela commence par des mensonges répétés, par une incapacité à se former aux règles sociales et une impulsivité incontrôlée et incontrôlable. Fred avait les trois... plus d'autres.

— Lesquelles ? interrogea Stanislas en sortant son carnet de notes.

— Sa schizophrénie prenait le dessus sur sa psychopathie. Frédéric avait des hallucinations. Il pensait qu'une voix lui parlait dans sa tête. Il avait aussi quelques problèmes concernant la pensée et le langage.

— Avez-vous réussi à le canaliser ?

Fanny secoua la tête.

— Vous le connaissiez bien, Filip Martel ?

La psychiatre secoua les épaules.

— Non.

Khalid tapa du poing.

— Pourquoi nous mentez-vous ?

Stanislas leva le regard. Qu'est-ce que Khalid avait noté et que lui avait laissé passer ?

— Pardon ? dit-elle, un peu déstabilisée.

— Vous vous appelez Fanny Montégu.

Ah, pensa Stanislas. *Khalid était un génie.*

— Et ? rétorqua la médecin dont les iris s'étaient refermés aussi vite qu'un piège sur un animal sauvage.

— Faites-vous partie de la Fraternié Mondiale ?

Le visage de Fanny devint blanc en un instant. Elle se leva, chancelante, et demanda aux deux hommes de quitter son cabinet. Khalid recula.

— Nous partons. Mais ne vous en faites pas. Nous allons revenir avec une commission rogatoire.

— Je vous attends, annonça Fanny sans baisser la tête.

Les deux hommes sortirent avec un arrière-goût d'inachevé dans la bouche. Le temps jouait contre eux.

53

L'homme vadrouillait comme bon lui semblait dans les labyrinthes inoccupés du château. Il avait passé tellement de temps dans ces sous-sols avec son père qu'il se sentait comme chez lui. Il tirait Inaya par les cheveux. Aujourd'hui, il ne prenait aucune précaution. Il s'en foutait qu'on trouve son ADN. C'était terminé. Il n'allait pas s'enfuir, il n'allait pas se cacher, il n'allait pas être en cavale. Il allait juste rejoindre le grand architecte de l'Univers. Par un petit soupirail, il observa le soleil qui se couchait. Il allait devoir attendre encore une petite heure pour pouvoir sortir de sa cachette et traîner sa proie jusqu'au lieu de son dernier sacrifice. Il avait donc un peu de temps pour terminer son œuvre. Il se pencha vers Inaya en attrapant son scalpel dans sa besace. Il se mit à genoux et lui creva son œil. Exactement comme son père le lui avait fait, il y avait de ça plusieurs années. Cela avait été un geste malencontreux. Son paternel s'en était voulu le restant de sa vie, jamais il n'aurait dû rentrer avec un outil aussi pointu. L'homme se souvient de ce moment précis, il ne pourrait nullement l'oublier. Il se trouvait en pleine crise et se tapait la tête contre les murs. Son père, qui faisait des travaux dans la cuisine, était entré dans sa chambre pour voir ce qu'il se passait, un tournevis à la main. Filip lui avait hurlé que s'il ne se calmait pas, il l'enfermerait plusieurs jours dans la cave. L'homme se souvint de la peur d'être encore cloîtré dans cette pièce sans fenêtre et sans lumière. Alors, il avait crié et s'était précipité sur son père. Il lui avait saisi le bras et l'avait forcé, dans un mouvement brusque, à lui fourrer son tournevis en plein dans l'œil. Filip n'avait rien pu faire. Malgré son jeune âge, son fils avait une force herculéenne. Sans perdre de temps, il avait conduit Frédéric à l'hôpital. L'homme avait gagné. Il n'avait pas été enfermé dans le cellier. Pendant des semaines, il n'avait pas arrêté de hurler que c'était la faute de son père s'il avait un œil crevé. Filip ne l'avait plus jamais puni. Il avait compris qu'il était plus puissant que lui. Tout en pleurant la perte de son père qu'il aimait tant, l'homme traça des lignes sur le corps de l'Égyptienne.

*

À la même heure, Justine sortit de chez elle. Sa montre affichait 18 h 45. Elle craignait de faire une énorme connerie, mais elle voulait aller au bout.

Elle était partie de la bibliothèque François-Mitterrand en prenant bien soin de donner ses directives au policier le plus gradé. Il avait promis à Justine d'être sur ses gardes à 200 %. Elle l'avait remercié et s'était engouffrée dans un taxi pour rentrer chez elle afin de se préparer. Une fois dans son appartement, elle avait coupé son téléphone pour ne plus être joignable. Elle ne souhaitait pas parler à Stanislas de sa soirée et avait juste écouté ses deux messages vocaux sans lui répondre. Elle n'avait pas envie qu'il lui dise que cela ne servait plus à rien, qu'ils allaient arrêter ce Frédéric Martel dans les plus brefs délais. Elle n'avait pas fait ce chemin pour tout arrêter. Elle désirait y aller et mettre, personnellement, les menottes au Diable. Après, elle pourrait reprendre une vie normale. Avec ou sans Sonia.

Pour le moment, elle avait une mission à terminer et Justine allait tout mettre en œuvre pour la réussir. Sonia lui avait donné rendez-vous à 19 heures au croisement des rues Henry-Monnier, Victor-Massé et l'avenue Frochot dans le IXe arrondissement de Paris. Le taxi la déposa au lieu de la rencontre à 18 h 59. Sonia l'attendait déjà. Justine s'approcha et l'embrassa délicatement sur la bouche. Sonia rougit. Pour la première fois, elle se faisait prendre à son propre piège.

— Où va-t-on ?

Sonia montra du menton une petite impasse.

— Ici. Tu vas voir… c'est charmant.

Justine suivit Sonia dans une ruelle. Au fond se trouvait une petite demeure aux couleurs jaunes et aux fenêtres boisées. Avant de monter l'escalier de pierre qui menait à la porte d'entrée, Sonia se retourna avec un sourire faquin.

— Ce soir, je t'invite à rencontrer quelques esprits maléfiques… Nous allons passer le début de cette soirée dans une maison hantée.

Justine prit une grande inspiration et suivit l'autrice dans le hall d'entrée sombre et froid.

54

— Personne n'est encore venu réparer le distributeur automatique du rez-de-chaussée ? Putain, j'ai la dalle ! gueula Stanislas en entrant dans le bureau de son patron.

— J'ai des madeleines que ma femme a faites avec les gosses si tu veux, proposa Pierre Rachaud en ouvrant son tiroir.

— Avec plaisir, articula Stan en s'asseyant.

Pierre lui envoya le paquet *home made*.

— Khalid ! T'en veux une ? demanda Stan en priant intérieurement que son collègue refuse.

— Non. Je n'ai pas faim. Je veux juste qu'on termine cette journée…

— Je n'aurais pas mieux dit. Alors ? Où est notre homme ? Si Khalid a raison et que la Grande Bibliothèque n'est pas le prochain lieu… lequel est-ce ?

— Où Mitterrand voudrait-il aller s'il revenait sur terre ? plaisanta Stan. L'Élysée ? Chez Carole Bouquet ? En Égypte ? À Jarnac ? Malheureusement, les possibilités sont multiples, souffla-t-il en redevenant sérieux.

— Il faut se focaliser sur Paris, insista Pierre. La capitale est la pierre angulaire de cette affaire.

Les trois hommes furent interrompus par des coups furtifs à la porte du bureau. Julius Stramonty entra en essayant de ne pas faire de bruit. Ses semelles de crêpe gémissaient sur le sol en linoléum, et à chaque pas, Julius devenait rouge comme un poivron mûr à point. Khalid aimait bien ce Net-profiler, spécialisé dans l'informatique et les recherches numériques. Il était timide, petit et chétif, mais c'était le meilleur dans sa partie. Chaque fois que les lieutenants du 36, rue du Bastion faisaient appel à lui, ils n'étaient pas déçus. Allait-il être une nouvelle fois le sauveur ? Si jamais c'était le cas, Khalid se promit de l'inviter chez Chérif pour un repas *all inclusive*.

— Qu'est-ce que tu as, Julius ? Parce que si tu viens pour nous donner de mauvaises nouvelles, tu peux faire demi-tour, balança Pierre.

Julius trembla de tout son corps. Il n'aimait pas entrer dans le bureau du grand patron. Ça le faisait bégayer.

— Je... en fait... le lieutenant... Diamick. Il m'a... quand... il est rentré, une mission. Que je... une mission assez facile...

— Accouche, Stramonty, je dois fêter Noël dans sept mois, et je ne voudrais pas arriver en retard, plaisanta Pierre.

— J'ai fait des... des recherches sur un Félix... Félix Martel à Jarnac... qui était supposé... qui était supposé être un ami de François Mitterrand.

— Et ? le pressa Stanislas.

— Eh ben... Il n'y en a jamais eu, expliqua Julius.

— Comment ça ? s'exclama Khalid.

— Y en a jamais eu... Je suis remonté avant 1900. Rien.

— Et la confrérie du machin mondiale ? l'interrogea Stanislas.

— Elle existe. C'est une association relevant de la loi du 1er juillet 1901 créée le 21 mai 1981 au Mans.

Tous les hommes se regardèrent. Encore l'ombre de l'homme politique, pensèrent-ils en silence.

— J'ai aussi découvert que c'était Filip Martel qui avait enregistré la Fraternité Mondiale, et non le grand-père Félix.

— Ça change quelque chose ? demanda inquiet Pierre Rachaud.

— Ça change tout, annonça Julius. Filip a inventé toute cette histoire d'amitié entre son grand-père et Mitterrand. Pourquoi ? Était-il le seul dans ce secret ? questionna le spécialiste du numérique. J'ai appelé la mère de Frédéric.

— Et ? demanda Stanislas complètement déstabilisé par toutes ces informations contradictoires.

— Eh ben, elle était, excusez-moi l'expression, complètement sur le cul. Elle n'en croyait pas ses oreilles. Elle m'a posé des dizaines de questions. Elle m'a avoué que plus elle réfléchissait à ce que je lui racontais, plus cela lui semblait logique. Que son mari était assez doué pour inventer des choses…

— Tu es certain de ce que tu avances ? demanda Khalid.

— À 100 %, affirma Julius.

— Et sinon ? Autre chose ? somma Pierre.

— Oui. Je me suis permis de scanner la photo de Frédéric Martel à tous nos agents de l'Hexagone en leur demandant de faire suivre jusqu'aux vigiles cet avis de recherche. L'équipe qui est allée arrêter la psychiatre a obtenu certains aveux : elle a reconnu être tombée très amoureuse de Filip et ce dernier en aurait énormément profité. Il se prenait un peu pour un gourou, il lui a volé de l'argent, et a tout fait pour réduire son cercle familial et amical. Elle est restée avec Filip trois ans pendant lesquels elle a essayé de soigner Frédéric. La psy s'est enfuie un matin, sans demander son reste… Elle nous a aussi appris que Filip appelait son fils « l'Élu ». Les collègues ont fait sauter sa garde à vue, ils ne pouvaient rien lui reprocher, elle est clean. Elle ne vous a rien dit, car elle a énormément honte depuis toutes ces années. Jamais elle n'aurait cru se faire avoir par un homme… ou plutôt se faire endoctriner.

— Je comprends mieux, dit Stanislas en repensant à l'attitude de la médecin… Et la Fraternité Mondiale ? Elle est toujours en activité ou pas ? demanda-t-il en sortant son iPhone de la poche de son blouson.

— Oui. Filip Martel a payé d'avance pour que la confrérie fonctionne jusqu'au 10 mai 2021.

Stanislas regarda la date qui clignotait sur son téléphone.

— Aujourd'hui ? s'exclama-t-il hautement surpris.

Julius acquiesça en jetant un œil au dossier qu'il tenait entre les mains.

— Il y a un truc qui me tracasse, annonça le technicien en se tortillant sur place.

— Crache ta Valda, répondit Pierre avec une grimace.

— L'ambassade d'Égypte a signalé qu'une jeune stagiaire n'était pas rentrée de sa pause déjeuner. Ils se sont inquiétés car des riverains ont entendu des cris dans la rue. Le secrétaire du consulat a appelé le ministère de l'Intérieur en panique, qui nous a fait remonter ce fait le plus rapidement possible. Personne ne sait si cela a un rapport avec notre affaire, mais dans le doute…

— Oh putain ! siffla une nouvelle fois Khalid tout en pianotant sur son écran. (Le temps s'arrêta une fraction de seconde dans le bureau.) Bon, les gars, reprit-il la gorge serrée. Je viens de faire une recherche sur Mitterrand, Égypte et monument.

— Et ? s'agita Pierre.

— Y a énormément de résultats sur un truc qui s'appelle la *Barque solaire* et qui se trouve dans le parc du château de Rambouillet.

— Je crois qu'on est parti pour une nouvelle balade en ambulance, lança, fataliste, Stanislas en sautant de sa chaise comme un cabri sur la montagne.

Pierre Rachaud attrapa son téléphone et demanda du renfort le plus rapidement possible pour une intervention au château de Rambouillet.

55

— Où sommes-nous ? s'inquiéta Justine en montant l'escalier en bois qui grinçait à chaque appui du pied.

— Villa Frochot. Tu ne sens rien dans tes entrailles ?

— Que devrais-je sentir ? s'inquiéta Justine.

— L'odeur de la terreur.

— Je n'aime pas quand tu parles par énigmes, Sonia, s'agaça la flic. Dis-moi ce que tu veux me dire au lieu de tourner autour du pot.

— Je veux juste que tu découvres par toi-même… Je veux que tu découvres l'odeur et tout particulièrement l'humeur de cette maison.

— Si je m'écoutais, je te dirais que cette vieille bâtisse m'oppresse énormément.

— C'est déjà un bon début, sourit Sonia.

Une fois arrivées au premier étage, l'auteure et la policière pénétrèrent dans une pièce baignée dans l'obscurité. Plusieurs personnes se trouvaient autour d'un guéridon en pleine transe.

— Qu'est-ce qui se passe ? chuchota Justine.

— Ils essayent d'entrer en contact avec le fantôme de la maison.

— Qu'est-ce que tu racontes encore ? souffla une nouvelle fois Justine d'un ton las.

Sonia lui prit la main et l'accompagna jusqu'à un canapé en cuir. Les deux femmes s'affalèrent dedans.

— Je vais te raconter l'histoire de cette demeure, lui annonça Sonia à voix basse.

— Tu m'avais promis que tu allais me présenter le Diable, insista Justine qui commençait à perdre patience.

— T'inquiète… Il viendra à nous ce soir, je te le promets. (Sonia lui prit son visage entre ses mains.) J'avais juste envie de passer un peu de temps avec toi et te montrer les lieux que j'aimais.

— Une maison hantée ? s'étonna Justine.

— Tu commences à connaître mon côté obscur, non ? ricana Sonia. J'aime rencontrer les esprits, faire un tour dans l'abysse de ma conscience.

Justine regretta de ne pas avoir informé Stanislas sur son rendez-vous de ce soir.

— Je t'écoute, dit-elle dans un murmure. Il a quoi de spécial, cet hôtel particulier ?

— Il abrite un fantôme… (Justine sourit. Elle ne croyait absolument pas à ce genre de chose.) Je vois que tu es sceptique. Il ne faut pas. L'esprit qui vagabonde dans cette maison depuis plus d'un siècle pourrait se vexer. Une femme de chambre a été assassinée ici début 1900. On lui a fracassé la tête à coups de tisonnier. On a retrouvé son corps dans l'escalier en bois que nous venons de monter. Depuis ce jour, son âme hante la maison à la recherche de son assassin. Le dossier a été classé sans suite et la demeure a été scellée pendant plus de trente ans. La police de l'époque avait senti le fantôme de la jeune femme perturber la tranquillité du quartier.

Les autorités compétentes ont préféré interdire l'accès plutôt que de laisser des gens vivre avec un spectre nuisible. Alors qu'avant ce drame, l'hôtel particulier avait eu une vie incroyable, logeant d'illustres artistes comme Victor Hugo ou Toulouse-Lautrec.

— Comment peux-tu croire que cette maison est hantée ?

— Depuis le meurtre, ce logis a changé de nombreuses fois de propriétaire, continua Sonia sans prendre en compte l'objection de son amie. Sylvie Vartan, par exemple, a acheté cette maison au début des années 1970, car elle était tombée amoureuse de son style néogothique. Pourtant, elle n'y emménagera jamais. Elle l'a gardée quelques années avant de la vendre. Pourquoi ? Personne ne peut le dire… mais moi, je le sais, annonça Sonia en faisant un clin d'œil. Sylvie Vartan avait senti qu'elle était en danger dans cette maison, elle se sentait oppressée et surveillée… Elle comprit qu'un esprit malin était le réel propriétaire de cette baraque. La chanteuse prit peur et n'a jamais voulu y habiter.

— Cela ne prouve rien, répondit Justine toujours sceptique.

— Le fantôme de la jeune servante n'est pas seul ici, il y a aussi un être supérieur et maléfique qui a pris possession des lieux en 1863, date de la construction de ce bâtiment… Je vais te raconter une autre jolie fable. (Sonia baissa encore un peu la voix.) Victor Massé a acheté cette demeure en 1882. Il a terminé sa vie ici. Le compositeur, atteint de la maladie de Charcot, passa des mois entièrement paralysés sans pouvoir sortir de cette maison. En 1954, une famille entière fut massacrée dans la chambre au-dessus de nous. Le 10 mars 1978, Matthieu

Galey, grand écrivain et critique littéraire, acheta la maison. Il mourut en 1986 après avoir contracté, lui aussi, la maladie de Charcot. On retrouve cette phrase dans son journal intime : « Acheté la villa Frochot ? Un peu l'impression de m'endetter pour acquérir mon tombeau gothique. » Il parle également d'étranges phénomènes inexpliqués qui intervenaient quasiment tous les jours. La majorité des habitants contemporains du quartier affirment que la maison tremble, vibre et grince au moins une fois par mois… Je vois ta tête, Justine… Tu n'y crois pas… J'ai tellement vécu de choses incroyables dans cette maison… que je suis certaine d'une chose.

— Laquelle ? demanda Justine.

— Que Satan en est le propriétaire, répliqua Sonia avec des braises dans le regard.

*

« Justine ! T'es où ? Tu fais quoi ? On a des nouvelles sur Frédéric Martel et on a besoin de toi. TOUT DE SUITE. Tu es injoignable depuis des heures. Je t'ai laissé des dizaines de messages… Qu'est-ce que tu fous ? Merde ! TEL MOI LE PLUS RAPIDEMENT POSSIBLE. Si jamais… »

— Putain, j'ai plus de batterie, hurla Stanislas après avoir balancé son téléphone sur le siège passager.

L'ambulance fonçait sur l'autoroute A13 en direction du château de Rambouillet. Le soleil commençait à se coucher tandis que la lune, elle, se réveillait paisiblement.

— Tu devrais rouler moins vite. Ça remue trop et en plus tu n'as pas super bien fixé mon fauteuil, je suis ballotté de tous les côtés. Je vais avoir la nausée.

— On doit y arriver le plus rapidement possible. Tu as trouvé quoi sur la *Barque solaire* ?

— La barque solaire est un des éléments incontournables des cérémonies égyptiennes, lut Khalid. Dans la mythologie, la barque solaire est l'embarcation dans laquelle circule Râ tout au long de son périple diurne. Il emmène les âmes vers les astres et les dieux pour une paix éternelle.

— Quel est le rapport avec tonton Mitterrand ? demanda Stanislas en scrutant Khalid dans le rétroviseur.

— C'est lui qui a demandé que la *Barque solaire* soit construite. Il croyait en l'immortalité des esprits. Au départ, l'œuvre devait être installée dans les jardins de l'Élysée, mais au dernier moment, le président a voulu la cacher dans un endroit peu visité pour pouvoir partir tranquillement vers l'infini.

— Pourquoi ? s'impatienta Stanislas.

— On va bientôt le savoir. On arrive dans six minutes, annonça Khalid en jetant un regard au GPS.

*

— Mais à qui appartient la maison aujourd'hui ? demanda Justine, curieuse.

— À nous.

— Comment ça à vous ?

— C'est notre antre. Notre maison. Là où l'on se retrouve… Là où tout se passe…

— Mais qui l'a achetée ? insista-t-elle.

— On ne l'a jamais su. Elle est à nous depuis un certain temps déjà. J'ai fait des recherches, mais impossible de trouver le nom de la personne à qui elle appartient. Elle est à nous. Point.

Un homme s'approcha des deux femmes avec un verre dans chaque main. Justine le prit et regarda Sonia.

— Tu peux le boire… Tu ne risques rien, l'encouragea celle-ci.

Justine hésita longuement.

— Je ne sais toujours pas si je peux avoir confiance en toi, lui avoua-t-elle.

Sonia attrapa le verre de Justine et l'échangea avec le sien. Tout en regardant sa voisine, l'auteure but une gorgée.

— Voilà.

L'homme s'en alla. Justine but une lampée de Bloody Mary, puis une autre, puis une autre et encore une autre. Dans la gorge de la flic, le jus de tomate se changeait progressivement en sang. Quelques minutes plus tard, elle eut l'impression que sa conscience prenait son indépendance, son corps se détendait anormalement. Justine prit les mains de Sonia et les serra très fort. Son esprit vagabonda dans un monde à part, guidé par des fantômes et plusieurs démons. Elle n'arrivait plus à ouvrir les yeux et à articuler.

PUTAIN DE MERDE, se maudit-elle intérieurement.

56

L'ambulance se gara à quelques mètres du château de Rambouillet. Stanislas sortit de la voiture et descendit Khalid en râlant.

— Putain, on va en flag, et je prends dix minutes pour te déloger de là. C'est chiant, vraiment. J'aurais été vachement plus libre sans toi !

Une fois le fauteuil roulant sur le trottoir, Stanislas le poussa en courant vers un gardien qui surveillait l'entrée. Il lui présenta sa carte tricolore.

— Vous avez vu un truc bizarre depuis ce matin ? demanda le lieutenant Stanislas Diamick.

— Non… rien… C'est calme en ce moment… les touristes ne viennent plus beaucoup ici. Pourquoi ?

— Pour rien, cria Stanislas en se précipitant à l'intérieur. Et suivez-nous, on aura certainement besoin de votre aide… Parce que comme vous pouvez le constater, je ne suis pas très aidé avec mon collègue… (Le vigile pressa le pas pour suivre les deux flics.) Vous avez des lampes torches, on commence à ne plus rien voir ? demanda Stanislas en scrutant les jardins par une porte-fenêtre. Et c'est quoi votre nom ?

— Joachim. Et je dois avoir des starlights au QG. Je reviens, balança-t-il en courant dans les couloirs.

— Tu veux faire quoi ? interrogea Khalid.

— Je n'en sais strictement rien. Je ne sais pas s'il est là... Je ne sais pas s'il va se montrer... Je ne sais pas si...

— Tu as bien résumé la situation, mon ami.

Les deux hommes fixèrent l'extérieur sans rien dire. Cela leur arrivait à chaque début d'une opération difficile et risquée. Et là, c'en était une. S'ils tombaient sur Frédéric Martel, les deux flics savaient très bien que tout pouvait partir en couille.

— J'en ai trois, cria le vigile qui revenait en courant.

Les deux hommes sortirent de leurs réflexions. Ils y étaient. Ils allaient le choper.

— Si vous avez envie de venir avec nous, vous le pouvez. Mais je dois vous avouer que cela risque d'être dangereux, lui indiqua Stanislas.

Le vigile se gratta la barbe en fixant les deux lieutenants.

— Pourquoi ? Qu'est-ce qui se passe ? s'inquiéta Joachim.

— Il se pourrait qu'un tueur se trouve dans le parc du château.

— Quoi ? Comment ce serait possible ? Toutes les entrées sont surveillées.

— On ne sait pas comment il fait pour passer inaperçu. Au fait, vous connaissez la *Barque solaire* ? lui demanda Khalid.

— Le truc bizarre qui est là-bas ? demanda Joachim en désignant d'un signe de tête un endroit au loin derrière les fenêtres.

— Sûrement.

— C'est un truc en marbre ou en pierre au fond du parc. Vous pensez que l'homme que vous recherchez se trouve là-bas ?

— C'est possible, siffla Stanislas.

— Et… Il est dangereux le mec ? demanda fébrilement Joachim.

— Plutôt, oui. Et comme vous le voyez, je ne pourrai pas assister mon collègue aussi bien que d'habitude, ajouta Khalid. Et les renforts vont mettre un peu temps pour arriver. Alors ? Vous venez ?

Le vigile se balançait sur ses jambes. Il avait toujours voulu être flic, mais là, c'était un peu trop précipité. Devait-il saisir cette chance ? Devait-il accepter la proposition de ces deux policiers ?

— OK. Je vous suis, articula Joachim après un bref moment de réflexion.

Les trois hommes sortirent du château. La lune éclairait le jardin, comme un projecteur qui voulait les guider vers le mal.

*

L'homme sourit. Le soleil venait de disparaître pour laisser l'astre de la nuit illuminer le ciel. Il était l'heure pour lui de quitter son sous-sol. Il déverrouilla la plaque d'égout quadrillée et passa la tête par le trou. RIEN. Tout était calme. L'homme enleva ses vêtements, attrapa Inaya et la sortit avec difficulté. L'homme plaça l'Égyptienne sur son dos et commença sa marche vers l'autel céleste sur lequel il s'apprêtait à sacrifier la jeune femme pour permettre à son esprit de voyager à travers les astres infinis. Après quelques mètres, il s'arrêta. Au loin, il aperçut plusieurs faisceaux lumineux. Certainement le vigile qui faisait sa ronde avant la fermeture du château. Rien de bien grave. L'homme continua. Les lumières se rapprochèrent sérieusement. Il accéléra. À quelques pas de son point d'arrivée, l'homme tomba nez à nez avec une personne en fauteuil roulant. Derrière lui, des pas couinaient sur le gravier. L'homme s'immobilisa et attendit.

— Frédéric Martel. Arrête-toi ! hurla une voix caverneuse dans la pénombre. Tu ne peux plus t'enfuir. Retourne-toi, pose délicatement la jeune femme sur le sol et lève les mains.

L'homme ne bougea pas. Il fixa Khalid qui, à présent, le visait avec son arme de service. Il était cerné. Les flics connaissaient son nom, ils avaient réussi à déchiffrer le code. Ils étaient beaucoup moins cons qu'il ne le pensait. Voilà, il y était. C'était la fin. Que devait-il faire maintenant ?

*

Justine souffrait. Ses bras la faisaient hurler de douleur, sa nuque n'arrivait plus à tenir sa tête droite et il lui était impossible d'ouvrir les yeux plus de deux secondes d'affilée. Il lui semblait être dans une pièce ultra chauffée tellement elle avait la sensation que son corps brûlait de l'intérieur. Sa langue râpeuse réclamait de l'eau, sa gorge sèche aussi, tout comme ses lèvres gercées. Que se passait-il dans son organisme pour avoir aussi chaud ? Où était-elle ? Que s'était-il passé… Depuis… Depuis… Depuis qu'elle avait ingurgité ce Bloody Mary. Ce putain de Bloody Mary… Elle se souvenait d'avoir fait une connerie : accepter de boire cette boisson de malheur. Jamais plus elle ne partirait en mission sans en parler à Stanislas. Et Stan, où était-il en ce moment ? Pourquoi ne venait-il pas la chercher ? Pourquoi ne venait-il pas la sauver, comme le faisaient les flics dans les films américains ? Elle divaguait, elle le sentait, mais elle ne pouvait rien faire. Son corps ne lui obéissait plus. Elle se força à desserrer une paupière qui semblait peser des tonnes, mais ça lui était impossible. Justine lâcha prise. Elle laissa tomber son menton sur sa poitrine et repartit dans un sommeil artificiel.

57

Frédéric Martel déposa délicatement Inaya sur le gravier. Khalid pointait toujours son arme dans sa direction, tandis que Joachim éclairait la scène qui se passait à moins de cinq mètres de lui, totalement apeuré. Stanislas, lui, n'avait pas bougé et attendait que l'homme fasse un geste. Rien ne venait. Il prit la décision de bousculer les événements.

— Lève les mains bien haut et attends que je vienne te mettre les menottes. Avant ça, tu peux prendre mon blouson, lui proposa Stanislas en le lui lançant. Tu vas prendre froid dans cette tenue.

Frédéric Martel ne le ramassa pas et ne leva pas ses bras en l'air. Il resta debout, immobile. Il avait l'air ailleurs. Il n'y avait que le silence, comme si le parc savait qu'il ne fallait surtout pas troubler la négociation qui se déroulait. Stanislas n'aimait pas le calme. C'était souvent, pour lui, annonciateur d'une tempête imminente. Alors, il tenta de raisonner celui qu'il visait :

— Que cherches-tu à faire ? Mourir sous les balles des flics ? Non, Fredéric… Cela n'arrivera pas. On va faire ça à la cool. Je vais t'arrêter tranquillement et, je te le promets, sans aucune violence. Qu'en penses-tu ? (Toujours aucune réponse.) Allez, continua-t-il. Je vais m'avancer tranquillement. Je vais te mettre mon blouson sur tes épaules et les menottes à tes poignets. Après, on discutera.

Rien.

L'homme ferma les yeux, plaça ses bras en croix et tourna la tête vers les étoiles qui scintillaient au loin dans le cosmos.

Je suis désolé. Je ne pourrai pas te rejoindre ce soir dans les astres célestes. J'ai échoué. Je ne mérite pas ton initiation. Je ne te mérite pas. Ne m'attends pas. Repars. Je ne reviendrai pas. Je suis désolé. Tu n'auras pas ton sacrifice. Je suis désolé. Ma vie, ma mort ne m'importent plus. Je suis dévasté de tristesse. J'aurais tellement voulu être auprès de toi ce soir. J'aurais tellement voulu être sur cette barque solaire qui nous aurait emmenés loin vers l'infini. J'ai tout raté. Je suis désolé. Tu peux quitter mon corps. Je ne te suis plus d'aucune utilité. Je m'en veux énormément.

L'homme se trouva en quelques secondes le torse écrasé contre le sol gravillonné. Stanislas s'était jeté sur lui. En trois gestes professionnels, il lui mit les menottes et le releva tout en lui signifiant sa mise en garde à vue pour le meurtre de six femmes. Frédéric ne réagissait toujours pas. Comme si ce qui lui arrivait ne le concernait absolument pas. Stanislas lui enfila un jogging que Joachim lui avait trouvé dans le vestiaire, puis il attacha Frédéric au radiateur du hall d'entrée pour attendre les renforts sous la bonne garde du vigile. L'homme ne parlait toujours pas. Allait-il rester dans un mutisme total en attendant son procès ? Stanislas Diamick préféra prendre l'air et retrouver son collègue pour ne plus y penser.

Une fois seuls dans le parc, Stanislas et Khalid soufflèrent. Cette enquête de dingue venait de s'arrêter. Tout était ENFIN terminé. Ça, c'est ce que pensait Stanislas. Le lieutenant Diamick aurait dû comprendre, et surtout savoir, que rien ne se terminait jamais vraiment. Que le pire avait toujours un coup d'avance.

58

La lumière crue lui brûlait les iris. Le parfum d'encens mélangé à une odeur de soufre lui donnait la nausée. Justine luttait pour ne pas retomber dans les vapes. Elle désirait comprendre ce qui se passait et surtout découvrir où elle était. Si jamais elle s'en sortait, Justine voulait revenir pour buter, d'une balle dans la tête, chaque personne qu'elle croiserait. Ce qui était sûr, c'était qu'elle ne se trouvait plus dans la maison hantée. Devant elle, Justine distingua plusieurs silhouettes fangeuses qui la dévisageaient et qui riaient. Elle plissa les yeux pour mieux voir. Elle n'arrivait pas à distinguer Sonia au milieu de tous ces gens. Ou était son amie ? Pourquoi ne faisait-elle rien ? Pourquoi ne l'aidait-elle pas ? Elle distingua Baphomet, l'homme aux cornes sur la tête. Putain ! Qu'est-ce qui se passait bordel de merde, ragea-t-elle au plus profond d'elle-même. Comment faire pour partir d'ici ? s'énerva-t-elle en tirant sur les liens qui lui comprimaient les chevilles et les poignets. Pourquoi était-elle nue ? Que lui avaient-ils fait pendant qu'elle était dans les vapes ? Les pires choses lui vinrent à l'esprit, mais son encéphale ne pouvait pas accepter ce qu'elle imaginait.

Elle hurla tout en se débattant. Les autres, en face d'elle, rigolaient toujours comme des tarés. Justine essaya d'appeler à l'aide… d'appeler Sonia pour qu'elle vienne la sauver… d'appeler Stanislas pour qu'il vienne leur foutre une bonne raclée… mais rien ne se passait. Elle n'en pouvait plus. Elle était épuisée, incapable de se défendre… Elle voulait qu'on la laisse tranquille, qu'on la laisse dormir, ou mieux, qu'on la laisse mourir pour qu'elle soit enfin en paix. Elle se raidit d'un coup. Une main lui caressa la tête délicatement. Justine usa de toutes ses forces pour écarter ses paupières et apercevoir qui lui faisait cela. Baphomet lui souriait. Ses yeux de serpent lui jetèrent un regard exalté. Il frotta ses cornes contre ses petits seins en forme de poire. Justine grimaça de dégoût.

— Tu sais que la première fois que je t'ai vue, tu m'as excité, lui susurra le pape noir. Je n'avais qu'une envie, jouer avec toi, enfoncer mes cornes dans ton intimité, te faire jouir par la douleur… Te voir souffrir.

Justine essaya de lui cracher au visage, mais sa bouche était sèche comme une pierre en plein désert de l'Arizona.

— Sonia, réussit-elle à prononcer dans un murmure quasi aphasique.

— Elle ne pourra rien pour toi, ma beauté. Pas ce soir, plus jamais, annonça l'homme aux callosités métalliques en descendant sa main vers l'entrejambe de Justine. (Il posa sa bouche contre son oreille.) Ce soir, tu es ma chose. Je peux te faire ce que je veux. Mais on va attendre un peu que tu sois moins lymphatique… je n'aime pas les femmes qui ne donnent pas tout ce qu'elles ont.

Derrière eux des rires éclatèrent. Combien étaient-ils ? se demanda Justine. Qu'allait-il lui arriver ? Pourquoi

Sonia ne pouvait-elle plus rien pour elle ? Où se trouvait-elle ? Elle voulut hurler, mais elle n'y parvint pas.

— Sonia, murmura Justine une nouvelle fois.

— Tu la veux ta Sonia, hein ? susurra Baphomet en lui léchant le visage. Si tu la veux à tout prix, c'est que tu n'as rien compris, s'amusa-t-il.

— Je veux partir, réussit à dire la fliquette dans un dernier souffle.

— Je crois que cela ne sera pas possible, lui révéla le pape noir en introduisant profondément plusieurs doigts en elle.

La jeune femme retomba dans les profondeurs de son âme.

— Laisse-la reprendre ses esprits, ordonna une voix féminine dissimulée dans l'obscurité.

— Oui, Maître, répondit Baphomet.

*

— Tu as vu la tête de la statue ? On dirait François Mitterrand, plaisanta Jérôme.

Khalid se retourna et fut lui aussi étonné d'apercevoir, à la lumière des projecteurs installés pour éclairer le corps de la jeune Égyptienne, une statue géante d'un être poussant la barque solaire et qui, c'était vrai, avait la tête de l'ancien président.

— Oh putain ! lâcha comme à son habitude l'homme assis dans le fauteuil roulant.

Cela faisait une petite quinzaine de minutes que les renforts étaient arrivés. Les flics de la scientifique passaient déjà toute la zone au peigne fin. Quant à Frédéric

Martel, il patientait calmement, attaché à l'arrière d'un fourgon de police. Stanislas et Khalid voulaient le ramener rapidement au 36 et l'interroger personnellement. Pour le moment, le suspect ne parlait toujours pas et cela ennuyait les deux policiers. Ils allaient devoir trouver une petite astuce pour lui faire cracher tout ce qu'il savait. Stanislas, angoissé, essayait toujours de joindre Justine. Elle n'avait pas répondu à ses nombreux appels. Il raccrocha furax et rejoignit ses collègues.

— Alors ? demanda Khalid en récupérant son téléphone.

Celui de Stanislas était toujours en rade de batterie et agonisait sur le siège passager de l'ambulance.

— Rien. Putain, j'espère qu'elle ne s'est pas encore fourrée dans une galère !

Khalid haussa les épaules en signe d'impuissance.

— Peut-être qu'elle est lovée, bien tranquillement, dans les bras de sa jolie copine ? tenta-t-il de rassurer son ami.

— Mouais, peut-être, répondit Stanislas guère convaincu. Bon ! On en est où ? demanda-t-il en se tournant vers Jérôme.

— La fille est dans le même état que les autres. Mais cette fois-ci, il n'a pris aucune précaution. On a retrouvé des cheveux, et on aura pour la première fois son ADN.

— C'est une bonne chose, mais ça ne va pas le relier aux autres meurtres. Un avocat pourrait limiter les charges à celui-ci uniquement.

— Il faudrait qu'il soit balèze, mais c'est possible. On pourra comparer les scarifications pour prouver qu'elles ont toutes étaient faites par ce mec… Mais l'idéal serait que vous obteniez des aveux, répondit le scientifique.

— Exactement, répondit doucement Stanislas, fatigué.

Jérôme leva la tête pour regarder la statue au-dessus d'eux.

— Je disais à Khalid, avant que tu n'arrives, que le mec ressemblait étrangement à Mitterrand, tu ne trouves pas ?

Stanislas jeta un regard sur l'homme de bronze qui poussait la barque solaire.

Khalid s'approcha de son collègue en poussant sur les roues de son fauteuil.

— On devrait rentrer au 36 pour commencer la garde à vue. Tu as vu son état ? Il est scarifié sur tout le corps. Je crois qu'il ne faut plus perdre une seconde.

Stanislas tourna la tête vers Khalid avec un léger rictus au coin des lèvres.

— Tu as raison. Tu peux appeler Julius pour qu'il fasse des recherches là-dessus ? dit-il en montrant l'œuvre d'art qui les surplombait en plein milieu du jardin du château de Rambouillet. Et en même temps, ajouta-t-il, demande-lui de borner le téléphone de Justine, j'ai un très mauvais pressentiment… Et je n'aime pas ça.

Stanislas remonta le col de son blouson tout comme l'allée gravillonnée. Il marcha la tête baissée pour se concentrer. Il se préparait mentalement pour une longue, très longue nuit avec le mal de la pire espèce, qui patientait actuellement dans une fourgonnette de la police nationale.

Malheureusement, il ne sera pas le seul à passer les prochaines heures en compagnie du Diable.

59

Justine ouvrit les yeux. Elle avait mal partout. Dans son corps, dans son âme et tout particulièrement dans sa chair. Elle ne comprenait pas ce qui lui arrivait. Elle était dans un état second. Impossible de focaliser son attention, impossible de regarder autour d'elle et impossible de raisonner. Que se passait-il ? Que s'était-il passé ? Elle entendait des bruits lointains, des rires étouffés et des éclats de voix stridentes. Ses tempes la faisaient souffrir. Comme si un étau serrait son crâne juste avant qu'il n'éclate. Justine se mit à pleurer. Elle n'en pouvait plus. Comment se sortir de là ? Elle puisa dans ses dernières forces pour parler.

— Sonia ?

— Quand tu as une idée dans la tête, tu ne l'as pas ailleurs, rigola un homme dans le creux de son oreille.

La fliquette sentit le souffle de l'homme se déplacer le long de son cou et qui descendait lentement vers sa poitrine. Justine voulut se débattre, mais il lui était impossible de bouger. Maintenant, l'homme lui mordillait le mamelon. Il voulait lui faire mal, ça, Justine en était certaine, mais pourquoi ? Que se passait-il dans les têtes de ces déséquilibrés ? Elle aurait voulu arracher ses liens et abattre un par un tous les gens présents. Elle promit de se venger, de les tuer tous, ces enculés de satanistes, avant d'appeler une nouvelle fois Sonia.

— Oui ?

Justine se raidit. Elle reconnut immédiatement cette voix qui la rendait dingue. C'était celle de Sonia. Enfin.

— Sors-moi d'ici... S'il te plaît, supplia-t-elle.

— Je ne peux pas, Justine. Tu n'es pas bête, et je pense que tu as compris depuis longtemps.

Compris quoi ? se demanda la flic. Sa boîte crânienne la faisait souffrir le martyre, elle ne comprenait rien à ce qui se passait. Elle sentit la respiration de Sonia au creux de son oreille.

— Tu sais qui je suis. Et tu sais ce que toi tu es... pour moi.

— Non, non... Je ne comprends pas, je ne comprends rien, gémit Justine dans un murmure quasi inaudible.

— Tu es mon sacrifice, lâcha Sonia. Celui que j'attends depuis des années. Celui qui va pouvoir me rapprocher un peu plus de Satan.

Le rythme cardiaque de Justine s'accéléra. Elle tenta d'inhaler une puissante dose d'oxygène pour réussir à sortir de cette brume opaque qui l'enclavait depuis des heures. Malheureusement, son corps ne répondit pas, il avait lâché prise depuis longtemps. La fliquette, à bout de souffle et de nerfs, s'évanouit une nouvelle fois.

— Emmène-la ! C'est le moment, ordonna Sonia avant de sortir de la pièce.

*

Le 36, rue du Bastion était baigné dans une obscurité morbide. Les néons éclairaient faiblement les couloirs déserts. Au fond du troisième étage, un halo de lumière scintillait sous une porte. De l'autre côté, Frédéric Martel, attaché à la table par des menottes, aspirait, à l'aide d'une paille, une interminable gorgée d'eau. Cela faisait un quart d'heure qu'il était arrivé, escorté par Stanislas et Khalid. Pierre Rachaud regardait la scène à travers une vitre sans tain. Il fumait une cigarette, même si cela était strictement interdit dans les lieux publics, mais il en avait besoin. Il avait besoin de cette drogue licite. Il en avait besoin pour se concentrer. Stanislas le rejoignit.

— Alors ?

— Ça va être un coriace. Il n'a pas ouvert la bouche depuis son arrestation.

— On devrait avoir la visite d'un médecin, annonça Pierre en regardant sa montre. D'ici là, on va essayer de voir ce qu'il peut nous dire.

— Et Julius, tu as des nouvelles ?

— Il est dans son bureau avec Khalid.

— J'y vais, annonça-t-il en quittant la pièce exiguë.

De l'autre côté du miroir, Pierre Rachaud regarda son lieutenant entrer et s'asseoir en face du pire tueur de la décennie : Frédéric Martel.

— On va y aller franchement. Pourquoi as-tu assassiné toutes ces femmes ?

— Je suis l'apprenti et lui, c'est l'initié, répondit le suspect d'une voix mécanique.

Stanislas ouvrit un dossier et posa six photos devant le jeune homme.

— Voici ton œuvre, annonça Stanislas en pointant les six portraits de son index. Pour quoi ? Pourquoi as-tu fait cela ? Je veux simplement comprendre.

— Je suis l'apprenti et lui, c'est l'initié, répéta une nouvelle fois Frédéric Martel.

— Il faut que tu saches que même si tu ne parles pas ou que tu répètes ces inepties pendant des heures, tu vas te retrouver au trou pour le restant de ta vie. Libère ta conscience…

— Je suis l'apprenti et lui, c'est l'initié, rabâcha Frédéric Martel.

Stanislas tapa du poing sur la table. Frédéric ne bougea pas d'un millimètre. Ce mec était dans son monde, il fallait l'en faire sortir, mais comment ? Stan fut interrompu dans son raisonnement par des légers tapements au miroir. Il sortit en laissant le portrait des jeunes femmes assassinées sur la table.

— Je suis l'apprenti et lui, c'est l'initié, réitéra le meurtrier avant que Stanislas Diamick ne quitte la salle d'interrogatoire.

*

Justine avait chaud. Elle transpirait à grosses gouttes. Elle venait de se réveiller et se trouvait attachée sur le dos à une immense table en marbre. Elle était toujours nue. La flic sut ce qui allait se passer. Elle ouvrit difficilement les yeux. Une fois ses rétines habituées à l'obscurité, elle aperçut Sonia à ses côtés. Justine sourit. Elle ne savait pas pourquoi elle faisait cela, mais c'était la seule chose qui lui était venue.

Sonia s'approcha encore plus près d'elle.

— Tu voulais rencontrer le Diable… Le voici. Tu l'as juste devant toi, lui annonça-t-elle calmement. Je t'ai voulue dès que je t'ai vue chez moi. J'ai saisi tout de suite que tu allais être ma prochaine proie, mon prochain sacrifice.

— Je ne te crois pas, arriva-t-elle à dire dans une impalpable expiration.

Sonia lui posa la main sur son front pour lui caresser la tête délicatement, telle une mère avec un enfant fiévreux.

— Si, Justine, tu me crois, je le sais, je le vois. (Sonia respira longuement puis continua :) Je suis la patronne de cette secte, comme tu dis. Je le suis depuis très longtemps. Tu voulais fouiner dans notre monde, tu voulais découvrir nos secrets, tu voulais m'en faire sortir. J'ai joué avec toi comme un chat avec une souris… Mais maintenant, je ne veux plus jouer, je veux t'offrir à Satan. Je veux boire ton sang… et sacrifier ton corps pour notre maître à tous !

— Je suis flic. Tu ne t'en sortiras pas comme ça, suffoqua-t-elle.

— Ne t'inquiète pas pour moi, ma chérie, personne ne peut savoir qui je suis. Personne, lui murmura-t-elle.

Puis, tendrement, Sonia embrassa ses lèvres chaudes et sèches.

— Et je n'ai peur de personne.

— Ne fais pas ça, pleura Justine, en apercevant un homme s'approcher vers elle avec un pentagramme rougi au fer. Laisse-moi partir…

— Chut, susurra Sonia dans son oreille. (Elle embrassa goulûment Justine, puis, regardant l'homme masqué :)

Tu peux y aller, lui dit-elle sèchement sans aucune émotion dans la voix.

La flic serra les dents et ferma les yeux.

Des larmes coulèrent sur ses joues sans qu'elle puisse les arrêter. Elle se cambra en sentant la chaleur s'approcher de son ventre. Il lui était impossible de bouger. Justine hurla au contact du fer incandescent sur sa peau. L'odeur de cochon grillé lui donna la nausée. Elle vomit tout ce que son estomac pouvait contenir. Quelques secondes plus tard, Justine perdait connaissance.

NOIR.

*

Stanislas croqua dans une barre chocolatée le dos contre un mur. Il était sorti dans le couloir quelques minutes plus tôt pour retrouver Khalid Harouche, Julius Stramonty et Pierre Rachaud.

— J'ai un peu fouillé dans la vie de ce mec, informa Julius. J'ai contacté des copains hackeurs, comme je le fais souvent, pour rentrer dans les machines inaccessibles. Je sais que ce n'est pas la procédure et que c'est illégal, mais pour ce genre d'énergumène, je n'ai aucun scrupule. Mes potes et moi, on a fait des recherches méticuleuses sur son parcours de vie… Et je peux vous l'avouer, son pédigrée n'est pas très beau.

— Il dit quoi ? demanda Stanislas avant d'ouvrir son deuxième Bounty. Parce que je crois qu'il est complètement zinzin. Il répète toujours la même chose, comme les serial killers psychopathes dans les séries américaines.

Khalid ouvrit un dossier posé sur ses jambes.

— On sait que Frédéric Martel souffre de schizophrénie dysthymique. Il pense que Mitterrand s'est réincarné dans son corps.

— Sa mère nous l'a dit. Son père y croyait aussi. Et ?

— Vous pouvez aller droit au but ? demanda Pierre Rachaud. On n'a vraiment pas le temps de jouer au Cluedo, pesta-t-il.

— Quelques mois avant de quitter ses fonctions, Mitterrand a souhaité la bonne année aux Français lors d'une allocution le soir de la Saint-Sylvestre. Il a terminé son discours par cette phrase énigmatique, expliqua Julius en regardant une feuille de son dossier. (Il lut :) « Je crois aux forces de l'esprit et je ne vous quitterai pas... »

— Et ? demanda Stanislas en levant ses sourcils en signe d'incompréhension teintée d'un léger agacement.

— J'ai l'impression que cette phrase prononcée par le président pendant ses vœux est le déclic de toute cette merde. Filip Martel a vraiment cru que Mitterrand était devenu esprit et je pense qu'il a tout fait pour que son fils pense réellement qu'il était la réincarnation de François Mitterrand.

— Mais pourquoi ? interrogea Pierre.

— Parce que Filip était bipolaire, annonça Khalid en tendant une feuille à son patron.

— Il a été hospitalisé pendant quelques années pour trouble de la personnalité et surtout pour bipolarité. Il est sorti en 1988, il avait 22 ans. 1988... date de la mort de son père.

— Il n'a jamais été guéri, c'est ça ?

— C'est ce que j'imagine, affirma Julius. Ensuite, il a élevé son fils dans un trouble psychologique qui lui a fait beaucoup de mal et qui a été complètement destructeur pour le jeune Frédéric...

— Quel rapport avec notre affaire ?

— Frédéric Martel pensait que faire des sacrifices près des monuments portés par François Mitterrand pourrait lui permettre de le rejoindre par l'esprit, expliqua Khalid.

— Je ne comprends rien, soyez plus clairs, s'agaça Stanislas qui voyait l'heure tourner sur l'horloge accrochée au-dessus de la machine à café toujours en panne.

— La *Barque solaire* devait lui servir de moyen de transport pour rejoindre l'esprit du président défunt.

Stanislas se marra de bon cœur. Il était chez les fous, et il était surtout entouré par des dingues. Et ces dingues étaient malheureusement ses collègues.

— Vous êtes en train de m'expliquer que le mec qui se trouve là-bas... (il montra la salle de son doigt) est la réincarnation de Mitterrand et qu'il voulait rejoindre son esprit dans le ciel grâce à une barque solaire qui se trouve en plein milieu du parc qui entoure le château de Rambouillet, mais avant cela, il devait assassiner et scarifier des jeunes femmes qui n'ont rien demandé, c'est ça ?

— Tu as tout compris, répondit Khalid sérieusement.

— Les scarifications sont la signification de l'auto-agression, continua Julius. C'est pour cela qu'il en a plein sur son corps. Il expie ses péchés en se faisant du mal. Pour Frédéric Martel, les scarifications qu'il faisait à ses victimes représentent des messages envoyés aux esprits qui naviguent dans l'air céleste.

— Comment tu sais tout ça toi ? interrogea Pierre Rachaud.

— Je viens de parler à un expert psychiatre qui bosse avec nous.

— Et donc ?

— Et donc pour conclure, il ne fait aucun doute pour le psy que Frédéric Martel entend une voix.

— Celle de François Mitterrand ? présuma Stanislas avec un petit rictus au coin des lèvres.

— On est chez les dingues, s'exclama le patron de la PJ. Le juge va le mettre à l'hosto plutôt qu'en prison, se désola-t-il. Cette enquête n'avait rien d'orthodoxe de toute façon, continua-t-il. Y a un éclopé avec nous, qui met deux heures pour faire cent mètres, une policière qui vient de je ne sais où, qui se retrouve lieutenante et qui, pour couronner le tout, disparaît au moment le plus important de sa carrière. Et pour terminer ce tableau déjà bien sombre, on n'a toujours pas fait appel à un avocat. Super les procédures, souffla-t-il en tapant dans ses mains. (Puis il enchaîna :) Je risque ma place, les gars, et vous en avez, j'en ai vraiment l'impression, complètement rien à foutre.

— Mais non, s'insurgea Khalid.

— En plus, on ne sait rien de ce mec, pesta Pierre Rachaud. Comment a-t-il pu passer entre les radars, les caméras de surveillance ? Comment il a pu se faire passer pour un taxi ? Et l'histoire entre son grand-père et Mitterrand, est-ce vraiment une légende ? Enfin merde, vous voyez bien ce que je veux dire, finit-il par dire en se rallumant une clope.

Julius trépignait d'impatience en lançant quelques regards inquiets à Khalid. Ce dernier lui fit signe de parler.

— En fait, monsieur le directeur, je sais tout cela. Comme je vous le disais tout à l'heure, j'ai bossé plusieurs heures sur le parcours de Martel et je peux répondre à toutes vos questions.

— Et c'est maintenant que tu me le dis ? aboya le patron de la PJ. Alors on t'écoute. (Il regarda sa montre.) Je te laisse cinq minutes, après je fais appel à un avocat. Je ne veux pas que toute cette histoire me pète à la gueule, ni à celle du ministre. C'est bien compris ?

Le portable de Stanislas vibra dans la poche de Julius.

— Ah oui, je te l'ai rechargé. Tu as trois nouveaux messages. Et là, je crois qu'on t'appelle, dit-il en rendant l'iPhone à Stanislas.

Le lieutenant l'attrapa et regarda le numéro s'afficher sur l'écran de son téléphone. C'était un appel masqué. Il se mit un peu à l'écart avant de décrocher.

— Oui ?

— Lieutenant Stanislas Diamick ?

— Lui-même !

— Bonsoir, je suis Ambre Clervaux, juge aux affaires familiales. (Le cœur de Stanislas se serra. Il ne dit rien. Ambre continua :) Nous avons un ami commun qui m'a parlé de vous. J'ai attendu de vos nouvelles ces derniers jours… Comme rien ne venait, j'ai pris les devants. Je ne sais pas si vous le savez, mais votre audience est programmée pour dans trois jours. Voulez-vous toujours que je vous aide ?

— Oui, souffla dans un murmure le lieutenant.

— Alors, il faut qu'on se rencontre le plus rapidement possible pour en discuter. Maintenant ? lui proposa Ambre Clervaux d'un ton péremptoire.

Stanislas regarda sa montre. Ce n'était pas tout à fait le moment de quitter son boulot.

— Je vais voir ce que je peux faire, l'informa-t-il avant de raccrocher.

60

L'avocat de Frédéric Martel était arrivé trois quarts d'heure plus tôt et s'était bien occupé de son client, malgré le fait qu'il ne lui avait rien dit de plus qu'aux policiers. Il allait être déféré devant un juge dès les prochaines heures.

Les explications de Julius avaient éclairci toutes les zones d'ombre. Frédéric Martel avait pu se déplacer sur les lieux des crimes sans se faire voir car il connaissait comme sa poche tous les monuments de Paris. Son père avait été, pendant un certain temps, directeur du patrimoine français, non pas grâce à Mitterrand, mais grâce à ses études d'histoire de l'art. Encore une affabulation, avait pensé Khalid... Filip Martel avait emmené son fils presque tous les week-ends découvrir les galeries secrètes, les petits recoins et les nombreux passages invisibles pour le public.

— Pendant des années après sa thérapie ratée, avait poursuivi Julius, Frédéric Martel vécut chichement. Il a enchaîné les petits boulots. Il se préparait pour mai 2021... quarante ans après mai 1981. Une date symbolique.

— Et la Fraternité Mondiale ? Pourquoi l'avoir créée ? avait demandé Khalid. J'ai vraiment du mal à comprendre ce détail.

— Filip Martel a créé cette confrérie pour étayer, un peu plus, sa fable, l'amitié de son grand-père avec Mitterrand. Tout cela part de sa mythomanie. Son autre lui a généré cette légende. Je pense qu'il y croyait viscéralement... Jusqu'à ne vouloir rencontrer que des personnes ayant les initiales F.M. Tout cela est une folie. Le plus malheureux, c'est qu'il a entraîné son fils dans ses délires. Filip avait aussi beaucoup de charme, il est arrivé à endoctriner plusieurs personnes, à leur faire croire qu'il existait une force supérieure et qu'il pouvait les aider à avancer dans leur vie spirituelle grâce à sa société secrète et son réseau. Il leur a soutiré beaucoup d'argent. Comme avec la psychiatre. Une arnaque en somme. Une histoire de secte assez banale. (Julius s'était frotté le menton avant de dire :) Tout ça pour six meurtres en six jours sur six lieux différents.

— 666, lâcha Khalid. Le père et le fils sont vraiment dérangés, là, on ne peut pas dire le contraire...

— Je suis perdu, avait avoué Pierre en se massant le visage. Pourquoi le pentagramme ? Pourquoi le compas et l'équerre, pourquoi toutes ces conneries ?

— Frédéric Martel a été baigné pendant toute sa jeunesse dans la théorie du complot selon laquelle les sociétés secrètes contrôlent le monde. Son esprit et sa maladie ont fait le reste. Il a fantasmé sur tout ça. Sur les francs-maçons, sur le diable et sur les Illuminati...

— Mais pourquoi Mitterrand ? s'était interrogé une nouvelle fois Pierre Rachaud.

Julius avait haussé les épaules.

— Il n'y a pas de logique dans cette affaire. Certains se prennent pour Napoléon ou Jeanne d'Arc, lança Khalid.

— Oui. Le fait est que François Mitterrand a, pendant ses deux septennats, lancé énormément de constructions à caractère maçonnique et ésotérique. C'était du pain bénit pour la famille Martel... Ils ont réellement cru que Mitterrand avait érigé ces bâtiments pour permettre à Frédéric d'emmener l'esprit de l'ancien président dans les astres, grâce à la *Barque solaire*. La preuve ultime, c'est le décès du président, le jour même de la naissance de Frédéric. La folie a fait le reste. Tout est fantasme dans cette affaire. Et le psychiatre que j'ai consulté est d'accord avec moi.

— Bravo Julius. Je vais dans mon bureau débriefer le ministre et après j'appellerai Stanislas. J'espère que tout va bien pour lui... (Pierre avait regardé Khalid.) Ce serait bien que tu retournes à l'hosto. Que tu te soignes et que tu reviennes en pleine forme.

— Chef, oui chef, avait plaisanté Khalid en dirigeant son fauteuil vers les ascenseurs. (Il s'était arrêté net en faisant grincer les roues sur le linoléum.) Au fait Julius, tu as borné le portable de Justine ?

— Oui. Le signal ne répond pas. Peut-être qu'elle dort et qu'elle l'a éteint ?

— Je vais envoyer des agents, je les appellerai depuis l'ambulance.

Voilà, c'était fait. Le 36 redevenait une petite ruche ou chaque flic vaquait à ses occupations. La lumière éclairait les couloirs d'une lumière froide, le wi-fi moulinait, le bruit des travaux résonnait dans tous les étages, les portes claquaient à cause des courants d'air. Après une semaine de traque, de questionnements et d'investigations, la paisible routine reprenait le dessus dans les locaux de la police judiciaire parisienne.

La question que tous les flics se posaient à ce moment-là était : combien de temps cette accalmie allait-elle durer ?

Épilogue

Trois jours plus tard

Stanislas n'arrivait pas à se rendre compte que tout était terminé. Enfin, concernant sa relation avec son ex-femme.

Quand la juge l'avait appelé trois jours plus tôt, il était tiraillé entre deux choix. Se rendre à ce rendez-vous de la dernière chance avec la seule femme qui pouvait l'aider ou rester au 36 avec ses collègues pour boucler l'enquête, ce qui voulait dire perdre ses enfants définitivement.

Sans un mot, il s'était tourné vers ses collègues. Il avait résumé la situation à Pierre Rachaud, qui lui avait conseillé de quitter les lieux, en lui expliquant calmement que la famille était beaucoup plus importante. Et que surtout Stanislas pouvait compter sur toute l'équipe du 36 pour qu'elle gère la fin de cette affaire.

Le lieutenant avait dégringolé les trois étages à une vitesse folle et s'était mis à courir jusqu'au tribunal de Paris situé à quelques mètres de là. Ambre Clervaux l'avait accueilli dans son bureau baigné dans l'obscurité. Leur rendez-vous était ultra-confidentiel.

— Ce n'est pas dans mes habitudes de faire ce genre de chose, avait lancé la juge en mettant une capsule de café dans sa machine. Mais comme le ministre est l'un de mes meilleurs amis et que je lui dois un service… Vous voulez un expresso ?

Stan fit oui de la tête. Une fois les deux tasses remplies, la juge était retournée à sa place. D'un geste délicat, elle avait ouvert un dossier, puis avait soufflé :

— Votre affaire est… comment dire… assez complexe et pas aussi facile qu'on pourrait le croire. Votre femme a monté un dossier contre vous en béton armé. (Elle lut succinctement :) Des nuits passées dehors, des horaires complètements farfelus, des insultes à chaque fin de phrase, même devant vos enfants… (Elle leva un regard de réprobation vers Stan.) Et puis, nous avons aussi une dizaine de témoins qui parlent de vous dans des termes pas très élogieux. (Elle ferma le dossier.) Je sais que vous m'en voulez d'avoir pris la décision de vous éloigner de vos enfants avant mon jugement définitif, mais je ne pouvais pas faire autrement au vu de votre dossier. Toutefois, c'était avant d'avoir des nouvelles de notre ami commun, avait-elle dit en souriant ironiquement. (La juge posa ses mains devant elle.) Bon alors, Stanislas, qu'est-ce qu'on fait ?

— Comment ça ?

— Que voulez-vous ? Qu'aimeriez-vous ?

— La garde exclusive de mes gosses.

La juge s'était pincé les lèvres.

— C'est beaucoup.

— Pour moi, c'est le minimum. Vous pouvez le faire ?

La juge avait, pendant un petit moment, pesé le pour et le contre.

— Je vous propose un compromis. On lui donne quelques vacances scolaires et week-ends.

Stanislas avait acquiescé sans broncher. Il avait gagné. Après un deuxième expresso, Stanislas et la juge avaient passé plus de trois heures à finaliser le dossier. Le flic était sorti du bureau complètement lessivé.

Stanislas traversa le parvis du palais de justice pour rejoindre sa voiture. Au loin, il entendit sa femme qui courait derrière lui en l'appelant. Il ne se retourna pas. Il souriait. Il était le plus heureux des hommes, mais surtout le plus heureux des pères. Après un rendez-vous houleux entre l'avocat de sa femme et la juge, il avait récupéré ses deux gosses, c'était cela le plus appréciable. POINT.

Ambre Clervaux avait raison, cogita Stanislas. Il devrait penser très sérieusement à changer de boulot. Il ne pouvait vraiment plus mettre sa vie en danger alors que deux êtres innocents comptaient sur lui pour grandir.

— On peut parler ? implora Marie-Jeanne quand elle se trouva à ses côtés.

— Non, répondit-il catégoriquement.

— Comment as-tu réussi ton coup ?

— Lequel ?

— Tu sais très bien, cracha Marie-Jeanne en regardant ses deux enfants lovés contre leur père.

— La vérité triomphe toujours, n'est-ce pas ?

Sur ces mots, Stanislas Diamick éclata de rire avant de partir avec ses deux trésors sans se retourner.

L'enquête qui l'avait transporté sur les rives de l'horreur était aussi terminée. C'était la première fois de sa carrière qu'il se retrouvait avec une demi-douzaine de meurtres en six jours. Cela l'avait marqué. Tellement marqué qu'il en cauchemardait toutes les nuits.

Frédéric Martel se trouvait dorénavant enfermé à la prison édifiée rue de la Santé dans le XIVe arrondissement de Paris, mais pour combien de temps ? Malheureusement, Stanislas connaissait les rouages de la justice française, et il savait très bien que l'avocat allait faire jouer les antécédents psychiatriques de son client pour le rendre irresponsable de ses actes. Mais que faire ? Les policiers n'avaient aucune marge de manœuvre. Il devait juste croiser les doigts pour que la justice fasse une exception et le punisse pour ses crimes.

Mais il ne fallait pas trop rêver, se désespéra Stanislas.

*

Pourquoi m'as-tu laissé tomber ? Je ne t'entends plus. J'ai failli à ma mission, je le sais. Je ne comprends pas pourquoi. J'avais tout prévu. Tu devais m'emmener dans les astres célestes et je suis enfermé ici, entre ces quatre murs. Je passe mon temps à me taper la tête sur le sol. La douleur m'aide à réfléchir. Je ne vais pas en rester là. Tu le sais… Je ne suis pas fou. Même s'ils le pensent tous. Surtout le psychiatre qui est passé ce matin. Il veut me faire interner. C'est ce qui peut m'arriver de mieux. Ils ne le comprennent pas… Je sais passer d'un esprit à un autre, je ne suis plus un être solide, mon corps est un leurre, je suis un esprit, je suis un spectre… Je ne suis peut-être pas un initié comme toi, mais j'ai beaucoup appris depuis toutes ces années en ta compagnie. Je peux muter. Ça non plus, ils ne le savent pas. Mon corps ne m'appartient plus, tout comme mon esprit. Il est à quelqu'un d'autre. Je verrai à qui je vais l'offrir… Dans quelques jours, je pourrai te le dire... Vas-tu me quitter ? M'as-tu déjà quitté ? Je ne t'entends plus... Ça me rend nerveux et agressif. J'ai essayé de me scarifier pour te rendre hommage, mais je n'ai rien trouvé de tranchant pour le faire. Je tourne en rond, je tourne en rond toute la journée. Chaque fois qu'on vient me voir, que ce soit un surveillant, un avocat ou un putain de médecin, je répète sempiternellement la même phrase, exactement comme un possédé. Ça va les rendre dingues, je le sais et c'est ce que je cherche. C'est toi qui m'as appris cette astuce. Je ne regrette rien. J'ai fait ce que je devais faire. Une seule chose me chagrine, ne pas avoir pu embarquer sur la barque solaire pour te retrouver dans les astres. Mais, je te promets de te rejoindre... un jour... une nuit... Dès que j'arrive à partir d'ici. Car je sais qu'à l'aube d'une nouvelle lumière, je m'enfuirai de cet endroit. Il faudra que je recommence toute la cérémonie, mais j'en ai envie. Pour toi, pour moi, pour mon père !

*

Le barouf qui régnait dans les couloirs de l'hôpital amusa le visiteur. Cela lui faisait penser à une fourmilière. Des gens patientaient sur des brancards, des infirmières couraient dans tous les sens, des malades gémissaient, des médecins rêvassaient et des secrétaires médicales houspillaient les patients qui passaient devant tout le monde pour ne pas faire la queue, prétextant une maladie rare et contagieuse.

— C'est la cour des miracles ici ou quoi ? plaisanta Chérif en entrant dans la chambre de Khalid.

— M'en parle pas, rouspéta le malade. Ça fait deux heures que j'attends mes soins et je ne vois toujours rien venir. En plus, j'ai trop la dalle et mon collègue tant aimé n'est toujours pas arrivé...

— Ouais, je sais. Stan m'a appelé, il va avoir du retard, alors il m'a demandé de te faire patienter avec ça.

Chérif lui montra trois gros sacs en papier.

— Oh, putain, t'es le Messie toi, lâcha Khalid en se léchant les babines.

Le restaurateur sortit trois petites boîtes en polystyrènes, des serviettes, des verres et posa une nappe à carreaux sur la tablette qui se trouvait à côté du flic en convalescence

— On se croirait dans ton établissement, s'amusa Khalid.

— Je ne veux que le meilleur pour mes plus fidèles clients, rétorqua-t-il avec amusement. (Il lui servit un grand verre de soda et prit place sur le fauteuil à côté du lit.) Alors ? Comment vas-tu ?

Khalid trempa une frite dans la mayonnaise.

— Ça va. J'ai toujours super mal aux jambes, mais je ne peux pas me plaindre, comme dit le médecin, je n'avais pas à jouer les fugueurs, grimaça-t-il. Je ne vais pas m'apitoyer sur mon sort. On a arrêté le mec et on n'a plus de meurtres. C'est le principal. J'en ai encore pour six semaines de plâtre, ce n'est pas la mort.

— Mais dis donc, je sens le kebab depuis le rez-de-chaussée ! s'exclama Stanislas en entrant dans la chambre. Ça va faire des jaloux, ricana-t-il en saluant les deux hommes.

— Heureusement que je peux compter sur notre copain pour déjeuner, avec toi je serais mort de faim, badina Khalid.

Stanislas attrapa un sandwich et piocha une boisson dans un des sacs.

— Désolé, mon poto, mais j'ai eu une journée de dingue, dit-il en prenant place sur le coin du lit.

— Ça va toi ? demanda Chérif.

— Bof, mais le moral est bon. (Stanislas arracha comme un lion affamé un énorme morceau de son pain pita.) Mes enfants veulent voir leur maman, je pense que je vais faire un effort. Ils ne doivent pas être pris en otage entre leur mère et moi. Je ne vais pas lui donner la garde, il ne faut pas déconner non plus. Je pense plutôt à lui filer tous les mercredis en plus des vacances scolaires et des week-ends. Je veux que mes gosses restent vivre avec moi. (Il regarda Khalid intensément.) C'est pour ça que j'ai donné ma démission hier soir à Rachaud. Et tu sais quoi ? Il l'a acceptée, difficilement, mais il a quand même accepté.

Khalid s'arrêta de mâcher.

— Oh putain... Mais tu es fait pour être flic, se désola son collègue.

— J'étais fait pour la police, avant de comprendre que le plus important dans ma vie, c'était Charlie et Lucette. Je ne veux plus ne plus les voir à cause d'une enquête qui pourrait me conduire jusqu'à la morgue.

— Et Justine, tu la laisses tomber ? s'indigna Khalid.

Il n'avait plus eu de nouvelles depuis la fin de l'enquête. Il n'avait aucun doute : quelque chose de grave était arrivé à la jeune flic. Mais où se trouvait-elle ? Que s'était-il passé ?

Stanislas fixa son collègue d'un regard noir.

— Je bosse dessus non-stop depuis trois jours.

— Et ? demanda Chérif.

— Elle s'est volatilisée. Son scooter est toujours sur le parking de l'hôpital, je vais le récupérer et le mettre au chaud en attendant qu'elle revienne.

Un ange passa dans la chambre. Les trois hommes pensèrent à la jeune fliquette qui leur manquait viscéralement.

— Et Sonia ? demanda Khalid.

— Son appartement est vide. Elle est partie à Chicago il y a quatre jours. Elle est invitée à plusieurs conférences sur le continent américain pour parler du satanisme.

— Tu en penses quoi ?

Stanislas haussa les épaules.

— Julius a creusé. Il n'a rien trouvé qui prouve qu'elle pourrait être impliquée. J'ai ouvert une enquête pour disparition inquiétante. Rachaud a mis deux gars dessus vingt-quatre heures sur vingt-quatre. On verra bien, dit-il en se passant la main sur son crâne, enfin tondu. Je me sens tellement responsable. Je regrette de l'avoir recrutée et de l'avoir laissée seule sur cette piste. Je ne sais pas ce qui lui est arrivé, mais je sais que tout est ma faute...

Chérif et Khalid regardèrent leur ami se lamenter. Que pouvaient-ils répondre ? Stanislas avait raison. Si Justine avait disparu, c'était sa faute. Elle était tombée amoureuse de son témoin qui pouvait être un potentiel suspect, et était allée enquêter dans des endroits sulfureux sans prévenir ses supérieurs. En un mot, elle avait travaillé comme l'amatrice qu'elle était. Stanislas pourrait-il un jour se le pardonner ? Ce n'était pas certain.

— On lui dit ou on le laisse dans l'ignorance ? demanda Chérif pour briser le silence mortifère qui s'insinuait dans la chambre d'hôpital.

— Quoi ? Qu'est-ce qu'il y a encore ? s'agita Khalid.

Stanislas sourit en regardant Chérif.

— Vas-y, dis-lui… Sinon, il va nous faire une jaunisse, s'amusa Stan.

— Je vais agrandir mon restaurant et j'ai un nouvel associé. (Chérif tendit son index et lança, tonitruant :) Monsieur Stanislas Diamick !

— Oh putain ! Je vais pouvoir bouffer à l'œil toute ma vie, s'exclama Khalid en applaudissant. *Mazal tov* les amis ! Je suis vraiment content pour vous deux ! Même si tu vas me manquer… Putain, je vais me retrouver seul et abandonné en plein milieu du 36. Qu'est-ce que je vais devenir ?

Stanislas gloussa. Il n'avait jamais été aussi heureux. Les ténèbres qui enclavaient depuis si longtemps sa vie s'éloignaient lentement, mais sûrement.

*

Le gigantesque terrain vague situé aux alentours de la porte de Saint-Ouen était envahi par une dizaine de pelleteuses qui se dirigeaient vers leur secteur défini au préalable. À l'aide de torches, les chefs de chantier guidaient les mastodontes d'acier vers leur destination. À l'aube, aux alentours de 5 h 45, les pelles mécaniques se lancèrent pour creuser le sol. Dans le ciel, le soleil commençait à scintiller de mille feux. Le bruit des moteurs remplissait l'atmosphère, comme la poussière virevoltante. La journée aurait pu être pareille à toutes les autres, tranquille et agréable, mais non. Un des responsables leva les bras en l'air en hurlant. Il avait vu quelque chose d'inhabituel à l'intérieur du monticule de terre qui venait d'être déposé par un ouvrier manipulant la tractopelle. Comme par magie, le silence enveloppa entièrement le site de construction. Plus rien ne bougea. Le chef s'avança pour vérifier qu'il avait bien vu. Il enleva son casque et effectua un signe de croix en priant.

Une femme entièrement nue, couverte de symboles étranges sur tout le corps, était à moitié ensevelie. Sur son ventre, l'homme discerna une cicatrice qui ressemblait à une grande étoile…

Un pentagramme.

FIN

Remerciements

Comme on ne change pas une équipe qui gagne, je voulais remercier très chaleureusement Florence Lottin, mon éditrice, qui, grâce à son talent, a encore réussi à faire sortir le meilleur de moi-même.

Merci aux libraires.

Merci aux lecteurs.

Merci aux blogueurs littéraires.

Merci à mes amis qui me soutiennent.

Merci à Luc de me téléphoner tous les vendredis matin pour savoir si j'avance dans mon travail.

Merci à Manhattan de me réveiller tous les matins à 4 h 30.

Merci à la famille chelou.

Merci à Chacha, Lulu & Queen Marie de prendre soin de moi.

Pour terminer, je voulais aussi remercier les lecteurs de mon premier roman : *Les Loups-garous d'Argentine*. Vous avez été nombreux et vos retours m'ont fait très plaisir.

MERCI.

NORD COMPO
multimédia

Composition et mise en pages
Nord Compo à Villeneuve-d'Ascq

N° d'édition : L.01EUCN001045.N001
Dépôt légal : avril 2022
Achevé d'imprimer en mars 2022 en Espagne par Liberdúplex